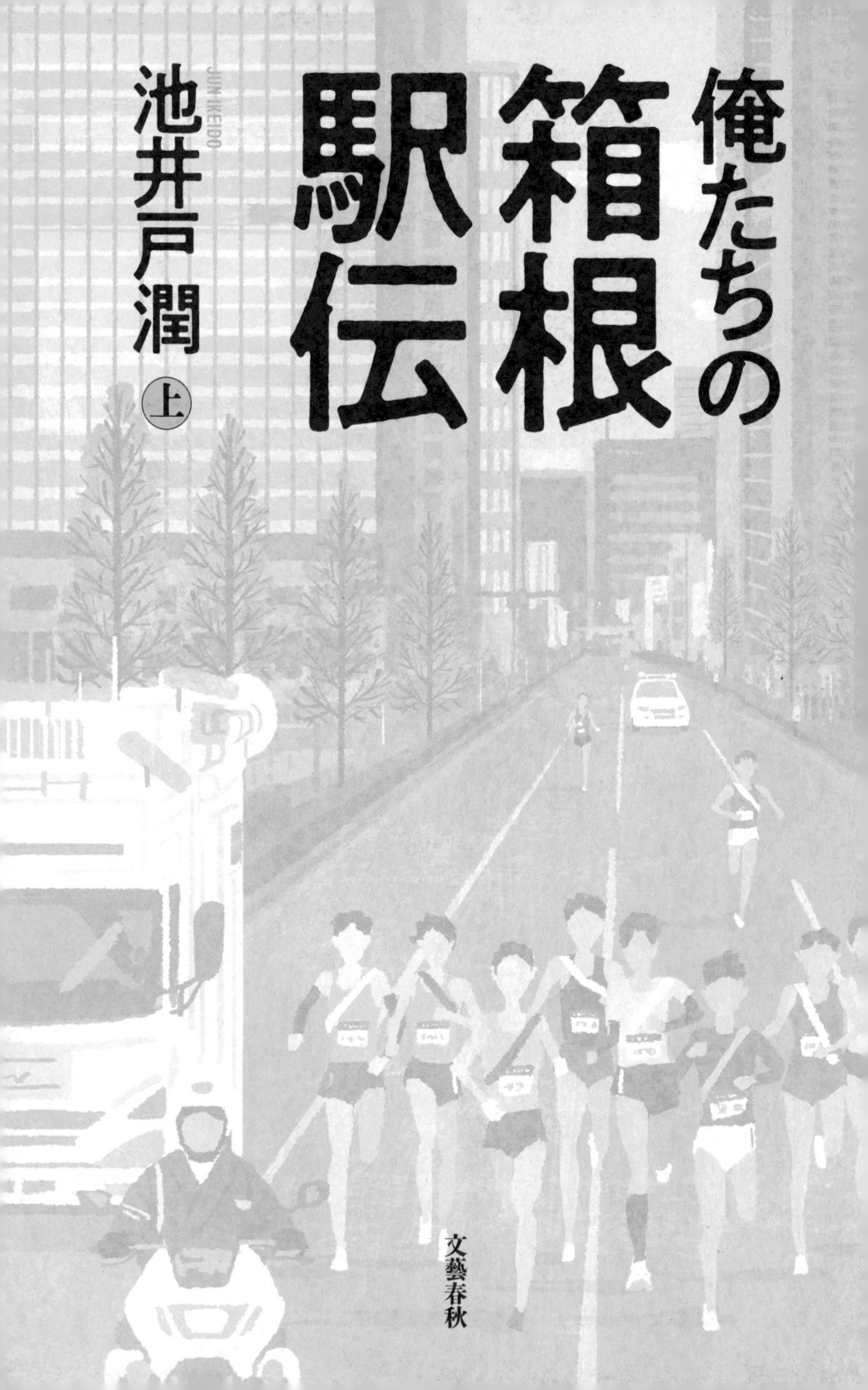
俺たちの箱根駅伝
池井戸潤
JUN IKEIDO
上
文藝春秋

俺たちの箱根駅伝　（上巻）

目次——上巻

第一部——決戦前夜

東京箱根間往復大学駅伝競走コース図

※2024年4月現在　※表記は箱根駅伝公式サイト(https://www.hakone-ekiden.jp/course/)に依拠しています。

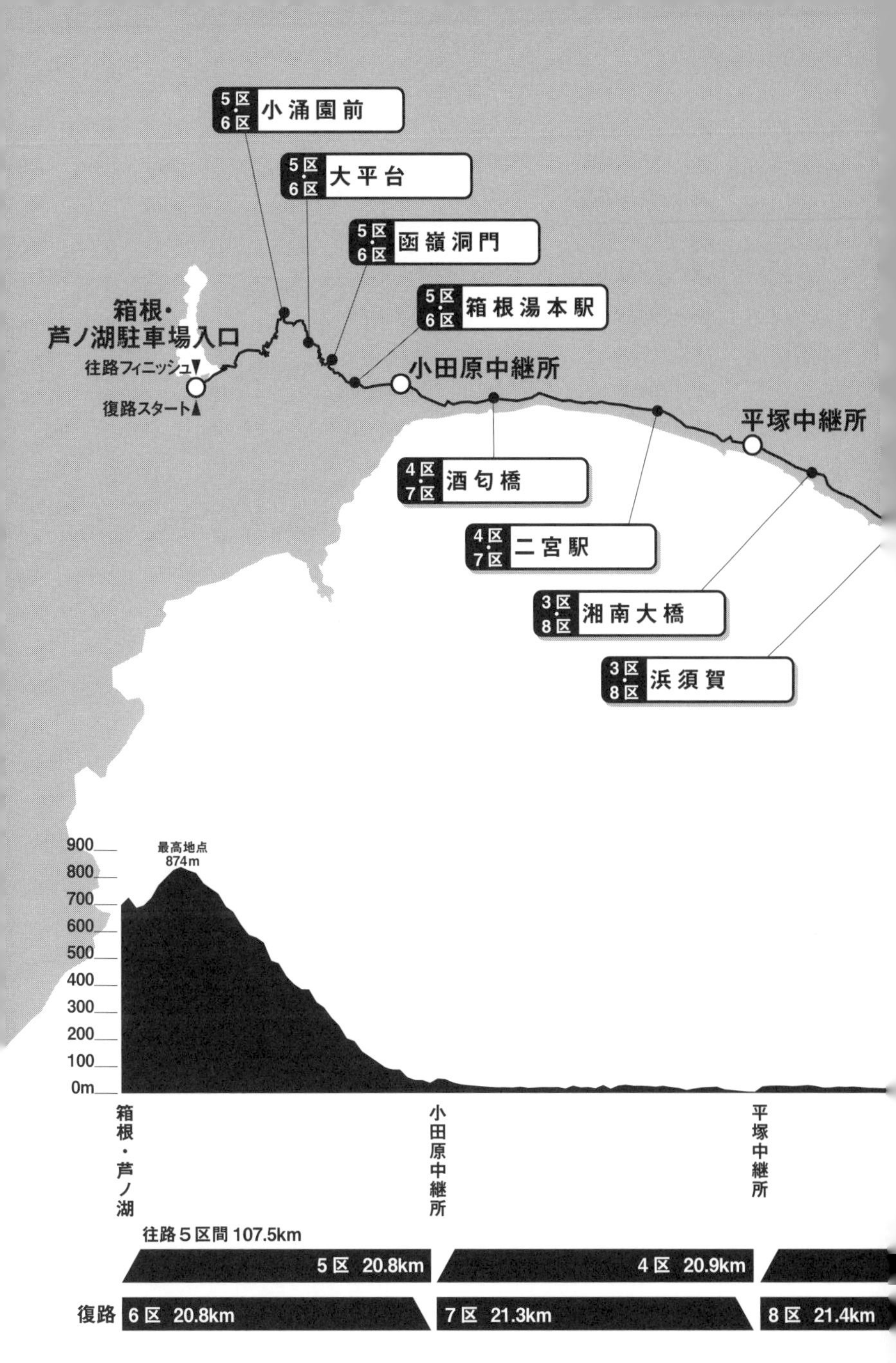

5区・6区 小涌園前
5区・6区 大平台
5区・6区 函嶺洞門
5区・6区 箱根湯本駅
箱根・芦ノ湖駐車場入口
往路フィニッシュ▼
復路スタート▲
小田原中継所
平塚中継所
4区・7区 酒匂橋
4区・7区 二宮駅
3区・8区 湘南大橋
3区・8区 浜須賀
900
800
700
600
500
400
300
200
100
0m
最高地点
874m
箱根・芦ノ湖
小田原中継所
平塚中継所
往路5区間 107.5km
5区 20.8km
4区 20.9km
復路
6区 20.8km
7区 21.3km
8区 21.4km

主な登場人物

甲《か》斐《い》真《まさ》人《と》…………明誠学院大学　陸上競技部監督
諸《もろ》矢《や》久《ひさ》繁《しげ》…………同　陸上競技部前監督
青《あお》葉《ば》隼《はや》斗《と》…………同　4年生
前《まえ》島《じま》友《ゆう》介《すけ》…………同　4年生
矢《や》野《の》計《けい》図《と》…………同　3年生

徳《とく》重《しげ》亮《りょう》……………大日テレビ　箱根駅伝チーフ・プロデューサー
宮《みや》本《もと》菜《な》月《つき》…………同　箱根駅伝チーフ・ディレクター
北《きた》村《むら》義《よし》男《お》…………同　スポーツ局長
辛《から》島《しま》文《ぶん》三《ぞう》…………同　アナウンサー
黒《くろ》石《いし》武《たける》……………同　編成局長

［関東学生連合チーム］
桐《きり》島《しま》兵《へい》吾《ご》…………関東学連（関東学生陸上競技連盟）幹事
大《おお》沼《ぬま》清《せい》治《じ》郎《ろう》……東邦経済大学 監督／学生連合コーチ
北《きた》野《の》公《こう》一《いち》…………清和国際大学 監督／　同

諫《いさ》山《やま》天《てん》馬《ま》…………品川工業大学　4年生
猪《いの》又《また》丈《じょう》……………武蔵野農業大学　2年生
倉《くら》科《しな》弾《だん》……………山王大学　2年生
咲《さき》山《やま》巧《たくみ》……………関東中央大学　4年生
佐《さ》和《わ》田《だ》晴《はる》…………調布大学　4年生
富《とみ》岡《おか》周《しゅう》人《と》…………目黒教育大学　4年生
内《ない》藤《とう》星《せい》也《や》…………関東文化大学　2年生
乃《の》木《ぎ》圭《けい》介《すけ》…………京成大学　1年生
松《まつ》木《き》浩《こう》太《た》…………清和国際大学　4年生
峰《みね》岸《ぎし》蓮《れん》……………多摩塾大学　4年生
村《むら》井《い》大《だい》地《ち》…………東邦経済大学　3年生
桃《もも》山《やま》遙《はるか》……………東洋商科大学　2年生

第一部

決戦前夜

第一章　予選会

1

レースは山場を迎えようとしていた。

序盤から仕掛け、トップ集団を形成していた外国人留学生選手たちの後ろ姿はとうに見えない。

瑠璃紺《るりこん》に大学名を白く染め抜いたユニフォームに同色のランニングパンツ。明誠学院大学《めいせいがくいん》伝統のユニフォームに身を包んだ青葉隼斗《あおばはやと》の位置は、主に日本人トップランナーたちで構成される第二集団の中央付近だ。隼斗の右手、やや後方につけているのはチームメイトの前島友介《まえじまゆうすけ》。一年のとき本選に出場した友介は、チーム唯《ただ》ひとりの「箱根」経験者でもある。

箱根駅伝への出場をかけた予選会であった。参加しているのは四十六校、出走するランナーは総勢五百人を超える。

明誠学院大学陸上競技部は、かつて箱根駅伝を連覇したこともある強豪だ。

しかし、それも今は昔。隼斗が一年生の時こそ箱根駅伝出場を果たしたものの、結果は十七位。

箱根駅伝では十位までがシード権を獲得し、予選なしで翌年の出場が決まる。だが、それを逃したチームは、厳しい予選会を勝ち抜かなければならない。

同じ年の十月に行われるその予選会で、明誠学院は十五位と惨敗。経験豊富で速かった四年生ランナーがごっそりと抜け、代わりの選手が育っていなかったことが敗退の理由だ。成長著しく、予選会出場も確実と目されていた隼斗は、レース直前の故障でエントリーすらできず、仲間たちを応援する側に回るしかなかった。二年生のときである。

　そして翌年。ようやく怪我が癒《い》えたと思った矢先にクロスカントリーで転倒して捻挫《ねんざ》、またもや予選会のメンバーから洩《も》れる。ふがいなかった。チームも十三位敗退。「古豪」と呼ばれるのも寂しい実績に甘んじたのである。

そして大学四年生になった今年――。故障も癒え、本来の調子を取り戻して持ち前の責任感から主将も任された隼斗にとって、このレースは箱根駅伝出場をかけたラストチャンスでもあった。

予選会は、陸上自衛隊立川駐屯地《たちかわちゅうとんち》の滑走路をスタートし、基地内を三周。そこから立川市街地を経て国営昭和記念公園のフィニッシュを目指す約二十一キロのコースだ。

各チームが十二人を上限に出走し、上位十人の合計タイムを競う。

十位までのチームが、年明けの一月二日と三日に行われる夢の舞台、箱根駅伝本選への出場権を得るのである。

一発勝負のタイムトライアルには、それ故《ゆえ》の難しさがあった。

通常のレースなら、目の前にいる他校選手との駆け引きに勝てばいい。相手がペースを落とせば、それに合わせて体力を温存する作戦もあるだろう。だが、タイムトライアルはそうはいかない。どんなタイムで走っているかわからないチームメイトのことを考えれば、一秒でも削る走りが必要になってくる。あらかじめ各自が設定した目標に少しでも近づき、それを上回る結果を出すことが求められるのだ。

必要なのは、冷静な判断力と正確なランニング技術である。

この日、監督の諸矢《もろや》久繁《ひさしげ》がとったのは、出場する十二人の選手各人のスピードや個性、調子によって役割を分担する作戦だ。

レースはおそらく、留学生選手を中心とした第一集団、日本人エースランナーたちで構成される第二集団、さらに第三集団といったふうに散《ばら》けるだろう。

チーム最速レベルの隼斗と友介はタッグを組み、第二集団で他大学のエースたちと張り合う。それ以外の選手は、ランニング技術とタイムマネジメントに定評のある三年生の持田《もちだ》研吾《けんご》を中心とした第三集団にできるだけ常駐して「集団走《しゅうだんそう》」を目指す。チームメイトが固まって走る「集団走」によってお互いを励まし合い、記録の底上げを目指す作戦だ。上位が突っ走っても、底が抜けていたのでは結果はついてこない。

隼斗と友介のふたりは、その作戦通り、日本人のトップ集団である第二集団の真ん中あたりをキープしながら十二キロ付近に差し掛かっていた。

ここまでは、予定を上回るハイペースだ。朝まで降り続いた雨が止んだ後の曇天。無風。箱根の神様のプレゼントかと思えるほど走りやすいコンディションが呼び込んだ好タイムだが、ここからが本当の戦いであった。

レース序盤の陸上自衛隊立川駐屯地内は平坦で、まるでトラック競技の長距離走のようなスピードレースになる。その後立川市街地に出ると、沿道を埋める一般の人たちの応援を受けたリラックスした走りになるが――いまがまさしくその状態であった――この平穏は間もなく終わりを告げる。

この後、コースは一般道からフィニッシュ地点のある国営昭和記念公園へと入るのだが、そこから先はアップダウンの連続になるからだ。特にフィニッシュ手前五キロの上り坂が鬼門で、何が起きてもおかしくはない。

前方に国営昭和記念公園の入り口が見えてきたとき、この第二集団をリードしてきた順天堂大学のエース、森本《もりもと》がペースを上げたのがわかった。

勝負を仕掛けてきたのだ。

その背中に食らいつくように、隼斗もスピードを上げる。しかし――。

脇腹の辺りに激しい痛みを感じて、隼斗は顔をしかめた。

十キロを過ぎて痛み出していた脇腹は、最初、大したことはないと思われた。だが、それは治まるどころか、走れば走るほど痛みのパルスがより密に、鋭くなり、次第に無視できないほどに膨らんできている。

この体の異変が隼斗から平常心を奪っていった。強度のストレスから心拍数が上がり、スパートできない。

併走する友介が、ちらりと隼斗を見た。

森本を追走しないのか——。

そう問うている目だが、隼斗はしかめた顔で応えるしかなかった。友介は、隼斗の異常を瞬時に察したのだろう。すっとペースを上げて森本に食らいついていく。

その友介の背中が、みるみる遠ざかり、後方のランナーたちが取り囲むように隼斗をとらえた。

中央大学の選手がふたり、挟むような形で、隼斗を抜き去っていく。昨年の箱根駅伝で久々にシード権を失い、雪辱《せつじょく》に燃える選手たちの気合いが伝わる力走だ。さらに城西大学の選手が三人、互いを励まし合うように肩を揺らして前に出ていった。

——くそっ。

気力を振り絞るのだが、隼斗には公園内の上り坂が断崖絶壁《だんがいぜっぺき》のように見えた。たちまち体から悲鳴が上がり、刺すような脇腹の痛みが脳天を貫く。市街地と比べて狭くなったロードと、両側に立ち並ぶ各大学の幟《のぼり》が視界の中で滲《にじ》み、幾重にも重なる声援は耳の奥でぐわんぐわんと反響している。

ひとり、さらにひとりと選手たちが隼斗の前に出て行く。もはや、隼斗に生じた肉体の異常は、誰の目にも明らかに違いない。

主将の俺がブレーキになってどうする。

その責任感がさらに心にのし掛かり、苦しさを倍増させた。

いまや隼斗は第二集団の最後尾に落ち、ともすれば単独走に近い状態になっていた。

だがそのとき、かすかな奇跡が起きた。

一瞬声援が途絶えたときに聞こえた、己の乾いたシューズの音だ。リズムが刻む、走りのペース――。

それが隼斗を救った。

――落ち着け。落ち着け。

精神を集中させ、その音だけに耳を澄ませた。

脇腹の痛みが一時的に引いたのも僥倖《ぎょうこう》だった。きっと痛みにも波があるんだ――そんなことを自分なりに考えてみる。

次第に、いつもの冷静さが戻ってきた。

少しピッチを上げてみる。

足が、前に出た。

――行ける。

残り三キロのスロープを、隼斗は無心で駆け上がる。

タイムのことはもう意識から消えていた。

ここまで来たらもう、技術でも作戦でもない。メンタルの強さしかない。

第二集団をリードしていた森本や友介たちの背中は遠いが、きつい上り坂の走りにスタミナを切らし、スピードを落とすランナーもいる。

ひとり抜いた。

――このままフィニッシュまで突っ走れ。

隼斗は自分に言い聞かせた。――また痛みがぶり返す前に。

そして、またひとり。

必死の巻き返しだ。鬼神のごとき形相で、なりふり構わず走る隼斗の背を、沿道の応援が後押しする。

視界の先で、友介がフィニッシュするのが見えた。

――待ってろ。俺も行くぞ。

念じた隼斗の目には、もはやフィニッシュラインしか見えていなかった。

そこに飛び込んでいく。

左腕のランニング・ウォッチのボタンを押したところで、隼斗の意識は遠のき、気がついたときには近くの芝の上で仰向けに横たわっていた。

視界に飛び込んできたのは、駆け寄って自分を見下ろす友介らの心配そうな顔と、雨雲が切れて青空に変わり始めた空だ。

ランニング・ウォッチのタイムを見た。

一時間三分二十四秒。

想定していたタイムを三十秒以上も下回る、隼斗としては平凡すぎる記録だった。

こんなはずじゃなかった。だが、もうやり直すことはできない。

隼斗は天を仰ぎ、猛烈な勢いでこみあげてくる悔しさを噛《か》みしめた。

主将として隼斗に期待されたのは記録の牽引役だったはずだ。

俺が引っ張って「箱根」に行くんじゃなかったのかよ――。

そんな思いがとめどなく胸にこみあげ、自責の念に押しつぶされそうになったとき、

「研吾が来た」

友介のひと言で、持田研吾がフィニッシュするのを視界に捉えた。

それに遅れること十秒ほど、さらに明誠学院の選手が立て続けにふたり入ってくる。各校の応援部が声を張り上げ、激しく太鼓が鳴り響く中、残りの選手たちも続々と駆け込んできた。

「あとひとり」

近くでストップウォッチ片手に各部員のタイムを計っていた小森大樹《こもりたいき》がいった。大樹は四年生。本当はチームを代表する記録を持つランナーだが、怪我でサポートに回っている。

十人目のランナーが遠く視界に現れたのはそのときだ。瑠璃紺のユニフォームに、

「ヨウスケ、ヨウスケ！」

友介が叫ぶ。二年生の三沢陽介《みつざわようすけ》だ。隼斗も叫んだ。陽介は苦しそうな表情を浮かべながら、よほど体力を消耗したのだろう、大きく体を揺らしてラストスパートを掛けている。

フィニッシュと共に倒れ込んだ陽介を、救護係の補助員が抱きかかえた。

大樹の脇に立ち、読み上げられるタイムを三年生の主務、矢野計図《やのけいと》がモバイルに入力してい

る。合計タイムが出ていた。

「ちょっと見せて」

隼斗は画面を覗《のぞ》き込んで息をのんだ。手元の時計だから主催者である関東学連の公式記録とは多少の誤差があるかも知れない。しかし――。

苦戦は明らかであった。

2

結果発表を待つ会場にいて、チームメイトたちはさっきからじゃれ合ったりつまらない冗談を飛ばしたりしている。

落ち着かないのだ。

十人全員がフィニッシュした順位だけ観れば、上位での突破はまずあり得ない。八位か九位。いや、もしかすると十位ギリギリの予選通過である可能性も高い。

いや、それならまだいい。

隼斗の胸に巣くっているのは、予選敗退の恐怖だ。

昨年の予選会のときと比べ、個人の走力は確実に上向いている。一万メートルの個人記録も、箱根駅伝出場校の選手たちと遜色《そんしょく》ない。実力を出せば、予選突破できるはずだ――。

だが、それはあくまで全員が順調にレースを終えたときの話だ。その意味で一番期待を裏切ったのは誰あろう、隼斗自身であった。

失速した選手の穴が埋められないのは層が薄いからだが、それには理由がある。箱根駅伝から遠ざかれば遠ざかるほど、いい選手が入らなくなるからだ。弱いからますます弱くなる、敗者のジレンマである。

その選手たちの中にいて、ひとり監督の諸矢だけがにこりともせず、舞台の上で順位が隠されたままのリーダーボードを睨《にら》み付けていた。

今年六十五歳。

かつて厳しい指導で知られた業界の名物監督だった諸矢も、ＯＢに言わせれば随分と丸くなった。隼斗の印象では特に昨年あたりからスパルタでチームを引っ張る強引さが影を潜め、選手の自主性を尊重するかのような指導が目立つようになった気がする。

この日も、予定タイムから大幅に落とした隼斗を叱りつけたりすることはなかった。かけられた言葉は、「ご苦労さん。これもレースだ」、だ。

「始まります」

計図の言葉に視線を向けると、壇上にスーツ姿の学生が上がるところであった。主催する関東学連――関東学生陸上競技連盟の幹事長である。賑やかだった会場がどよめきとともに静まりかえり、喉元を締め付けられるような緊張が膨らんでいく。

「それでは、これより結果発表を行います」

マイクを通して、第一声が響き渡った。

発表は一位からだ。

——一位……。

長すぎるほどの間を空けたのち、リーダーボードのフリップが一枚外される。

——順天堂大学。

会場のどこかで歓声が上がった。拍手。今年の本選十一位で予選会に回ったが、まさに実力通りの結果だろう。

——二位……中央大学。

「そもそも中央が予選会にいることがおかしいだろ」

誰かがいうのが聞こえる。まったくだと隼斗も思う。今年の「箱根」で優勝候補の一角といわれていた中央大学がシード落ちするとは。だがそれこそが、「箱根」の恐ろしさでもある。

——三位、城西大学。

歓声とため息が会場内に交錯していた。

四位、神奈川大学。五位、国士舘大学。六位、日本体育大学。

このあたりから、まだ名前を呼ばれないチームの、祈りにも似た感情が張り裂けんばかりに膨らんでいくのがわかる。

「頼む！」

隼斗の隣で、同じ四年生の宗方通《むなかたとおる》が、胸の前で両手を握りしめている。

——七位……。

——山梨学院大学。

歓声。ため息。そして不安。チームメイトから笑顔が消え、天を仰いだり、足下の芝を見つめたりしている。

そのとき、

「まだあるぞ！」

怖ろしいほどの形相で前を見つめたままの諸矢から声がかかり、不安と重圧で乱れそうになる選手たちに活を入れた。

――八位……。

自然に横並びになって全員で肩を組んだ。

そして祈る。

明誠学院大学。呼ばれるはずだ。必ず――。

――法政大学。

全身の血液が引いていくような感覚に、隼斗は思わず絶句した。

友介は、すでに目を赤くして唇を噛んでいる。

――九位……。

隼斗のユニフォームを摑む友介の指先に力が入るのがわかった。

――拓殖大学。

すぐ近くにいたチームが喜びを爆発させた。隼斗たちはただそれを無言で見つめるしかない。

枠はあとひとつだ。

——十位……。

「明誠、明誠明誠！」

友介が押し殺した声で叫んだ。「——明誠！」

——専修大学。

肩を組んでいた隊列が壊れ、何人かがその場に崩れ落ちた。

足下の地面が割れ、奈落の底に吸い込まれていく。友介が両手を顔にあてて泣きじゃくりはじめた。

——俺のせいだ。

その一事がぐるぐると頭の中を駆け巡り、いまや腹立たしいほど晴れ上がった空を、隼斗は見あげる。溢《あふ》れ出す涙と失意の底にあって、隼斗の胸に手に負えないほどの自己嫌悪が膨らみはじめた。

みんなあれだけ頑張ったのに、努力したのに——。

そのとき、

——十一位。

涙にくれる明誠学院大学の選手たちが、一斉に顔を上げた。

——明誠学院大学。

タイムが発表されたとたん、会場にどよめきが起きた。

十時間三十八分十二秒。

なんとそれは、十位の専修大学とたった十秒しか違わなかった。

その十秒が、明誠学院大学復活を阻んだのだ。

友介は四つん這《ば》いになり、拳《こぶし》を地面に叩きつけている。

その拳はまるで、隼斗に向けられているかのようだ。

もし隼斗がいつもの力を出していたら、明誠学院は本選出場を決められたはずだ。

だが、勝負に「もし——」はない。

「ごめん」

隼斗は大声でいった。「ごめん、みんな。俺のせいだ。ごめん」

言い放ったとたん、滂沱《ぼうだ》のごとく涙が溢れてこぼれ落ち、地面に吸い込まれていく。

頭を下げ続ける隼斗に、

「頑張った結果だ。仕方が無い」

傍《かたわ》らからそう声を掛けたのは、監督の諸矢である。

「みんな集まれ。肩を組もう」

監督の言葉で円陣が組まれた。

「お前らはこの一年、すべてを出し切って頑張った。よくやった」

驚いたことに諸矢も涙を流していた。いままで、チームの誰ひとりとして監督の涙など見たことがなかったはずだ。

それぐらい強面《こわもて》で気持ちの強いはずの諸矢がいま、泣いている。

「俺はお前らのその頑張りにどれだけ感心させられ、どれだけ胸を打たれたかしれない。夢に向かって、目標に向かって、毎日、毎日、走り続けた。一日も休むことなく、頑張った。そのときのお前らは輝いていた。俺はそんなお前らの姿を絶対に忘れないし、お前らもその努力の日々を忘れることはないだろう。残念ながら、夢はかなわなかった。だが、だからといってこの一年、お前らがしてきた努力の尊さが失われるわけじゃない。素晴らしい敗者がいるからこそ、勝者が輝くんだ。そのことを忘れるな。今日は我々が敗者になった。だったら明日、勝者になればいい。負けは勝ちより、人間を成長させてくれる。明日を信じて、胸を張れ。お前らは、俺の誇りだ。ありがとう！」

円陣の中で、ふたたび選手たちの号泣が始まった。

隼斗も泣いた。そして諸矢も誰憚《はばか》ることなく涙を流している。

かくして、明誠学院大学の箱根駅伝への挑戦は終わりを告げたのであった。

3

「隼斗。ちょっといいか」

諸矢から声を掛けられたのは、まさしく夢の後のむなしさに沈んだバスが、相模原《さがみはら》にある寮に到着した後のことだ。解散し、うなだれて部屋に戻る者、悔しさを紛らわせようとグラウンドに出て走り始める者——そんな部員たちの後ろ姿を見送っていた隼斗は、諸矢について監督室に入った。

「すみませんでした、監督」

部屋に入るなり、隼斗は直立不動になって詫びた。

箱根の夢に賭けたチームメイト、そして監督の思いに応えることができなかった。その責任の重大さは、時間が経つにつれてどんどん胸の中で大きくなっている。

諸矢はどっかりと椅子に座って視線を上げ、立ったままの隼斗をしばらく見ていたが、

「失敗ってのはな、次につなげられるかどうかで、価値が決まるんだ」

そういった。「ランナーとしてだけじゃなく、サラリーマン生活だったり、なんだっていい。それに生かせばいい」

隼斗はこみ上げてくるものを堪《こら》えて、ただ唇を噛んでいることしかできない。

「人生ってのは、そんなもんだ」

そうひと言付け足すと、「ところでな」、と諸矢は話を変えた。

隼斗は小さく深呼吸し、諸矢の言葉を待つ。

来年の主将を誰にするか——おそらくそんな相談だろうと思った隼斗だったが、諸矢が切り出したのは、予想もしていなかった話だった。

「俺は、監督をやめる」

はっ、といったきり隼斗は言葉を失い、指揮官の顔をまじまじと見つめた。

完全な不意打ちだ。

その隼斗に、

「俺はもう、十分にやった」

諸矢はひと言付け加えると、抱えていた重たいものを吐き出すように嘆息し、椅子の背にもたれた。

隼斗が驚愕したのは、そのときの諸矢の表情に、見たこともない疲労を見出したからである。監督としてずっと張り詰めていたものが途切れたのだろうか。弱さを曝《さら》け出しているようにも見えた。

「監督、自分たち四年生はもう卒業ですからそれでいいかも知れません。でも、後輩たちはどうなるんです。みんな監督を慕って、この明誠学院にやってきたんですよ。その監督がいなくなったら、次の『箱根』はどうなるんですか」

「俺がいなくても、あいつらはちゃんとやるさ」

穏やかな口調で諸矢はいった。「この二年間、俺はお前らの自主性に任せてただ見ていた。だが、俺がいなくてもお前らは立派に練習をこなし、レベルを上げ、目標を見失うことも無かった。大丈夫だ、やっていける」

「あと三年やっていただけませんか、監督。いまの一年生が卒業するまで、ぜひお願いします」

頭を下げた隼斗に、諸矢のため息とともに、力の無い声が降ってきた。

「もう俺は無理なんだよ、隼斗。近年にはないベストメンバーにもかかわらず、お前らを箱根に連れてってやることができなかった。もし、今回ダメだったら、潔く身を引く。俺はそう決めていたんだ」

四十年近い歳月を、諸矢は、陸上競技の監督として生きてきた。数々の栄冠もある。それを上回る数の敗北もある。毀誉褒貶《きよほうへん》もつきまとう。そんな中で選手たちを鼓舞し、実績を上げるのに、どれだけ強靱《きょうじん》な精神力が必要だっただろうか。なのにいま、諸矢はそれまで放っていたオーラを消し、一介の老人になってしまったかのようだ。

人の内面に宿るものの力がこれほど人を変えるものか。そのことに、隼斗は驚きを禁じ得なかった。

常に体力の極限に挑むランナーだからこそ、余計にそう思えるのかも知れない。

「ここからのことは、後任監督にまかせる」

諸矢の言葉に、隼斗は「えっ」と短い声を上げた。

「後任監督って――」

「もう決めてある」

きっぱりした返事に、あらためて諸矢を眺めた。果たして、いつから辞意を固めていたのだろう。

「どなたが、監督になられるんでしょうか」

遠慮がちに問うと、

「甲斐《かい》真人《まさと》だ」

意外な名前が飛び出した。

「甲斐さん……。あの甲斐さんですか」

かつて明誠学院大学が強豪校として鳴らしていたとき、一年生からレギュラーとして箱根を四度走った伝説のランナーがいた。

それが甲斐だ。

四年間二区を任され、区間賞三度。「明誠エクスプレス」の異名を取ったランナーである。

だがなぜ「伝説」なのか。

それは、大学卒業後の甲斐が一般企業に就職、陸上競技から一切足を洗ったからである。年に一度開かれる陸上競技部のOB会で見かける甲斐は、穏やかで、当たり障《さわ》りのない性格の男だった。部の運営にあれこれ口を出したがるOBもいる中、甲斐が何かの意見を口にしたことはただの一度もない。関心がないのか、そもそも意見がないのか。とらえどころのないOBのひとり、という印象しか持ち合わせていない。

「甲斐さんって、いま何をされてるんですか」

「丸菱《まるびし》で課長職だ」

丸菱は総合商社である。甲斐は三十五歳前後のはずで、会社でいえばいわば中堅、働き盛りだ。そんな男が監督になるのか。

「甲斐はずっと鉄鋼畑でやってきて、先日赴任先のオーストラリアから日本勤務に替わったばかりだ。仕事は順調だが、このままでいいのか、という悩みをあいつも抱えている。鉄じゃなくて人と関わる仕事がしたいというのがあいつの気持ちだ。その気持ち、俺はよくわかる」

「甲斐さんは、丸菱を退社されるんですか」

隼斗はきいた。

学生の就職人気ランキングではいつも上位に顔を出す一流の企業だ。それを辞め、それまで距離を置いてきた陸上競技に骨を埋めるというのか。

「一年間、休職して来てもらうことになってる」

「一年間……」

なんだそれは――。隼斗は唖然《あぜん》として言葉を失った。チームを作り上げるのに、一年では短すぎる。そんなこと、諸矢は百も承知しているはずなのに。

「甲斐には、来年から頼むといってあった。ついでにもし予選会で敗退するようなことがあったら、その時点で監督交代だとな」

諸矢は続ける。「丸菱には、社会貢献制度というのがあるらしい。一年間、ボランティアで働くことが奨励されていて、その一環として監督の件も会社の承認を得ているという話だ」

ボランティアかよ。

隼斗は、割り切れないものを感じて鼻白《はなじろ》んだ。

結局、甲斐は失うもののない形で、腰掛け程度の監督になるということだろう。

しかも甲斐には、選手としての実績はあっても、指導者としての実績はない。ＯＢの中には、時間さえあればグラウンドに顔を出したり、差し入れをしたり、はたまたコーチのようなことを買って出る者もいるが、甲斐がいままで明誠学院陸上競技部のために何かをしてくれたという記憶はなかった。

「なんで、甲斐さんなんですか」

隼斗の胸に滲んだ不信感は、やや語気の強い質問になって出た。しかし、

「あいつが適任と思うからだ」

諸矢が返してきたのは、迷いのないひと言だ。「このチームには、甲斐の力が必要だ。監督を譲ろうと考えたとき、あいつ以外には誰も思い浮かばなかった」

信じられない思いで、隼斗はただ、諸矢の評価を中途半端に受け止めるしかない。気持ちの整理がつくはずもなく、諸矢の判断の是非について考えもまとまらない。

「甲斐さんはいつからいらっしゃるんですか」

「とりあえず、明日か明後日にはこっちに顔を出すだろうな。こうなった以上、時間がない。今日からチームは次の『箱根』に向かってスタートだ。そして隼斗――」

諸矢は、気後れしたままの隼斗を見あげると意外なひと言を放った。「お前は、連合チームだぞ」

はっと、隼斗は諸矢を見据えた。連合チームとは、正式名称、関東学生連合チームのことだ。言葉が出なかった。チームが敗退したことで頭が一杯で、自分個人のことまで考えが回っていなかったからだ。

「個人成績のトップは友介だが、あいつは一年のとき『箱根』を走ってる」

たしかに、本選に出走したことがある選手は、連合チームに入れない。諸矢は続ける。「関

東学連の人間から聞いたんだが、お前の今日のタイムは、出場を逃したチームの日本人選手の中で十四番目だ」

「だとしたら、監督。連合チームはどうするんですか」

思わず隼斗は問うた。

関東学生連合チームの監督は、〝関東学生連合チームに選出された選手の所属大学の中から、総合成績が一番良かった大学の監督に打診を行う〟とされているはずだ。つまりは、諸矢である。その打診をも断るというのか。

「連合チームの監督の打診があれば、それは受ける」

諸矢はいった。「ただし、やるのは私ではなく、甲斐だ。一応、関東学連にも問い合わせたが、問題ないとの返事だった」

「甲斐さんが……」

信じられない表情で立ち尽くす隼斗に、諸矢は真剣な目を向けた。

「連合チームで本選出場の十人に選ばれろ。そして、出られなかった仲間のために――『箱根』を走れ」

4

「どうだ。いい絵、撮れたか」

編集作業中の部屋に顔を出した徳重亮《とくしげりょう》は、椅子に浅く座って頬杖を突いていた菜月《なつき》に声を掛けた。

「まあまあ、ですかね」

返事をした菜月の隣の椅子を引いて、徳重もモニタを覗き込む。

徳重は今年、念願の「箱根駅伝」のチーフ・プロデューサーを務めることになっていた。その徳重が制作の要《かなめ》であるチーフ・ディレクターに任命したのが、入社十年目の宮本《みやもと》菜月である。

この任命は、社内には驚きをもって受け止められた。

大日《だいにち》テレビが誇るお正月の人気スポーツ番組、「箱根駅伝」のチーフ・ディレクターは花形である。

その花形のポジションに、女性で初めて、しかも先輩ディレクターを押しのけて菜月が任命されたのだから、これはある意味〝事件〟であった。

いま菜月が編集しているのは、夜のスポーツニュースで紹介するための予選会の映像だ。この日行われた予選会には、徳重も足を運んでいる。

波乱は無かった。順当といえば順当な結果である。それは菜月の、どこか物足りなそうな表情にも出ていた。

たしかに、順天堂、中央、城西、そして日体大——箱根ファンなら馴染《なじ》みの常連校が順当に、本選へと駒を進めたといえばその通りだろう。

「目玉になるような番狂わせはありませんでした」

菜月がいった。「そういう意味ではちょっと地味で」

「番狂わせなんか、そうそう起きるもんか」

そういいながら徳重はモニタの映像をしばし眺め、場面選択の的確さやコメント、音声などの過不足無い構成に納得して小さくうなずいた。全部見なくても出来は折り紙付きだ。徳重の見たところ、優れたバランス感覚と構成力にかけて、菜月をしのぐ者はこの局にいない。チーフ・ディレクターに任命した最大の理由だ。

「たしかに、大きな波乱は無かったが、ドラマはちゃんとあっただろ」

それを菜月はきちんと拾っていた。

泣きじゃくる明誠学院大学の選手たち。長く円陣を組み、諸矢監督の訓示に涙する姿。

「明誠は残念だったな。今年は行けると思ったんだが」

徳重はつぶやいた。スポーツ畑ひと筋に歩んだ徳重は、少年期はサッカーに打ちこみ、大学では棒高跳《ぼうたかとび》の選手だった。陸上競技のメンタル、難しさ、素晴らしさを知り尽くした上で、もう二十年以上も箱根駅伝を直《じか》に見続けている。各校チームがどの程度のものか、見極める眼力には自信を持っていた。

明誠は、行ける。

そう期待していただけに、その日の結果には驚き、少なからず落胆したのであった。「俺もまだまだだな」、という自虐に加え、スポーツでは度々思い知らされる真理にも改めて思いを馳せた。

――勝負には魔物が潜んでいる。

この日の明誠学院大学の落選は、まさにそれだ。徳重の予想では上位は無理にせよ、七位ぐらいの成績を収めるはずであった。

古豪復活。

もし予想通りならニュースになったはずだが、逆に「箱根」を目指した若者たちの夢破れる映像となって残った。

「そういえば、諸矢監督が勇退されるそうですよ」

菜月からの情報に、

「誰に聞いた」

驚いて徳重は問うた。

「予選会の後に明誠学院を取材した記者にご本人がおっしゃったそうです」

「何年やったんだ、あの人は」

少なくとも、徳重がヒラ社員時代に「箱根駅伝」のスタッフとして関わったときにはすでに監督だった。

「三十八年だそうです。今年六十五歳で、けじめをつけたいというような話で」

電撃辞任だ。

「今年のチームには期待してたはずだから、ガックリきちまったのかもしれんな」

徳重は顎《あご》の辺りをさすりながらいった。「明日になったら、やっぱり続けるとかいうんじゃないだろうな」

「それが、もう後任監督を決めているっていうんですよ」

意外な事実を、菜月は口にする。

「後任……。誰だ」

「甲斐真人です。知ってますよね、徳重さん」

「甲斐？　あの甲斐が監督になるのか」

だとすれば、驚き以外の何物でも無い。「陸上からは引退したはずだけどな」

大学時代、優秀なランナーだけに進路が注目されたが、甲斐が選んだのは陸上競技部のない総合商社だったはずだ。それは陸上競技からの引退を意味する。実際、その後甲斐の名前を陸上競技の現場で耳にすることはなかった。

甲斐真人は、記録にはあるものの人びとの記憶からは消えた存在だったのである。

「じゃあ、諸矢さんは学生連合チームが花道か」

「それも甲斐さんに任せるそうです」

これにはさすがに、徳重も驚愕しないではいられなかった。

「自分が出ても意味がないとおっしゃったそうです。甲斐さんに譲れば、来年に向けての経験になるし、それがチームのためだって」

「こりゃ本気だな」

ようやく諸矢の気持ちを悟って、徳重は重い吐息を漏らした。

アマチュア競技とはいえ、箱根駅伝を目指すチームは大学の期待を一身に背負っている。長い低迷から抜け出すために、諸矢自身が自らを切ったということもできるだろう。

「そのうち正式発表されると思います。まあ、学生連合チームですから、誰が監督でも同じだと思いますけどね」

「〝学生連合〟を舐《な》めんなよ、宮本」

言ってみたものの、徳重の言い方も少し冗談めいていた。

「オープン参加」という、正式記録に残らない関東学生連合チームは、ここのところ最下位争いの常連だ。

いや最下位という言い方は矛盾している。オープン参加の関東学生連合チームには、そもそも順位がつかないのだから。

学生連合チームは予選会の後に結成される急ごしらえの寄せ集め集団だ。

いくら予選会で個人記録の上位者とはいえ、頑張ったところで正式記録に認定されず、さらにチームとしての一体感も目的もない。これでモチベーションを保てという方が無理だ。

これに比べて、優勝を狙おうというチームの箱根駅伝にかける気合いのすさまじさ、眦《まなじり》を決した選手たちの意気込みはどうだろう。

伝統という名の重み、出られなかった部員たちへの思い、遠くから応援してくれる家族への感謝——代々受け継がれたユニフォームに、歴史と情熱をつなぐタスキ——。

箱根駅伝で使われるタスキは、主催者が配るものではなく、各チームがそれぞれ準備する。

大切に保管され、箱根駅伝本番にだけ使われるものもあれば、寮母さんが縫い込んだ心のこもったものもある。血が通い、研《と》ぎ澄まされ、そして戦いの舞台に相応《ふさわ》しく、重い。

それに比べて、

——タスキが軽い。

学生連合チームのことを思うとき、いつも徳重に浮かぶのはそんな思いであった。

ただ選ばれ、任された区間を走ることしか考えない選手たちがまともに戦えるほど箱根駅伝は甘くない。

誰が監督でも、その状況を変えることはできないだろう。

ましてや、長く陸上競技の現場を離れていた男に、そんな芸当ができるはずがなかった。

「それはそうと、徳重さん。番組の構成、どうするんです」

菜月が話を変え、「箱根駅伝」のチーフ・プロデューサーに任じられてからずっと徳重の頭を悩ませ続けてきたことを口にした。

「まだ考え中だ」

「黒石《くろいし》さんとは相談したんですか」

「いや。まだだ」

菜月はわずかに眉を顰《ひそ》めて徳重を見たが、それ以上はいわなかった。

黒石武《たける》は、大日テレビの編成局長だ。バラエティ畑で頭角を現し、制作の要であるポストに登り詰めただけあって、キレ者と恐れられる存在である。ついでにいうと、野心家でもあった。

その黒石は、徳重に対してある要求を突きつけていた。

曰《いわ》く、長く続いた箱根駅伝の「フォーマット」を変えろというのが、それである。

他局のことはわからないが、こと大日テレビにおいて、編成局長が内々のアドバイスという形にせよ、現場に口だしするなどということはあり得ない話であった。

だが、黒石という男は、ある意味前例をぶち壊すデストロイヤーとして出世の階段を上がってきた男でもある。いわば、大日テレビの異端児《いたんじ》だ。

「本当に変えるんですか。私は賛成しかねますが」

黒石の要求に対する宮本菜月の意見は、旗幟鮮明《きしせんめい》だ。

「なんでそう思う」

「変える必要がないからですよ。『放送手形《てがた》』の完成度は誰だって認めてるじゃないですか」

『放送手形』は、大日テレビが箱根駅伝を放送する際の番組構成を示した台本である。正式名称を『箱根駅伝　放送手形』という。「黒石さんはただ、自分が何かを変えたという実績を残したいだけなんじゃないですか。番組のことを考えているとは思えません」

気のせいか、菜月の声に侮蔑《ぶべつ》の色が混じったように聞こえる。

「いや、あのオヤジはオヤジなりに番組のことは考えてるさ」

徳重は、五歳年上の黒石のことをいつもオヤジ呼ばわりしていた。半ば親しみを込めて、そしてあとの半分はそこはかとない軽蔑の意味合いを込めて。「ただ、スポーツ中継のなんたるかを知らないで勘違いしてるだけだ。それを教えてやれば口出しもやめるだろう。明日にでも話してみるさ」

そういうと徳重は、来たときと同じようにふらりと部屋を出た。

スポーツ局にある自席に戻り、机上や足下を埋め尽くしている様々な資料から、『放送手形』を引っ張り出してみる。

大日テレビが放送を開始した第一回目の放送のために書かれた台本は、代々、「箱根駅伝」を放送する担当者たちに受け継がれ、バイブルとさえいわれている。

正月二日と三日の二日間のほぼ半日を独占する巨大スポーツ中継にして、三十パーセント前後の平均視聴率をたたき出すオバケ番組。いまでこそ、「箱根駅伝」は正月の風物詩といっていい定番だが、この番組が実現するまでの道のりは、想像を絶する苦難の連続であった。

番組を企画したのは、スポーツ中継における伝説のプロデューサー、坂田《さかた》信久《のぶひさ》。坂田を支え、『箱根駅伝　放送手形』という台本を自らつくって番組を構成したのは、天才ディレクターと呼ばれた田中晃《たなかあきら》であった。

このふたりのテレビマンがいなければ、いまの「箱根駅伝」という番組は存在すらしていなかったに違いない。

5

東京大手町《おおてまち》を出発し、やがて都心を抜けて東海道の名残を残す風光明媚《めいび》な海沿いの道から小《お》田《だ》原《わら》、そして急峻《きゅうしゅん》な山上りとなる箱根路へ。

二百十七・一キロの道のりを正月の二日間で走るこの駅伝が始まったのは、第一次世界大戦の終戦から二年後の一九二〇年のことであった。大会の実現に尽力したのが、日本のマラソンの父、金栗四三《かなくりしそう》だ。その後、第二次世界大戦前後の五回に及ぶ大会中止を挟みつつ、現在まで連綿と引き継がれる一大スポーツイベントに発展したのである。

これに惚れ込み、なんとか番組として中継できないかと注力したのが、前述の坂田であった。箱根駅伝に対する学生たちの情熱。タスキをつなぐため、チームのため、全身全霊で走る青春の晴れ舞台。チーム全員で夢を追い、栄冠に沸き立ち、敗れて流す純粋な涙――。観れば思わず応援したくなるピュアなスポーツマンシップ、学生を中心に運営されるアマチュアリズム、ひたむきで一切の夾雑物《きょうざつぶつ》のないチャレンジ。

この素晴らしい大会をなんとか生で放送しようと、坂田は入念な準備に取りかかる。

だが、満を持して提出された坂田の企画書は通らなかった。

無論、箱根駅伝の素晴らしさが局内のお偉いさんたちに理解されなかったこともあるだろう。だが、坂田はそれだけが原因だとは考えなかった。大型の番組企画を任せてもらうだけの信用が自分には不足していた――そう捉えたのである。

普通なら、この段階で諦めてしまう者も多いはずだ。

だが、坂田に「断念」の二文字は無かった。

だったら、自分の社内評価を上げ、発言力を得ればいい――前向きな坂田が「それならば」と出した企画が、「全国高校サッカー選手権」である。

十二月下旬から一月上旬にかけ、日本一をかけて行われるこの大会の中継を企画した坂田は上層部の承認を得、期待通りの視聴率を獲得して軌道に乗せた。

番組の価値が上がれば上がるほど、プロデューサーとしての坂田の評価も上がる。

それから数年、満を持して再提出された「箱根駅伝」を中継する番組企画は激論の末に承認され、坂田はその野望に大きく近づいたのであった。

このとき、坂田が番組制作のパートナーとして指名したのが、新進気鋭のディレクターとして上り調子だった田中晃である。

自らの信じる道をがむしゃらに進み、社内外の波風などものともしない強さを持つ坂田。これに対し、田中は細やかな気配りと巧みな人心掌握に長《た》け、社内の人望も厚い好人物だ。一見、両極端な性格に思えるふたりだが、スポーツ中継のなんたるか、さらにいえばスポーツ中継の美学という点では、共通したプラットフォームに立っている。

スポーツ中継とは、競技の素晴らしさや面白さ、難しさ、そして人間ドラマをそのまま視聴者に届けるものであり、それ以上でもそれ以下でもない、という哲学だ。

分かりやすくいえば、スポーツ中継に人気タレントをゲストとして呼んだりするやり方を一切排し、硬派な王道を貫こうとしたのである。

今となっては笑い話だが、見事企画を通した坂田がしたことは、「箱根駅伝」のスタッフ募集の張り紙であった。人事部への相談は一切無し。プロデューサーが自ら社内でスタッフを募集するというのも、いかにもフロンティア精神に溢れる坂田らしいが、これで人事部に大目玉を喰ってしまった。

徳重が大日テレビに入ったとき、その中継は軌道に乗り、「箱根駅伝」は高視聴率を稼ぐ正月の看板番組へと成長を遂げていた。

スポーツ局を志望して入ったもののなぜかバラエティ局に配属。やってられるかと捨て鉢になっていた徳重は、自分をスタッフに加えてくれるよう坂田に直談判した。

徳重のやる気を評価した坂田は、即座に人事部に掛け合い、半ば強引に徳重をスポーツ局に異動させたのである。爾来《じらい》、徳重にとって坂田信久は、スポーツ中継の大先輩であり恩人であり、生涯の師匠に他ならない。

坂田の下についたおかげで、徳重はその後、「箱根駅伝」第一回放送時の途轍《とてつ》もない苦労と奇跡を知ることになった。

そしていま——。

自席で、田中がつくった『箱根駅伝　放送手形』なる台本を改めて眺めた徳重は視線を上げ、難しい顔でだだっ広いフロアの、なんでもない空間を睨み付けた。

「これをどうやって変えろっていうんだよ」

自然とそんな独り言が口から洩れる。

変えようがない。

田中はこの中で、番組放送に関するいくつかのルールを定めている。

タスキをつなぐ場面、順位が入れ替わる場面は必ず撮る。

チームと選手個々人に対する入念な取材を行い、出身地などに触れる。これによって、関東

史を伝えるショートストーリーを挟む。

の学生だけの大会であるはずの箱根駅伝を全国区に広げることができるのだ。
レースが動かないとき、あるいは隙間のような時間に、「今昔物語《こんじゃくものがたり》」と呼ぶ、箱根駅伝の歴史を伝えるショートストーリーを挟む。

返す返すもよく出来ている。

三十五年も前につくられた台本だというのに、時代によるコース変更などの微調整が加えられただけで、大半がいまに通じるのだ。

なのに、黒石にはこれが気に入らないのである。

「いったい、何考えてんだ」

またもや、小声で徳重は独り言を言った。「まったく、バラエティのヤツらの考えることはわからねえな」

どこのテレビ局でも、バラエティとスポーツ、報道、ドラマ各部門が張り合う構造は同じで、大日テレビも然《しか》りであった。

「結局は、俺たちがやってることが気にくわねえんだろうな」

そう考えると、むしろ納得だ。もっとも黒石のことだ、何か途轍もないアイデアを抱えている可能性もあるが、少なくとも徳重の結論としては『箱根駅伝　放送手形』の構成は変えるべきではない。

だが、あの黒石が折れるか。

しかし、それを調整するのがチーフ・プロデューサーたる徳重の仕事であった。

編成局長の黒石は、やってきた徳重を見ると黙って立ち上がり、デスク近くにある簡単な応接セットのソファに腰を下ろした。

アポなしの訪問である。デスクにいなければ、引き上げようと思っていた。

向かいの椅子にかけた徳重は、「『箱根』ですが、従来通りの構成で行こうと思います」、と開口一番、そう告げた。

返事はない。

白髪まじりの髪を短く刈り込み、ずんぐりした体型の黒石は、ソファにだらしなくかけてはち切れそうなほどのシャツの腹の上に左手を置いていた。右手には折り畳んだ老眼鏡を握り、神経質そうに上下させている。

猫のスコティッシュ・フォールドを連想させるユーモラスな外見だが、その目には長年現場を取り仕切ってきた自信と、剛直さが滲んでいた。

やがて、

「考え直せ」

黒石から短い言葉が吐き出された。

「いや、しかしですね――」

「同じことの繰り返しで、視聴者が増えると思ってるのか」

徳重を遮《さえぎ》った編成局長は苛立ちを隠さなかった。「視聴率を上げたかったら、新しい枠組みを考えるべきだろう」

「その新しい枠組みについてですが、たとえばバイクの車載カメラを増やして、いままで撮れなかった細かな駆け引きを――」

「ダメだ」

最後まで聞かず、言下《げんか》に黒石は首を振った。「そんなことしたってインパクトがない。もっと視聴者に分かりやすくアピールできる番組にして欲しい」

黒石の言わんとするところをそれとなく察して、徳重は身構えた。

「スタジオのゲストを充実させろ」

案の定だ。

「それは――」

反論の言葉を口にしかけるが、

「地味なんだよ。退屈だ」

黒石はたたみかけた。「見る人は見る。それでいい。だが、見ない人の理由を考えたことがあるのか。『スポーツ中継こうあるべし』の狭い視野や根性論、駅伝ファンでもなければ見たことも聞いたこともないゲスト。そりゃあ、瀬古《せこ》さんをメインの解説に据えるのはいいだろうよ。華がある。だが、華はもうひとつやふたつあってもいいんじゃないか。俺はそういうこと、いってるんだ」

「ゲストにアイドルでも呼べっていうんですか」

吐き捨てるように徳重はいったが、そういうスポーツ番組は実際に放送されている。

バレーボールやゴルフのメジャーな大会にアイドルやタレントをゲストスピーカーに招くのだ。

「そんなことをしたら、本当のファンが離れてしまいますよ」

徳重は反論した。「『箱根駅伝』は、硬派なスポーツ番組であるべきなんです。スポーツ番組の王道を行くのがウチの伝統じゃないですか。他局のマネしてその本分を忘れろというんですか」

黙って聞いた黒石は、よっこらしょと立ち上がると、机上のメモをとって戻ってきた。

無言で、徳重の前に出す。

手書きで記されていたのは、人気お笑いタレント、畑山一平《はたけやまいっぺい》の名前と、電話番号だ。

「畑山を使えっていうんですか」

様々な番組にコメンテーターとして出演、最近では報道番組にもレギュラーとして登場、お笑いから知性派へと転身中だ。

「女子人気は高い。いままでにない視聴者を取り込める。正月の予定は押さえてある。電話してくれ」

「ちょっと待ってくださいよ、黒石さん」

徳重は慌てた。「正月の予定は押さえてあるって、どういう意味ですか」

「言葉通りの意味さ。タムケンさんに話したら『箱根駅伝、いいねえ』って大乗り気だ」

タムケンこと、田村健一郎《たむらけんいちろう》は、業界のドンと呼ばれる芸能プロダクションの社長だ。畑山一平を始め、大勢のタレントを育て、いまや芸能界に睨みを利かす大親分である。

「冗談じゃないですよ！」

徳重の大声に、周囲が静まりかえるのがわかった。「なんでそんな勝手なことするんですか」

「お前が動かないからだろう。俺が代わりに動いてやったんだ。礼ぐらいいったらどうだ」

「黒石さん、『箱根駅伝』はそういう番組じゃないんですよ」

「じゃあ、どういう番組なんだ」

冷ややかな目が、徳重に向けられた。「硬派なスポーツ番組か。なら硬派とはなんだ。駅伝やマラソン関係者ばかり集めて、身内の話題で盛り上がればそれが硬派なのか。芸能人が入れば軟派なのか。そういう固定観念が、番組をつまらなくしていることになんで気づかないんだ」

「タレントを出せば、視聴率が取れるという発想こそ、固定観念じゃないですか」

真っ向から、徳重は反論した。「人気タレントが出れば、視聴者が喜ぶと思ってるんですか。くだらないバラエティ番組と一緒にしないでください」

言い過ぎた——と思ったときには遅かった。

暗い怒りを湛《たた》えた視線が徳重を射抜いたかと思うと、黒石の顔から感情が抜け落ちていく。

「ここだけの話だが、柏木《かしわぎ》さんは俺に賛成だ」

徳重は息を呑んだ。

柏木正臣《まさおみ》は制作を統括する役員で、大日テレビの番組制作の全権を握る人物である。

その人物が、黒石の案に賛成するとなれば、徳重がいくら抵抗したところで番組の構成は変えざるを得ない。

だが、なぜ？

報道畑が長くかつて敏腕の記者として鳴らした柏木は、バラエティ局よりスポーツ局寄りの人物だと思っていた。

「まあ、そういうことだから」

そういうと黒石は、話は終わりとばかり両手でパンと膝を打った。「持ち帰って検討してくれ、いいな」

6

「監督の話、なんだった。次の主将選びのこと？」

その夜、歓談室に行くと、ペットボトルのお茶を飲んでいた友介が話しかけてきた。けだるい口調である。

「いや。そうじゃなかった」

そうこたえたものの、この日の夕方に諸矢から伝えられた辞意のことを、隼斗は語らなかった。新監督の甲斐のこともだ。

もしかすると諸矢は、隼斗の口から選手たちに知らされることを期待していたのかも知れないが、これればかりは諸矢自身の言葉で、選手に伝えられるべきだと思ったからだ。

それに、隼斗はどうにも「甲斐新監督」を承服できないでいる。その気持ちを整理できないまま話せば、部員たちに余計な不安が広がってしまうかも知れない。

「そうか」

友介は、隼斗の言葉を疑うこともなく、「次の主将、どうする」、と当然の疑問を口にした。箱根への夢を絶たれたいま、まずやるべきことは次の主将を選んで後輩たちに後を託すことだ。新しいリーダーを選び、来年に向けて新たな挑戦の日々をスタートさせるのである。

隼斗の胸には、すでに意中の選手がいた。三年生の持田研吾だ。この日、第三集団の「集団走」でペースメーカーを任された研吾は、明るい性格で、責任感も強い。走力ではトップとはいかないが、主将を任せるとしたらこの研吾を措《お》いて他にない。

隼斗が心の内を話すと、

「俺も、研吾がいいと思う」

友介もそういって、一も二も無く賛成してくれた。「監督も文句無いんじゃね？」

「たぶん」

とだけ隼斗はこたえる。

諸矢は賛成するだろう。だが、新監督の甲斐が賛成するかどうかはわからない。記録だけなら、研吾より速い選手は他にもいるからだ。

諸矢の話では、甲斐は明日か明後日には顔を出すとのことだが、できればその前に新体制を固めた方がいいのではないかと、隼斗は思った。諸矢の前で決めてしまえば、後で文句を言われることはないだろう。

「明日の朝十時からミーティングだ。そこで新主将を選ぶ。どうだ」

決断の早い隼斗はいった。

「いいと思う。俺からみんなに伝えとくよ」

友介も賛同し、それで話はまとまった。


翌朝、その時間に集合した部員たちには、いつもの笑顔は無かった。

予選会敗退の事実に打ちひしがれ、いまだ立ち直れない者もいる。表情もなく椅子に座る部員たちが考えていることが、隼斗には手に取るようにわかった。

俺たちに「箱根」は無理なんじゃないか――。

自信を失い、これでいいのかと迷い、そして敗退の惨めさを嚙みしめている。

諸矢の入室とともに、ミーティングが始まった。

司会進行は、隼斗の役目である。

「昨日の結果は本当に残念だったけど、気持ちを切り替えていこう。俺たち四年生はもう引退するけど、来年こそ『箱根』を目指して三年生以下の皆は頑張って欲しい。そして必ず、今年の雪辱を果たしてもらいたい。そのために、このチームに必要なのは新しい体制だ」

隼斗の言葉に、何人かが顔を上げるのがわかった。「ここで新たな主将を選んで、来年に向けての一歩を踏み出そう。まず、自分が主将をやりたいという人、手を上げて」

沈んでいた場に、力のない笑いが起きた。きょろきょろと周りを見回す部員もいる。が、挙手するものはいない。

最前列の席では、諸矢が腕組みをして、その様子をじっと見ていた。

「立候補はないみたいだから、みんなで話し合って決めよう。はじめに断っておくけど、主将っていうのは、見ている以上にキツい仕事なんだよ。誰が選ばれるにせよ、その新主将をみんなで盛り立てて欲しい」

くすっという笑いが洩れて、だんだん場の雰囲気が温まってくるのを隼斗は感じた。

「誰か、推薦して欲しいんだけど」

そこで挙手した部員がいた。二年生の岸本《きしもと》だ。

「一、二年生で話し合ってたんですが、研吾さんがいいなって。どうでしょう」

指名された研吾は、大袈裟《おおげさ》に驚いてみせたが、多くの部員はうなずいていた。願ってもない流れである。

「研吾、どうだ。何かやれない理由があるならいってくれ」

隼斗はきいたが、研吾は迷っている。

さて、どういう返事をするのか。

ところが、そのひと言を待っていたとき、予想外のことが起きた。

ミーティングルームの後ろにあるドアが開いて、ひとりの男がふらりと入ってきたのだ。

なんとそれは、甲斐真人だった。

驚いて諸矢を振り向いた隼斗は、その顔に悠然としたものが浮かんでいるのを見て、ふいに悟った。

諸矢が呼んだのだ、と。

全員が男の方を振り返り、戸惑うような表情を浮かべている。

「全員、起立」

隼斗がすかさず声を掛けて、部員たちが立ち上がった。「――甲斐真人さんだ」

小さなどよめきが起きた。

甲斐の顔を知らない部員はいても、その名前を知らない者はいないからだ。

甲斐は、三十代半ばのすらりとした長身の男であった。そして、いかにも職場から抜け出してきたように見えるグレーのスーツにネクタイを締めているが、ジャージ姿の集団の中ではどこか浮いている。

全員の視線を浴び、甲斐はちょっと慌てたように、

「ああっと――邪魔してすまない。続けてください」

立ち上がった部員を座らせると、自分も手近な椅子を引き寄せて掛ける。

諸矢の考えていることはわかる。

甲斐をこの場に呼び、新主将選びから甲斐に立ち会わせようというのだろう。

――邪魔をされなければいいが。

内面の懸念《けねん》を面《おもて》に出さないよう、

「じゃあ、続けます」

隼斗は、ふたたび研吾にきいた。「どうだ、研吾。やってみないか、主将」

「主将」のところで、甲斐の目が隼斗の視線を追って研吾に向けられた。

どう思ったか。

監督就任の打診があったのなら、きっと甲斐は選手たちの情報をある程度集めているに違いない。競技会記録などから、誰がどんな記録の持ち主なのか、知っているはずだ。

その記録上のランキングでいえば、研吾は上位ではあってもさほど目立つ存在ではない。

それもあってか、甲斐は腕組みをし、興味深そうに部員たちの選択を見守っている。

三年生の西村浩輝《にしむらひろき》の手が挙がった。

「研吾、やってくれ。お前しかおらん」

いつもの大阪弁だ。ユーモラスな雰囲気だが、研吾はそれまで浮かべていた笑いを引っ込め、急に真面目な顔になる。

「頼む」

浩輝のひと言とともに、拍手が起きた。
一、二年生がそれに加わり、友介ら四年生も手を叩き始める。
「研吾、どうだ」

拍手が一段落するのを待ち、改めて隼斗はきいた。研吾は俯《うつむ》いて考え込んでいる。迷いもあるだろう。

「研吾、研吾」

浩輝が手拍子とともに言い始め、研吾コールが起こった。研吾は、苦々しいような、やや厳しい顔を上げると、コールを手で制して全員に向かってきいた。

「本当に俺でいいのか」、と。

ミーティングルームの静寂が、ひときわ大きな拍手で破られたのはそのときだ。

意外なことにそれは――甲斐だった。

立ち上がった甲斐が、小さくうなずきながら研吾に拍手を送っている。

予想外の成り行きに隼斗は驚き、同時に不安が安堵《あんど》に変わるのを感じた。

異を唱えるかも知れないと思った甲斐が、真っ先に賛同したのだ。それにつられ、部員たちも立ち上がって拍手しはじめている。

部員たちの「承認」は明らかだ。昨夜のうちに「研吾推《お》し」を決めていた友介ら四年生も、ほっとした表情を浮かべている。

「新主将おめでとう、研吾」

改めて隼斗はいい、「じゃあ、ここから先はお前にまかせるから」、そういって研吾に司会を譲ったのであった。

それからの小一時間で、新しい一年に向けての部の体制が決まっていった。

だが――。

安堵とともに研吾の溌剌《はつらつ》とした司会を横で見ていた隼斗の胸には、まだつっかえているものがあった。

　他ならぬ、監督人事のことである。

　なぜ、この場に甲斐が現れたのか、部員たちは意味がわからないままだ。むろん、それを説明するのは諸矢の仕事に他ならない。

　その諸矢は、ときに笑みを浮かべ、ときに腕を組み、目を閉じて、部員たちの話し合いに耳を傾けている。

　やがて、

「監督。以上ですが、どうでしょうか」

　新体制での担当が決まったところで、傍らにいる諸矢に研吾が問うた。

「ああ、いいよいいよ。どうもありがとう」

　鷹揚《おうよう》にうなずきながら諸矢はゆっくりと立ち上がり、自分を見つめる選手たちを見回した。

　隼斗が、そこにいつにない慈《いつく》しみに似た眼差《まなざ》しを見出したのは、諸矢の退任を知っているからだろうか。

「昨日は負けた。そして今日から、気分も新たに新しい一歩を踏み出す。新しい一歩の先には、また昨日と同じ勝負があり、そして結果がある。俺が、働いていた会社を辞めて、母校である明誠学院大学の陸上競技部の監督になったのは二十七歳のときだった。監督をやれといわれても、経験があるわけじゃない。俺にあったのは選手として、また主将として箱根を二度走ったという経験だけだった」

き入っている。
諸矢は、自らの回想を静かな口調で語り始めた。いつにない口ぶりに、選手たちもじっと聞き入っている。

「だが、選手と監督は違う。最初は面食らうことばかりだった。監督として部員たちとどう向き合えばいいのか。どうすれば勝てるチームになるのか、どこにも答えは落ちてなかった。だから俺は、がむしゃらに突き進んだ。若造が体当たりで監督をやったわけだ。ところがどういうわけかその年、チームは予選会を勝ち上がり本選に出場し、シード権を獲得した。その翌年もだ。いまはもう伝説のようになってしまったが、明誠学院大学の黄金期はそうして始まった。一方そのことが、監督としての自分の手腕を過信する原因にもなった気がする。俺は勘違いして、自分の思い通りにならない選手は叱り飛ばし、鉄拳をふるってでも従わせる指導法こそ自分流だと思い込んできた。しかし、そのやり方はいつしか通用しなくなってきた。箱根駅伝の連続出場が途絶えると、やがて成績は低迷し始め、正直、いまの選手たちが何を考えているのかわからなくなった。結局のところ、俺のやり方は古かった。いつのまにか俺は、時代に置き去りにされていたんだ」

隼斗の前にいる友介が、瞬《また》きもせずに諸矢を見ていた。監督がここまでの自分語りをしたことは一度もなかったからだ。常に、中央でどんと構え、ゆるぎなき采配で檄《げき》を飛ばす指導者は、決して内面の弱さを見せることはなかった。それがいま、あからさまに自らを回想し、迷いや反省を口にしているのである。

部員たちの背後に控えている甲斐は、静かに目を閉じ、恩師でもあるこの老将の語りに耳を傾けている。

「いままで三十八年間、俺は毎年、勝負を繰り返してきた。今日のように新しいチームが誕生し、そして様々な結果がもたらされる。だが、その長い年月にわたって、俺はずっと自分流を貫く一方で、肝心なことを忘れていたと、最近になってやっと気づいた。それはお前ら部員たちの声に耳を傾けることだ。お前らが何を考え、何を目指し、何を求めているのか。ランナーにはそれぞれ個人としての資質がある。それまでの俺は、それを否定し、あくまで俺が求める型にはめようとばかりしてきた。だが、それは間違いだった。それに気づいたのは、自分流のやり方がだんだん通用しなくなり、思うような成績が上げられなくなった二年前のことだ」

そのことは隼斗も気づいていた。たしかにその頃から、諸矢はスパルタ式の指導方法を改めた。一年生のときの猛将ぶりが影を潜め、部員の自主性を重んじる指導法に転じたのである。その変貌ぶりがOB会で話題になるほどに。

「世の中はいつのまにか様変わりし、若者たちも変わった。それだけじゃない、トレーニング方法だってどんどん進化している。俺がそのすべてを吸収し、このチームを相応《ふさわ》しい方向へ導くことができるかというと、それは不可能に近い。俺はもう六十五歳で、アナログから脱しきれない老人だ。こんな年寄りがチームを率いたところで、思い通りの成績を収めることは難しい。昨日の結果しかり。敗退の原因はすべて俺にある。これをもって、俺は、このチームの監督を辞任することにした」

全く予想もしていなかっただろうひと言に部員たちがびくりと反応し、諸矢を見た。凍り付いたように静まりかえった部屋に、諸矢の淡々とした声が続く。

「お前たちからは、数多くの感動と思い出をもらった。だが、もう十分だ。俺は今日をもって辞任し、ここから先は、新しい監督に委《ゆだ》ねようと思う」

どよめきが起きた。

驚いて立ち上がる者もいる。お互いに顔を見合わせる者、いまにも泣き出しそうな者、両手で顔を覆い突っ伏す者もいた。中には少し怒ったように頰を膨らませている者もいる。友介もそのひとりだ。

部員たちは今日まで、諸矢を信頼し、この寮で寝食を共にして「箱根」を目指してきた。その指揮官から、突然の辞意を伝えられたのである。

ハシゴを外された――ともすればそんなふうに思うその気持ちも、隼斗にはよくわかる。部員たちの気持ちは千々に乱れ、思考は未整理のまま、なすすべも無く事実を突きつけられている。

「――甲斐真人新監督」

諸矢が部屋の後ろにいる甲斐に声を掛け、部員たちの視線が驚きとともに甲斐に集まった。なぜ甲斐がここに現れたのか、誰もが知った瞬間だ。

おもむろに立ち上がった甲斐は、諸矢の前まで歩いてくると、

「本当に、お疲れ様でした」

右手を差し出した。

「よろしく、頼む。甲斐。――頼んだぞ」

頼んだぞ、のところで、諸矢は両手で甲斐の手を包み、甲斐もそれにこたえる。こみあげてくるものに諸矢の唇が震えているのを見つめた隼斗は、自身熱いものを感じる一方で、何かもやもやする、矛盾した心境を持て余していた。

静かにうなずいた甲斐が部員たちを改めて振り返った。諸矢にはない力を感じさせる目だ。ただ若いというだけではなく、強靱で、知的な雰囲気を醸《かも》し出している。

「諸矢監督から指名をいただき、栄光の明誠学院大学陸上競技部の監督に就任することになった甲斐です」

あまりに突然のことに、未消化のまま事実を飲み込めないでいる部員たちに、甲斐はゆっくりと語りかけた。

「卒業して十二年、丸菱に就職して、陸上競技とは一切関係のない人生を歩んできました。そんな男がなぜ、監督に請《こ》われたからといってここに戻ってきたのか、疑問に思うひともいるでしょう。総合商社で日々忙殺され、安定はしていても、このまま十年、二十年とサラリーマン生活を続けて、果たして何が残るのか――。そう自問していたとき、諸矢監督から声を掛けていただきました。原点に還ってこいと」

甲斐は続ける。「自分を信じ、仲間を信じる。諦めない気持ち。勝っても、負けても、それを受け入れ、未来に生かそうとする姿勢――。いま自分に必要なものを教えてくれたのがなんだったのか、そのとき改めて気づきました。この陸上競技部で、『箱根』を目指して努力してきた日々だったと。私は、もう一度原点に立ち返り、箱根駅伝に挑みたい。その挑戦こそ、自分が見失っていたものです。そしてその挑戦こそ、自分を見つめ直し、成長させてくれるものです。来年こそ一緒に『箱根』に行こう」

甲斐は力強く、部員たちに語りかけた。「そして、名門明誠学院大学を復活させよう。古豪ではなく、常連校と言われるように、みんなの力で立て直すんだ。自分たちの可能性を信じて、一緒に『箱根』を目指そう」

傍《かたわ》らに立つ新主将に、右手を差し出した。おずおずと研吾がその握手に応じる。

その成り行きにつられ、拍手が起きた。

あまりに突然のことではあるが、甲斐新監督の就任を誰もが認め、祝福しているように隼斗には——見えた。

7

「どう思う、隼斗」

夕食後、歓談室でついているテレビをぼんやり見ていた隼斗に、友介が声を掛けてきた。みると、新主将に選ばれた研吾も一緒だ。その研吾のいつになく浮かない表情を見た隼斗は、「なにかあるな」、と身構えた。

「どう思うって、なにが」

「甲斐さんだよ。本当にあれでいいのか」

その言い方に、甲斐に対する不信感のようなものが滲んでいることに気づいて、隼斗は頭の後ろで組んでいた指をほどき、向かいの椅子を引いて座った友介に向き合った。

「あれでいいとは？」

「実はさ、俺、気になったんで米山《よねやま》さんにきいてみたんだ」

米山空也《くうや》は、陸上競技部のＯＢだ。都内のメーカー勤務だが、暇を見つけてはよくグラウンドにやってきてコーチをしたりして後輩たちの面倒をみてくれる〝兄貴分〟的存在である。

「甲斐さんって、会社の社会貢献制度を利用して一年間だけ監督をやるつもりらしいぜ。それって、単なる腰掛けだろ」

箱根駅伝に出場するチームの監督は、長年そのチームの面倒を見ているケースが多い。自分の妻を寮母とし、選手たちと同じ屋根の下、私生活も含めて指導する監督もいる。諸矢の場合は妻が働いている関係で、平日だけ寮に寝泊まりし、週末になると都内の自宅に戻るという生活を送っていた。不自由もあったろうが、そんな生活を三十八年間も続けてきたのだ。

「甲斐さんだって、人生かかってるんだし、しょうがないんじゃないか」

自分が甲斐の立場でも、安定した仕事を簡単に捨てたりはしないだろう。だが、隼斗自身がこの監督人事に納得していないだけに、口調は少々中途半端に聞こえたかも知れない。

「一年しかできないんならやるべきじゃないと思うんだ。そういうことは、甲斐さんだってわかってるはずなのに」

友介は、隼斗が驚くほど憤《いきどお》っていた。「そもそもなんで甲斐さんなんだ。何か聞いてるか、隼斗」

「いや、特には」

小さく首を振った隼斗に、甲斐を新監督に据えると告げたときの諸矢の言葉がふいに蘇《よみがえ》った。

――あいつ以外には誰も思い浮かばなかった。

なぜだ、という思いは隼斗にもある。

歴史ある明誠学院大学の陸上競技部には、熱心にチームを応援してくれるOBも少なくない。

その中には実業団の陸上競技部で活躍した有名選手も含まれている。

なのに、なぜ甲斐なのか。

その理由がわからない。

「米山さんがいうにはさ、丸菱って社会貢献を重視してるから、監督業をやれば出世につながるんじゃないかって。それってつまり、ウチは甲斐さんの出世のために利用されるってことじゃね？　なあ、研吾」

研吾は、同意を求められ、「ええ、まあ」、と曖昧《あいまい》につぶやいた。

「こんなことでチームをまとめろといわれても、研吾だってかわいそうだよ。こんなんで本当に『箱根』、行けんのかよ」

隼斗は思わず押し黙ってしまった。

自分もまた、もっともだと思う。研吾だけでなく、残された三年生以下が納得できないのは当然ではないか。

「誰か他にもそういうことといってるのか」

気になって友介にきくと、

「そもそもなんで甲斐さんなんだって話は、みんなしてるよ。就任の挨拶のときには拍手はしたけど、わだかまっているというか……」

「じゃあ、どうすればいいんだ」

隼斗は敢《あ》えてきいてみたが、半ばそれは自問に近かった。「諸矢前監督にもう一度考え直してくれっていうのか？　それとも甲斐新監督に、やっぱりやめてくれって、そういうか」

友介も研吾も、こたえない。

「たしかに友介のいうこともわかるよ」

隼斗は続けた。「監督に就任するなら、一年限定じゃなく、じっくり時間をかけてチームビルドして欲しいし、そうすべきだ。だけど、出世の道具にされるとか、そういうことは推測だろ。甲斐監督は、長く陸上競技から離れてたんだ。そのギャップを埋められるか試す——そのための一年ということだってあるじゃないか。そしてうまく行けば、そのまま監督を続けるとかさ。それはわからないだろ」

「だったら隼斗、諸矢監督にそのヘンのことキチンときいてくれよ」

友介がいった。「研吾がきけば、甲斐さんに知られたときやりづらくなる。お前がきいてくれた方がいいと思うんだ。みんな、そこのところ知りたがってるんだよ」

「わかった」

立ち上がりながら、隼斗はこたえた。「明日、俺から単刀直入にきいてみる。それでいいか、研吾」

「お願いします。すみません、隼斗さん」

ひと言詫びた研吾は、慌てたように一礼すると、歓談室から出ていった。その姿が見えなくなると、友介の視線が戻ってきた。

「隼斗。お前、知ってたのか、監督交代の話」

誤魔化すわけにはいかない。

「実は、昨日、予選会から帰った後に聞いた」

小さな舌打ちとともに、友介の目に険《けん》のようなものが宿り、

「何で黙ってんだよ」

独り言のような言葉が洩《も》れてきた。

「すまん。辞任することは監督から直接、話すべきだと思って」

「なんだよそれ」

友介はむしゃくしゃしたように一旦顔を背けてから振り向いた。「そのとき聞いたんだろ、甲斐さんの監督就任話。任期一年だって、諸矢監督は説明しなかったのか」

「会社の社会貢献制度だという話は聞いた」

「なんでそのとき止めなかったんだ」

なじるような口調だ。「そのとき断固反対してくれてたら、こんなことにならなかったかも

知れないじゃないか」

「すまん」

反射的に謝った隼斗であったが、実は、新監督人事に不満なのは隼斗も同様だ。それに、諸矢の決断を覆《くつがえ》すことができたかといわれると、その自信もない。

諸矢は相当前から、この「箱根」を逃したら辞任すると決めていたと思う。

「そのときは新監督人事のことまで頭が回らなかった。諸矢監督から辞任するっていわれて頭が一杯で……予選会の後だったし」

「いわれたの、それだけか」

どこか疑わしげな友介の目が向けられ、隼斗は戸惑った。四年間を共に過ごし、励まし合い支え合ってきた仲間なのに、いままで見たこともない冷ややかな視線が隼斗を射ている。

「まあ、そうだけど」

「本当に？」

友介は首を傾《かし》げるようにして、隼斗を見た。「連合チームのこともかよ？」

「ああ、それは――」

指摘され、隼斗は慌てて言い繕おうとしたが、すでに遅かった。

「なんだ、出たんじゃん。呼ばれるってか」

「そのはずだと。まだ正式にどうこうはないけど」

「よかったな、隼斗」

椅子から立ち上がった友介は、皮肉っぽい笑みを唇に浮かべた。「俺たちの分まで頑張ってくれや。みんな応援してるからさ」

手をひらひらさせて去って行く友介を、言葉もなく隼斗は見送るしかない。

その隼斗のもとに、関東学連から学生連合チームへの選抜が伝えられたのは、翌日のことである。

8

監督室へ行くと、床に置いた段ボールに、諸矢が私物を放り込んでいるところであった。ドアは開け放され、引っ越し作業の真っ最中である。

「監督――」

声をかけると、

「おお。どうした」

振り向きもせず諸矢はきいた。

「ちょっとお話があるんですが」

隼斗は、ストッパー代わりに置いてあった箱をどけてドアを閉めると、デスクの前に立ち、抽斗《ひきだし》を開けて中の書類を漁っている諸矢に話しかけた。

「実は、甲斐新監督の件で、部員たちの間に戸惑いが広がっていまして」

顔を向けた諸矢は、老眼鏡の隙間から上目遣いになって隼斗を見た。その目に向かって、隼斗は続ける。「丸菱では、社会貢献が重視されているそうです。ウチの監督をやると、出世できると聞きました」

「だから?」

そんなことか、とばかり、諸矢は再び手を動かし始めた。

「チームが出世の道具にされるんじゃないかって。そう思っている部員もいます」

「誰からの情報だ」

デスクの抽斗から書類の束を机上に置きながら、諸矢がきいた。

「米山さんが友介に」

「ほう」

書類を分類する手を止めて、諸矢は再び顔を上げた。「そんなことで出世できるんなら、世話ないわな。お前らガキンチョにそんなことわかるのか」

さして社会人経験のあるわけではない自分にだってわからないくせに、という言葉は、さすがに隼斗は飲み込んだ。

「でも、少なくとも甲斐さんは陸上競技部の監督としての経験もありません。みんなそれを心配してるんです」

「誰だって、何かを始めるときは未経験だ。当たり前だろ」

「それで本選に行けるんですか」

隼斗は、腹の真ん中に居座っている疑問を口にした。箱根駅伝の「本選」だ。

だが、

「それはみんなの頑張り次第だろ」

諸矢は取り合わない。「いっとくがな、走るのは監督じゃない。選手だぞ」

「他人《ひと》ごとに、聞こえます」

非難めかして、隼斗はいった。「他の方にお願いするという選択肢はないんでしょうか」

「ない」

きっぱりと諸矢は断じた。「俺は甲斐が監督をやってくれるというから、辞任するんだ」

「じゃあ、一年後には戻ってきていただけるんですか」

「いいや、戻らない」

諸矢は、どこか寂しげに首を横に振った。「老兵はただ去りゆくのみ。あとのことは甲斐にまかせる。いまいえるのはそれだけだ」

茫然《ぼうぜん》と突っ立っている隼斗に、諸矢は机上で分類した書類の束のひとつを差し出した。

「ドアのところの箱に入れてくれ」

「監督、真剣に考えていただいたんですよね」

隼斗は書類を手にしたまま、きいた。

「当たり前だ」

やけに真剣な顔になった諸矢と、これ以上話しても何も進展することはないだろう。それを悟った隼斗は、「わかりました」、といって書類を言われた箱に放り込む。

それから、改めて散らかったままの部屋を見回した。

「手伝いましょうか」

いいや、と諸矢は首を横に振った。「お前は連合チームで『箱根』を走る。そんな暇があったら、練習しろ」

「わかりました。すみません、お邪魔して」

一礼した隼斗が部屋を出ようとしたとき、

「おい、隼斗」

というひと言が、引き留めた。振り向いた隼斗が見たものは、思いがけず逡巡《しゅんじゅん》を浮かべた諸矢の表情である。

「お前にだけ、話しておきたいことがある」

諸矢が監督室を引き払い、正式に監督を辞任して寮を出たのは間もなくのことだ。

三十八年間もの長きにわたって陸上競技部を率いた名将の引き際は、実にあっけなかった。

第二章

社内政治

1

徳重《とくしげ》は悩んでいた。

スポーツ局内にあるソファに体を埋め、足をテーブルの上に載せたまま、天井のあたりを怖ろしいほどの眼差《まなざ》しで睨《にら》み付けている。いまにも、体の中の部品が吹き飛んで、頭から炎が上がりそうな勢いだ。通りすがる者は誰もがその姿に、はっとするが、声を掛ける勇気がある者はなく、何も見なかったかのごとく通り過ぎていく。

そんな中、

「どうしたんです、そんなコワい顔して」

驚いたように声を掛けてきたのは、菜月《なつき》であった。

打ち合わせにでも行くのかファイルを小脇に抱え、何か珍しいものでも見るような眼差しを徳重に向けている。

「畑山《はたけやま》一平、使えってよ」

投げやりな徳重のひと言に菜月は眉を顰《ひそ》めると、

「黒石《くろいし》さんと話したんですか」

そう察しよくきいた。

「スケジュールを押さえてあるらしいぜ」

「畑山を出すんですか、徳重さん」

質《ただ》すような口調になった菜月に、徳重は難しい顔で沈黙した。

それを悩んでいるのである。

徳重が、「出す」、といえば箱根駅伝史上初のお笑いタレントのゲストが誕生する。だが一方で、それは硬派なスポーツ番組として引き継がれてきた伝統の途絶を意味するのであった。

「明日、タムケンさんに会ってくる。どうするかは、それから話そうや。それまで考えさせてくれ」

すぐには答えず、真剣な目で徳重を見つめた菜月は、

「わかりました。よろしくお願いします」

そう引き下がると、硬い横顔のまま去って行った。

深く嘆息した徳重は、テーブルの上にある「放送用キューシート《CUE》」を手に取って、当てもなくページを繰り始めた。

何時からどのカメラの映像をつないで何を放送するのか――。それを時系列につないだいわば番組の設計図、オーケストラでいうところの総譜がこのキューシートである。いまだに手書きで詳細な指示が書き込まれたそれは、「箱根駅伝」という番組が始まって以来、頑《かたく》なに守ら

れてきた伝統のフォーマットといっていい。

徳重の胸に去来《きょらい》するのは、この番組を企画し、放送した初代プロデューサー坂田信久の箱根駅伝に対する熱い思いだ。

スポーツ局に異動してから改めて見た、一九八七年の「初回放送」の記憶はあまりにも鮮明で、徳重はいまでも昨日のことのように思い出すのである。

その当時、箱根駅伝を生中継することは、不可能と思われていた。

技術的な難問が立ちはだかっていたからである。

その難問とは、「天下の険《けん》」といわれる箱根の急峻《きゅうしゅん》な山々だ。それに遮られ、中継するための電波が届かないのである。

それまで、箱根駅伝というコンテンツにNHKをはじめテレビのキー局が二の足を踏んでいたのは、まさにこの難問がクリアできないことが大きな理由だった。

平坦な四区までならともかく、山々に囲まれた五区は、VTRでしか届けることができないテレビ中継上の難所とされていたのだ。

しかし、生中継できないのでは意味がない。あくまで「生」にこだわった坂田がその難問を克服しようと頼ったのが、テクニカル・ディレクターの精鋭、大西一孝《おおにしかずたか》であった。

どうしたか――。

その答えは、箱根路を障害物なく見渡すことのできる久野《くの》林道の山頂に、中継施設を設置することであった。それまで、誰も想像すらしなかったウルトラCである。中継車からの電波をそこで受けて、東京や各サブ放送センターへつなぐのだ。このときスタッフに命じられたのは、歩きでしか到達できない山頂に、中継施設を設置する作業である。

重い荷物を背負って道無き道を登り、山頂に機材を設置する。夜には一旦下山するはずが、途轍《とてつ》もない難路に下山を諦め、結局、寒風吹きすさぶ中、野宿せざるを得なくなった。過酷であったはずなのに、それを話してくれた先輩は、いまなお消えることのない充実感と達成感を表情に浮かべていたのを徳重は覚えている。

そこまでして坂田が目指したのが、選手たちの熱い戦いにフォーカスし、箱根駅伝の魅力を徹底的に語り尽くす番組作りだ。

主役は選手であり、それを伝えるスタッフも解説も、すべて脇役に徹して邪魔しない。そしてレースの機微を徹底的に、正しく伝える。「箱根駅伝」のゲストに芸能タレントが呼ばれたことはただの一度としてない。

だが、その前例を破って畑山が出演すれば、番組の印象は一変するだろう。

むろん、黒石が主張するように、その畑山目当てにテレビにかじりつくファンも少なからずいるのはわかる。

だが、それ故に、コアな視聴者層が剝《は》げ落ちることもあるはずだ。

そのどちらを選ぶのか。

徳重が直面しているのは、何のために放送するのか、という根本的な問いであった。

箱根駅伝というスポーツの真髄を届けるためか、はたまた目標の視聴率を獲得するためか

——。

徳重が、芸能プロダクション「タムケンプロ」の田村健一郎に会うために出向いたのは、その翌日のことである。

2

「あんたが、黒石くんがいってた『箱根』のチーフ・プロデューサーか。ウチの畑山のこと、よろしくね」

テーブルの向こう側から、開口一番、田村は気楽な調子でいった。黒っぽい上下でコーディネイトした服装は、七十代後半とは思えない洒脱《しゃだつ》さを感じさせる。

六本木にあるタムケンプロの応接室だ。さすが業界のドンと称されるだけのことはあって、室内は豪勢な調度品に溢れ、洒落《しゃれ》たベージュのソファに座らされているだけで徳重はなんとも落ち着かない気分になった。

「正月の二日と三日だったよね。畑山もやる気になってるし、いい番組になると思うよ」

黒石とどんな話し合いになっているのかわからないが、田村は一方的に話している。

「後のことはマネージャーと話してよ。彼女にまかせてあるから」

話を切り出すとしたら、このタイミングしかないと悟り、徳重はようやく口を開いた。

「田村さん。その畑山さんについて、黒石とどういう話になっているかわかりませんが、ウチの番組への出演はいまのところ考えておりません」

田村から、それまで浮かべていた笑みが消えた。徳重は続ける。「黒石から話はありましたが、『箱根駅伝』は硬派なスポーツ番組でして、解説やゲストも陸上競技の関係者で固めております。今年もその方針でいこうと考えています」

それが、熟慮に熟慮を重ねた上で得た、徳重の結論であった。

返事はない。

足を組み、腹の辺りで両手の指を組んだまま、田村はじっと徳重に視線を注いでいる。気まずい沈黙が挟まった。どれぐらいそうしていたか、

「あなた、本当にそれでいいの」

そう田村は問うた。

「番組としてのスタンスを変えるわけにはいかないんです。今回は黒石の勇み足で、大変ご迷惑をおかけしたことはお詫びします」

そういって頭を下げる。

「もう押さえちゃってるんだよな。困るなあ、そういうの。黒石くんもそういってるの？」

「黒石は編成局長ですが、番組の制作については私が全責任を負っております。何卒、ご理解いただけませんか」

「頼んできたのは、そっちだよ」

田村は怒りを浮かべて吐き捨てた。「なにをいまさら」

「申し訳ありません。その代わり、この穴埋めはどこかでさせていただきますので。この通り

です」

立ち上がり、深々と頭を下げたが、田村は答えない。

「本当にこのたびは――」

「もういいよ」

徳重の言葉を遮《さえぎ》って、田村は立ち上がった。「じゃあ、この件はなしで。でも本当にそれでいいんだよね？　後悔するかもよ」

短い面談は、それで打ち切られた。


「どういうことだ、徳重」

黒石からの電話は、徳重の帰社を見計らったように掛かってきた。

電話一本で片付けられることではなく、編成局へ行って直接黒石と対峙《たいじ》すると、怒りのすさまじさにずんぐりした体型がひと回りも膨らんで見えるほどである。

「タムケンさんは激怒してるぞ。今後、畑山だけじゃなく、他の所属タレントも、ウチへの出演は考えさせてもらうといってきた。どうしてくれるんだ」

黒石は、手のひらで、自分の腿《もも》の辺りを力任せに叩いて感情を露《あら》わにした。

なんとか穏便に済ませたいところだが、どうやらそれは難しいようであった。こうなると主張すべきは主張するほかない。

「畑山の出演については真剣に検討しましたが、やはり番組にはそぐわないんですよ。従来通りで行かせてください」

「お前、柏木《かしわぎ》さんの意向に逆らうつもりか」

制作担当役員である柏木の名前を、黒石は三つ葉葵の印籠代わりに使っている。どうやって柏木を丸め込んだかわからないが、気に食わなかった。徳重は元来が真っ直ぐで、血の気の多い性格である。

「正しい方向性なら従いますよ」

内面の怒りを言外に込めた。「でも、これはそうじゃない。視聴者の期待に反していますし、長年箱根駅伝を中継してきたコンセプトにも合いません。畑山を呼んでしまったら、『箱根駅伝』は、他局のチャラチャラしたスポーツ番組と変わらなくなってしまう。それでいいんですか」

黒石は、椅子の背にもたれ底の見えない昏《くら》い目を徳重に向けた。

「断るなら断るで、事前に俺に相談があってもよかっただろう。なんでお前の独断でやった。それも問題じゃないか」

「事前に相談したら、黒石さん、納得したんですか」

徳重は言い返した。「お言葉ですが、編成が直接、現場に口出しすること自体、おかしいでしょう。こんな話、そもそも北村《きたむら》さんを通してくださいよ」

徳重の上司でもある北村義男《よしお》は、スポーツ局長だ。「箱根駅伝」にこそ関わったことはないものの運動畑ひと筋の男で、番組制作についてはお互いに価値観を共有しているはずだ。そして、もうひと言加えるなら、北村と黒石は同期入社でライバル関係でもある。案の定、北村の名前を出したとたん、黒石の中で何かが動いたような気がした。ところが——。

「お前、俺が北村の頭越しにやってると思ってるのか。そんなわけないだろ」

意外なひと言が出てきた。

俄《にわか》には信じられず、徳重は黒石の顔をただ見つめることしかできない。

北村が了承した……？

あり得ない。

「お前の勝手な判断で、他の部署がみんな迷惑を被《こうむ》ることになるんだ」

黒石は続けた。「タムケンさんに謝ってこい。冗談じゃねえぞ」

「番組の責任者は私です、黒石さん」

徳重は半ばムキになって言い返した。「何を裏でこそこそ動いてるんですか」

反論した徳重にこたえず、黒石は立ち上がった。

「『箱根駅伝』は、お前ひとりのものじゃない。大日テレビの財産だ。視聴率で『紅白』を超えたいと思わないのか」

言葉に詰まり、徳重は反応できなかった。

箱根駅伝と紅白歌合戦を同列に並べる発想は、編成局ならではのものだろう。スポーツ局から、そんなとんでもない発想は出てこない。

黒石独特のブラフかも知れない。だとしたら、その効果は十分だった。考えを整理する間を与えず、黒石はさっさと席を立ったのである。

3

「そりゃ面倒なことになったな」

スポーツ局長の北村は話を聞き、濃い口ひげのあたりをさすって視線を宙に投げた。

徳重が声を掛けたとき、北村は珍しくデスクにいて何かの書類に目を通しているところであった。フットワークの良さで定評のあった北村だが、局長になってもプロデューサー時代と同様あちこち出歩くのは困りもので、いつもなら肝心なときに摑まらない。

話を聞いた北村は黙って立ち上がり、傍らにあるソファを徳重に勧めた。そして、

「いきなり断りをいれたのはマズかったかもな」

腕組みをして少し考え、そろりという。

「ヨシさん、聞いてたんじゃないですか。畑山の件」

徳重が向けた疑わしげな眼差しを避けるように、北村は視線を逸《そ》らし、

「そういや、そんなこといってたかな」

しらばっくれた。

こういう男でもある。

スポーツ番組のプロデューサーとしては超一流だが、社内政治では風見鶏だ。機を見るに敏。つねに勝ち馬を見定めて乗るタイプの男だ。

どうせ黒石に、柏木が賛成しているとでも吹き込まれたのだろう。優秀な男だが、勝ち目が

ないと見るや、あえて巻かれるようなところが、北村にはある。

「いろいろ試行錯誤をするのは悪くないんじゃないか」

日和見《ひよりみ》主義か、からかってでもいるのか、北村からそんなセリフが洩れてきて徳重を苛立たせた。

「試行錯誤どころじゃありませんよ。『箱根駅伝』がどんな番組か、ヨシさんだってよくわかってるじゃないですか。あり得ないでしょ」

徳重は、身を乗り出して顔を近づけると低い声でいった。「なんで最初に話がきたとき反対してくれなかったんです」

「しょうがないだろ。柏木さんが賛成してるっていうんだから」

やっぱりである。

「うちのスポーツ中継の信念を曲げるんですか」

「別に曲げるとはいってないよ、俺は」

「同じじゃないですか。頼みますよ」

呆れ声を絞り出した徳重に、

「あのな徳重。お前も少しは社内政治ってものを考えたらどうなの」

と哀《あわ》れなものでも見るような目で北村はいう。「柏木さんはおそらく次期社長だよ。逆らってどうする」

「そういう問題ですか」

大日テレビの社長職は、親会社である大日新聞社からの出向組と、大日テレビのたたき上げが交互に務めているが、大日新聞出身の現社長、竹芝秀彦《たけしばひでひこ》はまもなく任期を終える。次期社長候補の筆頭と目されているのが柏木であった。対抗馬は、主に営業のほか財務やコンプライアンス担当などの管理部門を歩んできた戸越建《とごしけん》。戸越は、何かとコストに煩《うるさ》く口出しするところがあって、制作サイドには煙たい存在だ。

社長レースでの柏木のポイント稼ぎのためにも、箱根駅伝を使おうという考えなのだろう。

「絶対に反対です」

徳重は頭に血が上り、真っ向から断言した。「『箱根』にお笑いタレントを出して、それでいいんですか。いつからうちのスポーツ中継は、そんな軟派になったんです」

「黙れ、徳重。そんなことはお前にいわれなくてもわかってんだよ」

初めて苛立ちの言葉を発した北村は、ふいに眼光を鋭くした。「ウチの社で、柏木さんがイエスといえば下の者は従うしかない。だが、それではスポーツ局のメンツは丸つぶれだ。そうならないためにも、俺たちは俺たちが信じる道を進むしかない。じゃあどうすればいいか、その石頭でよく考えろ」

「タムケンさんには断ってきました」

「そういうことじゃない」

北村は言下に首を横に振った。「これ以上はいわん。お前はプロデューサーだろうが。もっと大局的な観点はないのかよ。番組ってのは、どうやって作るんだ」

根本的ともいえる問いかけを受け止めた徳重は、ふいにそこに隠された意味に気づいて顔を上げた。北村のいわんとするところを悟ったからだ。北村は続ける。

「上の指示には従わざるを得ない。だが、お前の使命は、従来どおりの『箱根駅伝』を放送することだ。それ以外にはない。それができなきゃ、さっさとチーフ・プロデューサーを降りて、街で犬の糞《くそ》でも拾ってろ」

最後は北村らしい毒舌で締めくくられた。

「北村さんは、なんておっしゃったんですか」

自席に戻るや、それを待っていたかのように菜月が声を掛けてきた。「畑山の出演を断ったって、どういうことだって、さっきドラマ部の同期からも連絡がありました」

大日テレビでは、そういう話はすぐに回る。徳重は、けっと吐き捨てた。

「柏木さんには楯突くなとさ」

「じゃあ、畑山、出すんですか」

菜月の声には、非難めいたものが滲《にじ》んでいる。

「いや」

徳重は首を横に振った。「出さない」

「矛盾してるじゃないですか。どうするんです」

それにはこたえず、徳重がスマホでかけた相手は、同期の柄本功治《えもとこうじ》であった。

「お前、なにやってんだよ」

こちらが何もいわないうちに柄本からもそんな言葉が出てきた。「えらい噂になってるぞ」

それを受け流し、

「ちょっと頼みがあるんだが、聞いてくれないか」

「頼み？」

胡散臭《うさんくさ》そうな沈黙を挟んで柄本はきいてくる。「面倒なことじゃねえだろうな」

「面倒なことだ。だが、お前しか頼れるやつはいない」

電話の向こうで、言葉が飲み込まれるのがわかった。「話、聞いてくれないか」

「いまならデスクにいるが」

すぐ行く、と返事をした徳重に、わけがわからず様子を眺めていた菜月が尋ねた。

「どこ行くんです」

「広告局だ」

立ち上がりながら徳重はこたえ、啞然《あぜん》としている菜月を置いてさっさとフロアを出ていった。

4

大日テレビの役員会議は、翌月曜日の朝八時半から本社会議室で開かれた。

最初に最新の財務状況が報告され、重要案件から議題に上っていく。スポーツ局による今回の件は、議題の末尾に添えられた「その他議案」に含まれており、この議題に辿《たど》り着くまで時間がかかるだろうことは予想していた。案の定、隣室で控えていた徳重にお呼びがかかったのは午前十一時過ぎのことである。

どんな事前説明があったかはわからないが、入室した徳重に向けられた視線は、一様に厳しかった。

「箱根駅伝のチーフ・プロデューサーから直接、説明させていただきます。タムケンプロの信頼を失ったことは、我が社のドラマやバラエティ部門にとっての打撃であり、場合によっては今後の企画制作に支障を来《きた》すことにもなりかねません。それでは徳重くん、ここで本件の経緯を説明してくれるか」

発言をしているのは、制作担当役員の柏木正臣《まさおみ》であった。その背後の壁際の席には黒石がいて憎々しげな笑みを浮かべている。その隣にいる北村は、徳重を見ようともせず横顔を向けたままだ。

報道局が長い柏木は現場の叩き上げだが、品のある面立ちで、一見すると研究者のような思索的な印象を受ける。

だが、実際には豪腕で鳴らした記者であり、与党政治家とのパイプも太いやり手であった。役員に就いてからは、社内政治を権謀術数《けんぼうじゅつすう》でのし上がってきた策略家でもある。

柏木の言葉は穏やかだが、鋭い眼光に、内面の不機嫌が滲み出ていた。

自分の出世の邪魔をするものは、容赦なく切り捨てる冷徹さが柏木にはある。いまその刃《やいば》が向けられている先は、他でもない徳重だ。

「それでは説明をさせていただきます」

オーバル型のテーブルの下座で直立不動の姿勢をとった徳重は正面に立つ社長の竹芝《たけしば》にまっすぐに目を向けた。

「先週、黒石編成局長から箱根駅伝にタムケンプロ所属のタレント、畑山一平を出演させたい旨のお話がありました。その段階で、すでに田村社長に出演の約束を取り付けているとのことでしたが、ご存じのように『箱根駅伝』は、硬派なスポーツ番組として人気を博してきました。レースの緊張感、選手たちの駆け引き、沿道の応援、魂のタスキリレー。それを解説する者も、我々スタッフも、箱根駅伝愛に溢れていなければなりません。箱根駅伝を愛する者たちが、真摯《しんし》にレースと向き合い、放送という現場でも正真正銘の真剣勝負を繰り広げてきたのです。しかしながら、畑山一平の起用は、そうした『箱根駅伝』のコンセプトにまったくそぐわないものであります」

きっぱりと断言した徳重を、黒石が噛みつかんばかりに睨み付けている。徳重は続けた。

「『箱根駅伝』という番組には、経験に基づくコメント、レースへの深い理解に基づく感想や指摘が求められます。『箱根駅伝』は、箱根駅伝ファンに支えられていままで来ました。その中で、レース経験もなければ、スポーツへの情熱すら疑わしいシロウトにしゃべらせれば、視聴者は一気に興ざめします。私はチーフ・プロデューサーとして、そのような番組を制作するわけには参りません。そうした思いから、タムケンプロに赴き丁重にお断りして来ました」

「それは君の独断でやったことだという認識でいいんだろうな、徳重くん」

穏やかな口調で、柏木がきいた。「その結果、番組の制作に懸念すべき事態が起きており、役員会はそれに対して強い危機感を抱いている。君のやったことは重大な過失だ」

「私の過失でしょうか」

徳重のひと言に、柏木の背後にいる編成局長の黒石が目を剝《む》いた。それに気づかないふりをして徳重は続ける。「もし過失があるとすれば、制作現場の意向を確認することなく先に出演を打診したこと以外に思いつきません」

竹芝は瞑目《めいもく》して腕組みをしたまま動かない。

徳重をじっと見据えた柏木は、背後の黒石を振り返り、「黒石くん、君の意見は」、ときいた。

発言の機会を得た黒石は、ここぞとばかり決めつけた。「断り方が悪いからこうなるんだ。

「責任逃れですよ、そんなのは」

なのに、編成のせいにしている。極めて不適切な考えだと思いますが」

「どれだけ丁重に断ったところで、タムケンさんは、納得しませんよ。そういう人です」

徳重はいった。タムケンの性格は知られているので、難しい顔で押し黙っている役員の何人かもうなずいている。

「君の独断だろ、断ったのは」

黒石が声を荒らげた。「私も、柏木さんも、この件は賛成だと伝えたはずだ。それに従うのがガバナンスってものだろう。これ、君の暴走じゃないか」

「いえ、私の暴走ではありません。私は、どうしてもとおっしゃるならもう一度タムケンプロに出向き、出演をお願いする覚悟もあったのです。しかし、それは出来ませんでした」

徳重の答えに、

「出来ないってどういうことだ」

黒石が低い声で問うた。

「ニッポンビール、セントレア自動車から、そうした番組構成は罷《まか》りならんとのきついご意見を頂戴したからです」

役員会がざわついた。

両社とも、番組の大スポンサーである。特にニッポンビールは、「箱根駅伝」初回放送時からこの番組を支えてきた経緯がある。巨額の広告費をテレビに投じるこの二社の意向に背くことは許されることではない。

「スポンサー様からは、当番組は従来どおりの構成で進めるべきであり、タレントをゲストに迎えたり、ＭＣにしたりといった改変は許容できないとのことでした。黒石さんはおそらく――」

徳重は、編成局長に目を向けた。「スポンサーも賛成すると思われたんでしょう。ところが、そうじゃないんです。選手や番組制作スタッフだけではない、スポンサーも熱い。それが『箱根駅伝』なんです」

「それは単にスポンサーの意見を丸呑みしてるだけじゃないのか」

黒石からそんな反論の言葉が上がったとき、

「わかった。もう結構」

竹芝社長の太い声がやりとりを打ち切った。

「今回のことは、編成の勇み足だったな」

そのひと言が出た途端、黒石が俯《うつむ》き悔しげに唇を嚙んだ。

「田村社長はたしかに、いったん出演を約束してしまったら、黙って引き下がるような人じゃない。タムケンプロとは今後とも良好な関係を維持していく必要がある。よって、黒石くん」

竹芝は面を伏せて着席している黒石にむかっていった。「この事態は君の責任で収拾してくれ。いいな」

「――かしこまりました」

そのひと言にうなずいた竹芝の視線が徳重に向けられた。

「ご苦労さん。いい番組になるよう、引き続き頑張ってくれ」

北村が心底ほっとした顔で天井を仰いでいる。

なんとか、窮地を脱した。

一礼して会議室を出た徳重は、ドアが閉まったとたん、大きく胸を撫《な》で下ろした。

5

甲斐真人《かいまさと》が正式に着任したのは、前監督の諸矢《もろや》が寮を去った数日後のことであった。

長く監督を務めた諸矢の交代によって、このときひとつの時代が終わり、新たな時代が始まったのだ。

それを「暗黒時代の幕開けだ」、といったのは同じ四年生部員であった。友介同様、甲斐の監督就任に納得できないでいるひとりである。

それだけではない。「甲斐監督就任」に対しての異論はOBの間からも出始めている。三十八年の長きに亘《わた》って監督を務めた諸矢の功績は認めるものの、監督人事を独断で進めたことを問題視する声、さらには明らかな人選ミスと断定する声など、意見は様々だ。

そんなふうに揺れる部内で、隼斗《はやと》自身も別な理由によって微妙な立場に置かれようとしていた。「関東学生連合チーム」に選抜されたことがその理由である。

予選敗退組による混成チームが箱根駅伝に登場したのは、二〇〇三年からである。

この年、箱根駅伝はそれまでの十五チームから二十チームに増えた。より多くの選手に箱根駅伝を経験させようという名目で、予選敗退したチームの選手から上位の者を選抜し、二十一番目のチームとしての参加が認められることになったのである。

関東学連から、学生連合チームへの選抜が知らされたとき、隼斗はこれを受けるべきか、正直なところ、迷わないではなかった。

出場は義務ではないし、予選会での自らの低調な記録によってチームが本選を逃したことは、ずっと隼斗の胸に重石《おもし》のようにのしかかっている。

もしかすると、一生消えない後悔として残るのではないかと思うほどだ。

そんな自分が、仲間を差し置き本選に出ていいのか——という思いは消しがたく胸の奥に居座り続けた。

いまもそうだ。

逡巡《しゅんじゅん》の末、指名を受けることにしたのは、もしこれを断ってしまえばさらに後悔することになるのではないかという思いがあったからだ。

箱根駅伝は、隼斗の憧れだった。

――俺は「箱根」を走りたい。いや、走らなければならない。

隼斗にはそのための理由があった。

隼斗は、父を幼い頃に病気で亡くし、埼玉県羽生《はにゅう》市にある母方の祖父母が暮らす家で育った。市内の小さな税理士事務所の事務員として勤める母は忙しく、祖父母が親代わりとなって隼斗の面倒を見てくれた。

祖父の繁《しげる》は大の「箱根駅伝」ファンで、隼斗が陸上競技を始めるきっかけを作ってくれた。高校で陸上競技部に入った隼斗の目標が〝箱根駅伝出場〟になったのは半ば自然な流れだったといっていい。

ところがその目標の前には、自分の力ではどうしようもない障害が立ちはだかっていた。

大学の入学金と授業料だ。

母の働きに頼っている青葉《あおば》家の経済力では、それを捻出するのは難しい。かといって、当時の隼斗では授業料免除のスポーツ推薦を受けられるほどの実力もない。

一旦は諦めかけた隼斗に、救いの手を差し伸べてくれたのが祖父の繁であった。なけなしの老後の生活費から、必要な学費を工面してくれたのである。祖父母にとっては虎の子のお金を、隼斗の夢のために出してくれたのだ。

祖父母のためにも、この四年間、隼斗は必死でやってきた。

そんな家族に、なんとか箱根駅伝を走る姿を見せたい。

その思いが、学生連合チームへの参加に迷う自分の気持ちに区切りをつけてくれた。

かくして、隼斗は関東学連の指名を受けたのだが、いま――。

部内で、少し孤立していると思う。

――なんだよ、自分だけ。

そんな声にならない思いが向けられているような気がするのだ。

気のせいだろうか？

いや、そんなことはない。

とくに同学年のチームメイトの、何気ない素振り、よそよそしい眼差しに触れたときそう思わないではいられなかった。そこに監督人事にまつわる部内の違和感が、揺らぐ隼斗の立場をさらに微妙なものにした。

諸矢から新監督人事を打ち明けられたとき反対するでなく、チームメイトにも黙っていたことに、友介らが、反発しているからだ。

主将としてチームの将来を考えず、自分だけいい目を見ようとしている――。

それが一部の部員から見た、いまの隼斗の姿だ。

駅伝を目指す部員は選手とマネージャーも含め総勢約百名。これが集団として少ないのか多いのかわからないが、そこには様々な思惑《おもわく》や考え方があり、感情が渦巻くものだ。

本来ひとつに纏《まと》まらなければならない気持ちが、ちょっとしたことで方向感を失いバラバラになる。

もし他のことであれば、自分が仲裁に入って収めることができたかも知れない。だが、自分が渦中《かちゅう》にいるとなると、どうしていいかわからなかった。

結果、隼斗は鬱々《うつうつ》として割り切れない感情の狭間《はざま》でもがいているような状況なのであった。

そしていま——。

ミーティングルームのドアが開き、甲斐が入ってきた。

新主将の研吾《けんご》が声を掛け、部員たちがぞろぞろと立ち上がる。それぞれの胸の内を明かしているかのように、動きはどこか緩慢だ。

「これから皆に取り組んで欲しい課題を渡す」

単刀直入に、甲斐はいった。「これから二カ月は自主練習とし、それぞれに工夫して課題に取り組む期間にしたい。部としての本格的な全体練習は冬休み明けからだ。そのとき、課題をどう消化したか、成果を見せてもらう——計図《けいと》」

呼ばれたのは、「主務」と呼ばれる、各学年にいるマネージャーをとりまとめるリーダーだ。マネージャーとして推薦を受けて入学してきた矢野計図は、今年三年生。さすが専門だけあってお膳立てに抜かりがなく、そのスキルは社会人になってからも役立つに違いない。

隼斗が驚いたことに、甲斐は、三年生以下約七十人分の「課題」を用意していた。しかも、内容はそれぞれに違う。単純に練習メニューが並べられているものもあれば、具体的な距離と目標タイムが書かれているものもある。

諸矢から引き継いだ各部員の様々なデータを元に、甲斐が全員のプロフィールを把握し、どこに弱点があるのか、どうすれば克服できるのかを考えた末のものだろう。

部員たちの間で、どよめきが起きた。

「それはあくまで『こうしたらどうか』という、私からの提案だ」

甲斐は補足した。「もっと効果的な課題や練習方法があるかも知れない。あるいはさらに魅力的な取り組みも。それを考えてくれ。ランナーは、クリエイターじゃなきゃダメだ。現状を疑え。どうすればもっと良くなるか、あるいは、もっと良くなる方法が他にあるんじゃないか――そういうことを常に考えて欲しい」

全員が甲斐新監督の言葉に耳を傾けていた。

「なぜ、君らに考えることを求めるのか」

甲斐は続ける。「考える力は、打開する力になるからだ。箱根駅伝で走る区間は、ひとり二十キロを超え、他のどの駅伝よりも長い。往路の二区、復路の九区は二十三・一キロと最長だ。最短の五区と六区は二十・八キロだが、他に類を見ない山岳コースだ。レースの前にいくら戦略を立てても、予定調和は常に成立しない。大なり小なり、必ず予測しなかった何らかのトラブルが起きると思った方がいい。そのとき、君らは自らの力でプランを組み立てる必要がある。

狂った計画の中で、どこで抑えるのか、どこで仕掛けるのか、その見極めが勝敗を決める。そのとき必要なのが創造力であり、思考力だ。思考力のないランナーは決して成功しない。ただ速いだけじゃダメなんだ。そこに箱根駅伝の難しさがある」

甲斐が要求したのは、難しいテーマであった。

ただ走力を付けるだけなら、ひたすら走り込めばいいかも知れない。前任の諸矢が求めたのは、そこまでであった。だが、考える力となるとそうはいかない。部員ひとりひとりの個性にも関わってくる。

そのせいか部員たちの戸惑いが、痛いほど隼斗に伝わってきた。

そんな気配に気づいているのかいないのか、甲斐の話はその後ひと通りの事務連絡を経て締め括《くく》られようとしていた。

「最後に、みんなに報告がある」

甲斐は切り出した。「今度の箱根駅伝の連合チームに、隼斗が選出された。――おめでとう、隼斗」

いきなり全員の注目を浴びて、隼斗は立ち上がり小さく一礼したが、あえて発表するまでもなく、選出のことはいまや部員の誰もが知るところだ。

「そして、計図。連合チームのマネージャーを頼む」

指名に主務の矢野計図が小さくうなずいた。

「そして、学生連合チームの監督は、私がやる」

部員たちは、どんな顔をしたらいいのかわからないといった体《てい》で、ただ甲斐を見つめている。研吾のリードで、かろうじて拍手が湧いたが、否定できない白《しら》けムードのようなものも漂っていた。

「任された以上は、全力でぶつかろうと思う。連合チームであれ、本選を経験することは必ず来年につながるはずだ。応援してもらいたい」

その夜――。

「応援しろっていわれてもなあ」

食事を終え、自室に戻るところだった隼斗は、歓談室から聞こえてきたひと言に足を止めた。友介の声だ。

「結局、チームは放ったらかしだし」

聡《さとし》の声がいった。三年生では一、二を争うランナーで、部員からの信頼も厚い。研吾が主将に就任したが、実力なら聡がなっていてもおかしくはなかった。

「課題だけ渡されて自分で考えろなんていわれてもやる気にならないっすよ。なんとかしてください、友介さん」

冷ややかなひと言は二年生の拓郎《たくろう》だろう。

「俺にいうなよ。隼斗だろ」

友介の声に、隼斗は足を踏み出した。

歓談室のテーブルに五、六人の部員たちが集まっている。それが隼斗の姿が見えたとたん、すっと黙り込んだ。

隼斗は、友介の近くの椅子を引き、

「いま、ちょっと聞いちゃったんだけどさ」

そう切り出すと拓郎が気まずそうに視線を逸らした。

「甲斐さんも虫が良すぎるって話さ」

遠慮のない口調で友介がいった。「応援して欲しいんならさ、やっぱり手順ってあるじゃん」

「手順？」

底意地の悪さを秘めた言い方に、隼斗は問うた。

「まず、チームの信頼を得ることが最初だろ。いま、甲斐さんとチームに信頼関係ってあると思うか」

隼斗の返事を待たず、友介は続ける。

「第一、監督としてどれだけ優秀かもわかんないしさ。信用しようにも、俺たちには何の手掛かりもないじゃん」

たしかに、そうかも知れない。そして、反論できずにいる隼斗の胸に突き刺さるようなひと言を重ねた。

「いいよな。お前は『箱根』に出られるんだから」

押し黙る隼斗を残し、椅子を鳴らして友介が立ち上がった。

「まあ、そういうことで。箱根、俺たちはこたつに入ってゆっくり観戦させてもらうわ。頑張れよな、隼斗」

肩の辺りを右手でぽんとひとつ叩いて、友介は部屋から姿を消した。

「――失礼します」

それを追うように下級生たちも出て行く。

唇を噛み、じっとテーブルを睨みつけていた隼斗はぽつねんと取り残され、ため息とともに天井を見上げた。

盤石《ばんじゃく》だったはずのチームの結束にひびが入ろうとしている。この状況をどう修復すればいいのかわからなかった。

それとも、自分たちの関係とは所詮《しょせん》、この程度のものだったのだろうか。この程度の信頼関係だったのだろうか――。

その辺りの機微を、甲斐はどう思っているのか。いずれにせよ、このままでは、

――箱根を目指すどころの騒ぎじゃなくなる。

いても立ってもいられなくなった隼斗が向かったのは、自室とは反対方向にある監督室だ。

甲斐が在室なのは、さっき部屋の前を通りかかって知っている。

「監督。ちょっとお話があるんですが」

開いていたドアをノックして話しかけると、甲斐は目を通していた書類から顔を上げて隼斗の表情を一瞥《いちべつ》し、

「ああ。まあ、座れ」

デスクの前にあるソファを勧めた。隼斗の様子から、何か問題が起きていることを察したはずだ。

「部員たちの多くが、納得していないんです」

この期に及んで隠し立てしても仕方がない。そんな開き直りもあって、隼斗は単刀直入に切り出した。

甲斐は黙って、隼斗に発言の続きを促している。

「まず、甲斐監督が会社の社会貢献制度を利用して一年間限定で監督をされるんじゃないかと、みんな疑っています。一年だけで『箱根』に行けるチームを作れますか」

「『箱根』に行けるかどうかはわからないが、少なくとも、私が思い描くチームにするにはもっと時間がかかるだろうな」

甲斐の口調は、切迫した隼斗のものと違って、どこかゆったりしていた。

「でしたら、少なくともそれだけの間は、監督でいていただかないと困ります」

「もちろん、それは考えている」

本当だろうか、と隼斗は甲斐の目を覗き込んだが、確たるものは得られなかった。

「まあ、丸菱には君がいうような制度があって、一年間は会社から給料も出る。利用できるのなら利用した方がいいと思うんだが、そうは思わないか。そうすれば、監督の人件費分を強化費に回せる」

「そうかも知れませんが——」

隼斗は歯がゆさを感じながら、自分が抱いている危機感をどう説明したものか迷った。「部員たちに、その考えを伝えていただかないと彼らはわかりません」

「それはできない」

あっさりと甲斐は、首を横に振った。「私は丸菱の社員だ。約一年間、監督として過ごすために社会貢献制度を利用したのは事実だが、いまの段階で会社を辞めると君たちにいうことはできない」

「どうしてですか」

「そういう制度じゃないからだよ」

甲斐はこたえた。「社会貢献を通じ、会社にいたのでは得られない様々な経験を積み、社に戻る。そしてそれからの仕事に、その経験や人脈を生かす。それがこの制度の趣旨だ。戻らずに監督を続けるといったら、制度の適用はなかった」

「つまり、続けていただけるかどうかは、ぼくらが信用するしかないということでしょうか」

それで部員たちが納得するだろうか。いや、難しいだろう。

「信用するかどうかは君たち次第だし、それ以前に、監督としての私を認めるかどうかという問題があるんじゃないか」

甲斐はわかっていた。「いくら私が長くやると宣言したところで、監督としての手腕に疑問符がつけば、部員たちはついてこないだろう。どれだけやるかという以前に、まず監督として認められる存在になることが重要だ。違うか」

「そうですけど、しかし、どうやって……」

「箱根駅伝の本選だ」

甲斐はいった。「学生連合チームの戦い方を通じて、私の戦い方を、部員の諸君に知ってもらおうと思ってる。それでダメなら、私は身を引く。すぐに次期監督を決め、その人物に譲る」

迷いのない口調だ。

「私が部員でも、こんな監督経験のない男が落下傘式に降ってきたのでは不安に思うよ。手腕を疑うのは当然のことだ。だけど、それは言葉では証明のしようがない。必要なのは、実績だ」

「実績……」

サラリーマンらしい言葉だと、隼斗は思った。

「実績をもって、認めてもらうしかない。そのための舞台が、今度の箱根駅伝だと思ってくれ。それまでは、いいたい者にはいわせておけばいい。隼斗、君もだ」

甲斐は向かいの椅子から、ふいに鋭い視線を隼斗に向けた。「納得してもらえる走りを見せろ。それでもう、とやかくいう奴はいなくなる」

「あの……」

驚いて、隼斗はきいた。「ぼくが、みんなにどう思われてるかって……その――」

「みんなじゃない。あくまで一部の部員たちだろ。だが、君にとっては同じことだ。全員に認めてもらわなければ意味がない。君はそういうタイプだ」

その通りだった。

「どうすればいいと思いますか」

隼斗は思わず問うていた。「やっぱり、辞退した方がいいでしょうか」

「辞退したら、いま君にとやかくいってる連中が傷つくぞ」

「傷つく？」

意外な指摘だ。

「自分のためにあいつは『箱根』を諦めた——そんなふうに後悔させたいか」

隼斗は、はっとして甲斐の顔を見返した。

冷ややかな友介の眼差しと対峙しているとき、隼斗はただ、いままで信じていた仲間との関係が壊れることに傷つき、焦っていた。どうしていいかわからず、戸惑ってもいた。

だけど、本当は友介もまた同じように戸惑っていたのではないか。

甲斐の言葉で、ようやく隼斗は相手の心の襞《ひだ》をかき分けられるだけの距離感を見出した気がした。

「後悔するより、怒りの方がずっと楽だ。——どういう意味かわかるか」

隼斗はうなずいた。友介らの目を気にして隼斗が学生連合チームを辞退してしまえば、友介は自分の態度が引き起こした事態をずっと後悔するかも知れない。

「『あの野郎、自分だけ箱根に出やがって』ってな。そんなふうに思ってる方が楽じゃないか。そう思わせておいてやれ」

新たな視界が目の前に開けた。主将として、この一年間で様々な人間関係を経験しそれなりに悩んだこともあるが、相手が怒ったことを後悔するなんて考えたことはいままで一度もない。

「そして、君が本選を走ったことを喜んでもらえれば、もっといいだろうな」

それとない、激励だ。

「来週から学生連合に選抜されたメンバーを招集して、チーム練習を始める。君がやるべきことは、そこでの競争を勝ち抜くことだ。君が本来の実力を出せば、そう難しくはない」

淡々としてはいるが、甲斐の言葉は隼斗の気持ちを前向きにさせるに十分だった。

「今度の『箱根』で、私は監督としての可能性を賭ける」

真剣な眼差しで、甲斐は宣言した。「君は、君の走りでチームのみんなに認めさせろ。それまでは、どんな雑音にも耳を貸す必要はない。文句は『箱根』の後に聞く。どうだ、隼斗。やれるか」

どうこたえたものか。

隼斗には甲斐の問いかけがまるで、ひとりのランナーとしての覚悟を問うているように聞こえる。

いい加減な返事をしたら一生後悔するような、それでいて強力に渦巻く意志の存在。それに背中を押されるように、

「やれます」

気づいたとき、隼斗はそう口にしていた。胸の奥底から熱い魂が立ち上り、膨らんでくるの

がわかる。そして不思議なことに、隼斗は、監督経験がないというこの甲斐という男に、ひと筋の信頼を見出していた。

甲斐となら、この胸の熱いものを冷ますことなく持ち続けていられるのではないか。そんな気がしたのである。

第三章 アンカー

1

「あの、徳重さん——」

局内の打ち合わせを終えた徳重が自席に戻るのを待って、菜月が席を立ってきた。

なにか起きたらしいことは、その眉間《みけん》に寄せられた縦皺《たてじわ》を見れば聞かなくてもわかる。

「箱根駅伝」は、大日テレビとその系列局、関係会社など延べ約九百五十名ものスタッフが投入される巨大番組で、トラブルはしょっちゅうだ。

その準備は、予選会が終わって本選出場チームの顔ぶれが決まってから一段と加速し、いまは各チームへの取材の真っ最中であった。

大日テレビの「箱根駅伝」が描き出すのは、青春そのものである。

放送で大学名だけではなく、出来るだけ選手ひとりひとりの名前を呼ぶのは、そこにドラマがあるからだ。それを丁寧に描き出し、単なる競走の中に青春の賛歌を見出すことこそ、この番組の魅力に他ならない。

取材のクオリティが、番組の評価を決める。

そのためには、すべてのスタッフが周到に、そしてこの駅伝という競技にリスペクトを持って立ち回る必要があった。たったひとりの気の緩みが、大きな番組に取り返しのつかないキズを付けることだってあるし、どれだけ気をつけていても避けきれないミスや事故もある。それに対応するのが、徳重の仕事であった。だが——。

菜月は、予想だにしない知らせをもたらした。

「前田《まえだ》アナが緊急入院するそうです」

ある程度のことには驚かない徳重だが、さすがにこれには思わず立ち上がった。

「なんで」

「この前の人間ドックで悪性リンパ腫《しゅ》が見つかったと。抗がん剤治療でしばらく入退院を繰り返すことになるそうです。本選の中継は無理だろうと」

「マズいな……」

徳重は思わず唸《うな》った。

「箱根駅伝」に関わるアナウンサーは、移動中継車や中継所担当まで含めると総勢二十人を超える。中でも前田久志《ひさし》は、スタジオで番組を仕切るセンター・アナウンサーをここ数年、連続で務めている看板スポーツアナであった。

夏頃からシード校を中心に綿密な取材をしてネタを仕込んでおり、何年もかけて蓄積した情報量と的確な仕切りにも定評がある。万が一、起用できないようなことになれば、その穴を埋めるのは難しい。

ようやくゲスト問題を切り抜けたというのに……。

顔をしかめた徳重は、スマホを取り出して前田にかけた。

「おい、大丈夫か」

悪性リンパ腫で〝大丈夫か〟もないものだが、ついいつもの調子が出た。

「こんなときに、すみません、徳重さん」

評価は高いが、腰は低い。看板アナになっても部内で威張《いば》ることもなく、後輩の面倒見もいいから周囲の人望も厚い男だ。相当参っているのか、前田は震えそうな声で詫びた。

「昼メシでもどうだ。食えるか」

「大丈夫です。ありがとうございます」

徳重が打ち合わせでよく使う、近くのホテルの和食の店を指定した。顔が利くから、混雑時を避ければ半個室を用意してくれるはずである。

約束の午後一時に行くと、前田は先に来て待っていた。

「それで、体調の方はどうなんだ」

徳重が問うと、前田は、いつにない深刻な表情を見せた。

「自覚症状としてはいまひとつパッとしない程度なんですが……」

悪性リンパ腫ステージⅢ。それが現在の状況だと聞かされ、徳重は押し黙った。病気のことは詳しくないが、ステージⅢがのっぴきならない段階だということはわかる。

「そうか……」

気の毒で、励ます言葉すら見つからない。

「これから化学療法――抗がん剤治療ということになります。どうも正月は病院で過ごすことになりそうで。本当にすみません、徳重さん」

テーブルに両手をついて、前田は頭を下げた。

「おいおい、自分の体が最優先だろう。治ってから、また一緒にやろう」

冷静だった前田の唇が震え、こみあげるものをぐっと抑えている。徳重の方まで泣けてきそうだ。

「徳重さんと一緒に『箱根』やるの、楽しみだったのに。悔しいです」

俯《うつむ》いた前田の肩が、ついに小刻みに震えはじめた。

「おい、治せばいいじゃないか」

「ありがとう……ございます」

予想以上に前田はショックを受けている。絞り出された声に、徳重はただうなずくことしかできない。

――なんでこんなことになるんだよ。

どこにも向けることのできない怒りを、徳重は持て余した。

――いったい「箱根」の神様は、何を考えてるんだ。

「とにかく、いまは仕事のことは忘れて、治療に専念してくれ」

悔しさをやり過ごすような随分長い沈黙の末に、「わかりました」、という返事があって徳重は嘆息《たんそく》した。大日テレビにアナウンサーは大勢いるが、前田クラスとなるとそうはいない。もし失うようなことがあったら、番組にとっての大損失だ。なんとか、寛解《かんかい》して戻ってきてくれと内心で祈る徳重に、

「あの、徳重さん。私の代わりのことなんですが、どうなるんでしょう」

前田の方から切り出した。

責任感の強い前田は、自分が降りた後、誰がその仕事を引き継ぐのかを気にしているのだ。

「これから考えるよ。君ほどの人材はちょっと難しいが、若手を誰か抜擢《ばってき》しようと思ってる。化けてくれるといいんだけどね」

「いや、もし若手を抜擢するなら、十分な準備期間を与えるべきです。こんな中途半端にタスキを渡したらその人がかわいそうです」

たしかに、前田の言うとおりだが――。「ひとり、推薦したい人がいるんですが」

「ほう、誰だ」

徳重は興味を持って、先付けの小鉢を取ろうとした箸を置いた。しかし、

「辛島《からしま》さんです」

前田が口にした名前を聞いたとたん、えっ、といったきり継ぐ言葉を失った。

アナウンス部の古参である辛島文三《ぶんぞう》は、とにかくアクの強い男で知られている。気難しく、扱いにくい。卓抜したアナウンス技術だけとれば、局内に並ぶ者はいないと言われるほどの存在ではあるのだが。

「辛島さんか……」

徳重は渋い顔でつぶやいた。もし、辛島を起用すれば、他のスタッフもいい顔はしないだろう。「しかし、なんで辛島さんなんだ」

「まだまだ及びませんが、辛島さんは、私の目標なんです」

前田と辛島。まるでキャラの違うふたりなのに、意外なこたえである。「それはさておき、辛島さんを推挙する最大の理由は、ゴルフ中継のプロだということです」

「ゴルフ中継、ねえ」

意外な話のように聞こえるが、一理あった。

箱根駅伝の実況とゴルフ中継に共通しているのは、どちらも同時並行的にイベントが起きていることだ。

「箱根駅伝」では、トップ集団だけでなく第二集団以下の順位の変動や、タスキリレーの瞬間など、随時飛び込んでくる映像に対応しなければならない。複数のホールで繰り広げられるプレーを並行して伝えるゴルフ中継も同じ。分散注意力が要求されるこうした実況には独特のセンスとスキルがいる。野球やサッカーのように一個のボールの支配、動きを伝える実況にはないものだ。

「以前、『箱根駅伝』の実況経験もお持ちですし、勝手はわかっているはずです」

たしかに辛島は、かつて「箱根駅伝」の中継車に乗ったことがある。十年ほど前のことだろうか。

「他にはいないのか」

前田は首を横に振った。

「辛島さんにお願いしてください。それでしたら、私は安心して治療に専念できますから。それとこれ、私の取材ノートです。ご参考までにコピーをお渡ししておきます」

前田は、傍らの椅子においたトートバッグから厚さ一センチほどにもなるファイルを出して徳重に差し出した。

各大学の監督、選手への取材をまとめたものである。

選手についての詳細なデータのほか、趣味や好きな食べ物、家族構成や将来の目標など、それを読めば人となりがわかるようになっていた。

前田は、シード校十校のほか、予選会を突破しそうな大学にもすでに足を運んでいた。中には取材はしたものの、予選会で敗退、本選を逃した大学も入っている。無駄な取材だったように思えるが、次の箱根駅伝に出場すればそれが生きてくる。末尾の取材予定に、明誠学院大学の名前が入っていた。

「諸矢監督はもう勇退されたのかな」

ふとそのことを思い出して、徳重はつぶやいた。前田にというより、独り言に近い。

「諸矢さんに電話したところ、先日甲斐さんに禅譲《ぜんじょう》したという話でした」

前田は調べていた。

「学生連合チームも甲斐さんが指揮を執るようです」

菜月から聞いていた通りである。

公式発表は数日後だろうが、学生連合チームについても先日、十六名の選抜選手と監督やコーチ陣がすでに内定している。

〝選抜選手の所属大学で総合成績が一番良かった大学の監督〟が学生連合チームを率いるというルールはあるものの、予選会後に監督になった者が引き受けるというのは初めてのケースに違いない。

「ただ、諸矢前監督への取材は断られてしまって。話が聞ければいいエピソードが出てくると思ったんですが」

たしかに、三十八年という長い年月を箱根駅伝に捧《ささ》げた男の話は是非とも聞いておきたいところだ。放送に使えるかどうかは別にして、徳重の個人的な興味もある。

「諸矢前監督には、俺が話を聞いてくるよ」

「お願いできますか」

「もちろん」

前田の資料には、諸矢の電話番号やメールアドレスも入っていて抜かりがない。

「とにかく、ゆっくり養生して、元気になって戻ってきてくれ」

ランチを終えた別れ際、徳重はしんみりとしていった。「こんなことになって、前田の偉大さがわかったよ」

普段の徳重なら、相手に面と向かってそんなことはいわないだろうが、このときは自然にそんなセリフが口をついて出た。率直な気持ちでもある。

前田ははにかんだような笑みを浮かべただけで、軽く一礼し去って行く。

――辛島さんか……。他に誰かいないのか。

徳重は自問したが、これという顔は浮かんでこなかった。

2

「平井《ひらい》さんをセンターに据えたらどうでしょう」

菜月が提案した。平井健二朗《けんじろう》は、入社十年目で頭角を現している成長株だ。おそらくは将来大日テレビのアナウンス部を背負う逸材だろうとは思う。

「平井はちょっとどうかな」

徳重は首を傾げた。「箱根駅伝」には若すぎる。年齢だけでなく、経験値もだ。「軽やかでうまいんだが、ちょっと軽すぎないか。もう少し落ち着いた感じにしたい」

「まあ、それはたしかに……」

何人かの名前を挙《あ》げてその場で検討してみるのだが、どのアナウンサーも一長一短で、自信をもってこれといえる者が見つからない。

「辛島さんはどうだ」

ついに、徳重はその名前を口にしてみた。

実はこのときまで、前田が辛島を推薦していたことは伏せていた。もし菜月から辛島の名前が挙がれば前向きに検討しようと思っていた徳重だが、結局、その機会に恵まれないまま自ら辛島の名を挙げることになったのである。

「えっ、辛島アナですか」

菜月は目を丸くしていい、困ったような笑いを浮かべる。「正直いって、まったく考えてませんでした。徳重さんは辛島さん、得意ですか。私、少々苦手なんですけど」

「まあ俺も得意とはいえんだろうな。だが、ゴルフ中継はうまい。『箱根』みたいにあっちこっちに画面がスイッチする放送にも向いてると思う」

「たしかに、実力は折り紙付きですけど」

その点については菜月も認めてから、遠慮がちに徳重にきいた。「やりにくくないですか」

「実は辛島さんを推薦したのは、前田だ」

すっと菜月が押し黙り、考え込む。センタースタジオに辛島文三アナウンサーが陣取る様と、その彼に指示を出す自分のことを想像しようとしているのかも知れない。

やがて、細く長い吐息が洩れ、

「本当にいいんでしょうか、辛島さんで」

そんな問いになって徳重に返ってきた。「私には、よくわかりません」

「まあ俺も考えてみたんだけどな、辛島さんの性格の悪さは身内にしかわからない。喋り口はスマートで、奇跡的に嫌みがない」

「あまり、褒《ほ》めてるようには聞こえませんが」

菜月が呆《あき》れた。

「もちろん、褒めてるさ。使いづらい面もあると思うが、それを我慢すれば良い番組になる気がする。少なくとも経験不足によるハズレはない」

菜月はこたえない。

「一緒にやれそうか」

「そりゃあ私はうまくやれますよ」

菜月はいい、疑わしげに続けた。「私より、徳重さんでしょう」

「いっぺん、辛島さん本人の意向をきいてみるよ」

「前田さんがそうおっしゃってるのなら、その勘を信じたいと思います。辛島さんはともかく、前田さんの人を見る目は信用しているので」

ゴルフ中継で不在にしている辛島に会うため、徳重が松山《まつやま》へ飛んだのはその翌日のことであった。

3

女子プロゴルフの松山レディスオープンの開催地である愛媛の松山カントリークラブは、空港からタクシーで二十分ほどの距離にある。

放送は土曜と日曜の二日間。木曜日のこの日は、スポンサーのためのプロアマの試合が組まれており、辛島は前乗りして取材をしているという。

「辛島さんと話したいんだが、いまどこかな」

顔見知りの後輩プロデューサーにきくと、すぐに辛島のスマホに電話を入れてくれた。

「十八番のグリーンサイドにいるそうです」

「わかった」

スタッフ用のカートに乗り、言われた場所に乗り付けると、ガランとしたギャラリースタンドにひとり座っている辛島の姿が見えた。

辛島は、スタンドの階段を上がってきた徳重に気づいたはずだが、声を掛けてくるでもなくティーグラウンドの方を眺めている。

「いいですか」

ひと声かけて隣に座り、徳重も同じティーグラウンドに視線を向けた。いまそこでは女子プロを含む四人組が到着し、ティーショットを打つところだ。

距離は百六十ヤードほどだろうか。打ち下ろしのホールだが、グリーンはポテトチップのような起伏に富んでおり、手前には池。この日のピン位置はグリーン中央だ。

スポンサーらしき男性ゴルファーが放った球は、とんでもなく右へ曲がり、手前の池に吸い込まれた。大袈裟に頭を抱える仕草と笑い声が水面《みなも》を伝って、徳重のところにまで聞こえてくる。

ふたりめが打った球は、見事、グリーン上に落ちたが、ピン奥五メートルほどの下りのラインが残った。硬い落下音からして、グリーンは相当高速に仕上がっていそうだ。

「最終日は、この池のそばにピンが切られる」

辛島がぼそりといった。「このホールが勝負の分かれ目だ。なんか用か」

「ちょっとお願いがありまして」

相変わらずティーグラウンドを見つめたままの横顔に向かって、徳重は続けた。

「『箱根駅伝』、やってもらえませんか」

返事なし。

辛抱強く待つ徳重に、

「前田は入院なんだってな」

というひと言がやがて出てきた。「あいつ大丈夫なのか」

「悪性リンパ腫ステージⅢだそうです」

すっと辛島が押し黙るのがわかった。

「後任に、ぜひ辛島さんをと。宮本とも相談したんですが、我々も辛島さんを措《お》いて他にないと思ってます」

「社交辞令か」

辛島は、ふっと肩を揺すってようやく、どこか人を食った目を徳重に向けた。「若い奴にやらせたらどうだ。あいつらにはチャンスが必要だ」

「そうかも知れません。ですが、若手にやらせるなら十分な準備期間を用意してやりたいんです」

ここは前田の言葉をそのまま流用した。「いまからでは遅い。なので、お願いできませんか」

「俺はどうも、青臭いスポーツ中継は苦手でな」

辛島はそんなことをいった。「前もそれで衝突したろ。俺はいまでも自分が正しいと思ってる。気に食わないんだよ、ああいうのは」

十年ほど前、辛島が箱根駅伝に関わったときのことだ。

放送後、担当プロデューサーだった現スポーツ局長の北村と、選手紹介の方法を巡って大げんかになった。

その放送で辛島は中継車に乗っていたが、北村が指示した選手のプロフィールを全部読まず、意図して飛ばしたのだ。

こんなものはお涙頂戴の三文芝居だ——というのが、辛島の言い分である。

「北村さんには、ただ走っているだけの退屈な絵に見えたんだろうがな。だからって、家族の不幸とその日の走りを無理矢理結びつけて、〝天国のお父さんが応援している〟ってそりゃねえだろ。選手はそういう悲しみを乗り越えて必死で生きてきたんだ。なのに、なんで赤の他人が知ったような口をきいてそれを蒸し返す？　俺は感心しねえな」

北村の演出は、過剰なところがたしかにあったと思う。

だが、結果的にそのスタンスは視聴率と結びつき、箱根駅伝中継を手がけた歴代プロデューサーの中で、北村が〝勝ち組〟プロデューサーのひとりに列せられたことも事実だ。

テレビ放送とは、何を伝えるべきなのか——。

畢竟《ひっきょう》、テレビマンたちはいつも、この根源的問題の答えを求めて彷徨《さまよ》い歩いているようなものだ。辛島もまた、例外ではない。

偏屈な男だが、辛島には、選手に対するリスペクトとスポーツ・アナウンサーとしての矜持《きょうじ》がある。

それに気づいたとき、ようやく前田の言葉に合点がいった。

——まだまだ及びませんが、辛島さんは、私の目標なんです。

なるほど辛島は、自らの信念のために戦うアナウンサーに違いない。

「そうおっしゃらず、やりましょうよ、辛島さん」

徳重の誘いを、辛島は横顔で受け流した。唇を結び、頑《かたく》なな意思を表す頰のあたりに、この男なりのプライドを感じる。

やがて、

「気乗りしないね」

おもむろに、辛島は立ち上がった。

「俺なんかより、若手を抜擢しろよ」

そんなひと言を残すと、さっさとスタンドを降りて見えなくなった。

4

ひょろりとした長身の男が明誠学院大学の相模原寮を訪ねてきたのは、予選会が終わって一週間ほどが経った日のことであった。

見るからに生真面目そうで実際に礼儀正しく、〝ちょっとカタブツっぽいな〟、というのが、桐島兵吾《きりしまへいご》について抱いた隼斗の最初の印象だ。名前もどこか古くさくて頑固そうだ。

兵吾は、関東学生陸上競技連盟――つまり関東学連の幹事で、武蔵中央《むさしちゅうおう》大学の四年生であった。関東学生連合チームのマネージャーは、関東学連の幹事と学生連合チームの監督を務める大学――つまり明誠学院大学――の主務のふたりが務めることになっている。

兵吾が勝手に始めた自己紹介によると、高校時代から駅伝をやりたくて陸上競技部に在籍、武蔵中央大学に進んでいよいよ「箱根駅伝」を目指そうというとき、足の故障で断念。監督の指示で関東学連の手伝いに行ったのがきっかけで正式なスタッフになった、という経歴らしい。

「がむしゃらに練習しすぎたのがよくなかったかも知れません」

見かけどおりの四角四面、自分にも厳しい男なのだろう、と話を聞いて隼斗は想像した。

背筋を伸ばして端然と椅子にかけている兵吾の姿は、ちょっとゆるい歓談室の雰囲気からは浮いていたが、本人は一向に気にするふうでもない。

「矢野くんは、主務と選手の兼任ですか」

きかれた計図《けいと》は、「いえ、ぼくはマネージャー専業です。そのために推薦で入った口ですし」。

計図も簡単な自己紹介をする。

神奈川県内では名高い湘南《しょうなん》第一高校で陸上競技部に入部。最初は選手として頑張っていたものの、すぐに才能の限界に気づくと同時に、先輩マネージャーの働きぶりに感化されて自分も志願。面白さとやりがいにめざめた。裏方として選手たちを支え、インターハイでの好成績を引き出した実績をアピールして、明誠学院大学にマネージャーとして推薦入学し現在三年生――というのが計図の経歴だ。

「今回『箱根』に行けなかったのはぼくの力不足でした」

目を伏せた計図に、

「いや、計図はよくやったよ」

隼斗は本心からいった。チームが円滑に運営できるよう、マネージャーとしての計図の仕事は、実に多岐に亘《わた》る。隼斗は主将として選手たちを牽引し、計図は裏方に徹して何事も準備に怠《おこた》りがなかった。この一年でどれだけ計図に助けられたかわからない。

「武蔵中央大学も残念だったね」

隼斗がいった。かつてはシードもとったことのあるチームだが、今年の予選会では十五位と敗退。最後の本選出場から、かれこれ七、八年は経っているのではないか。

「本選から遠ざかると、なにか遠い世界のことのように思えてしまうのが心配なんです」

兵吾の懸念に思わず隼斗と計図が黙ったのは、明誠学院大学も事情は同じだと思ったからだ。本選から遠ざかれば遠ざかるほどチームとしての経験値は下がり、ますます弱くなっていく。

「今回は私が手を挙げてマネージャーをやらせてもらうことになりました。ここで見聞きしたことをチームの後輩たちに伝えたいんです」

うっすらと、兵吾の瞳が潤んだように見えた。堅いだけでなく、熱い男でもある。

隼斗は桐島兵吾のことが大いに気に入った。こういう男なら、一緒に戦えるに違いない。今回の学生連合は、兵吾と計図のふたりがマネージャーとしてチームを支えることになる。

「学生連合に選手を送り込むチームにとって、その経験が次につながるようになって欲しいと思うんです。そのためにも、矢野くんと一緒に盛り上げていきたいと思っています」

「いい経験を次につなげたいですよね」

計図が賛同した。隼斗もそう思う。

ただ、「何がいい経験なのか」、という点については一考の余地がある気がした。

規定が変わったいま、学生連合チームはあくまで〝オープン参加〟という位置づけで、そのタイムは公式ではなく、参考記録にしかならない。

そのせいだろうか、そうなってからの学生連合チームは、つねに最下位争いを演じる常連と化している。

寄せ集めのチーム、しかも急ごしらえ。各大学のユニフォームを着て「箱根駅伝」を走るだけの経験重視で結果は二の次。そんな戦い方ではたして良い経験といえるのか。最近では本選常連校の間で学生連合チームの廃止論まで出ているというのに。

「できるだけ多くの選手に『箱根駅伝』を経験させてやりたい、というのが関東学連の考えです。その機会を最大限生かしましょう。ぼくはマネージャーとして関われることを誇りに思っているんです。一緒に頑張ろう、矢野くん」

兵吾が右手を差し出す。

「ええ、よろしくお願いします」

計図も、兵吾の熱を帯びた口調に感嘆したかのように握り返した。「マネジメントでは、他のチームに絶対負けません」

そのとき、

「遅れてすまん」

背後から声がかかり、学内での打ち合わせを終えた甲斐が歓談室に入ってきた。

スーツ姿の甲斐は、まっすぐに兵吾のところにやってきて自己紹介すると、空いている兵吾の隣の椅子をひいてかける。

「一応、各チームには事前に通達してあるが、今週の土曜日、学生連合チームの選手全員の顔合わせをしたいと思ってる。本選までの練習スケジュールを組んでみた。原則として毎週土日は練習に当てたい」

甲斐がテーブルに出したスケジュール計画を見て驚いたのは、兵吾だった。

「こんなに、集まるんですか」

十一月と十二月を合わせて週末を潰す練習を五回。十二月の最終週にいたっては冬休み中ということもあり五日間の合宿も含まれている。

「いつもの学生連合チームはどのくらい集まってたの?」

隼斗がきくと、

「せいぜい、二、三回だと聞いてます」

そんな返事があった。ならば兵吾が驚くのも無理はない。「でも監督、他のチームの監督はこのスケジュール、オッケーしてるんですか」

兵吾が尋ねた。

「全員の了承をもらってある」

甲斐はすでに動いていた。

「異議は出なかったんですか」と兵吾は驚いた顔だ。

「出たことは出た。やり過ぎじゃないかって」

あっさりと甲斐は認める。「でも、東邦経済大学《とうほうけいざい》の大沼《おおぬま》監督がコーチを引き受けてくれたんで助かったよ。反対した大学の監督には、大沼監督から説得してもらって、了承を取り付けてある」

大沼清治郎《せいじろう》は、御年《おんとし》七十歳。駅伝監督として名の知れた名将であり、カリスマであった。東邦経済大学に移ったのは四年前で、それまでは「箱根駅伝」の常連、東西大学《とうざい》を長年率いてきた。東邦経済大学という新設校の陸上競技部を着実に成長させ、予選会十二位の成績はむしろ流石《さすが》という他ない。

ところが、えっ、と兵吾が顔を上げた。

「あの大沼監督がそんなことを？　信じられません」

「どういうこと」

問うた隼斗に、「実はコーチの就任を最初、断られてたんです」、と意外な答えが返ってきた。

「予選会の後、関東学連から打診したんですが、俺は連合チームには興味がないからって。関東学連会長から説得してもらって渋々引き受けていただいたのに……」

コーチ就任を渋った大沼が、一方で例年にはない練習を認め、他大学の監督の説得に当たる。たしかに、考えにくい話だと隼斗も訝《いぶか》ったものの、

「そうかな。私が頼んだら、喜んでやってくれたけどな」

甲斐は涼しい顔だ。「あの方は、おもしろいことなら喜んで力を貸してくれる。そういうところがあるから」

「おもしろいこと……ですか」

腑《ふ》に落ちない顔で首を傾げた兵吾は、率直に尋ねた。「あの、監督。すみません、いったい何がおもしろいことなんでしょうか」

「私が立てた目標がおもしろいと思ったんだろう」

「目標？」

隼斗は、甲斐の顔を覗《のぞ》き込んだ。「どんな目標ですか」

「私は、この学生連合チームで上位争いをしたい」

はあ、という素《す》っ頓狂《とんきょう》な声を上げたのは計図だった。

信じられない――そんな唖然とした面差しを、甲斐に向けている。驚いたのは、実のところ隼斗も同じであった。

学生連合といえば、最下位争いの常連チームである。

それで上位争いをするというのか。

本気か、と隼斗は甲斐を凝視した。

「北野《きたの》監督はどうおっしゃってるんでしょうか」

予選会十三位の成績だった清和国際《せいわこくさい》大学駅伝チームの監督、北野公一《こういち》の名を、兵吾は挙げた。

この学生連合チームには、ふたりめのコーチという立場で参加することになっている。

清和国際大学もまた比較的歴史が新しく、北野自身は箱根駅伝の常連校出身。学生時代、三度本選に出場し、その後実業団でも活躍した名ランナーだ。引退後、無名だった清和国際大学を率いるようになったのは四年前。着実にチームビルドしてきた手腕を評価する声はよく耳にする。

兵吾が単に興味半分ではなく真剣そのものなのは、チーム方針に対して、誰がどのような意見、スタンスなのかをマネージャーとして知っておく必要があるからだろう。すでに計図もノートを取り出して、メモを取っている。

「北野さんは、自分はあくまでボランティアだといってたな」

さらりと甲斐はいい、それとなく北野の消極姿勢を知らせた。「ただ、練習するなら付き合うといってくれている。ありがたいことだ」

「では、ぼくの方から各選抜選手へ連絡して招集をかけます」

早速、計図が買って出た。

頼む、と甲斐のひと言で、学生連合チームはいよいよ本格的に動き始めた。

隼斗が想像していたよりも熱く、途方もない高みを目指して走り出したのだ。

5

交渉の舞台は、浅草橋《あさくさばし》にある老舗《しにせ》トンカツ屋の座敷であった。

トンカツを食うのは最後で、それまでは刺身や煮物など、適当に見繕って出してくれるよう主人には頼んである。

徳重の行きつけで、老夫婦だけでやっている店だ。入ると右手に六席ほどのカウンター。常連客は大抵ここに座る。後ろには小さなテーブルが三つ。かれこれ半世紀も経っている古い建物にはちょっとした庭があり、その向こうにある座敷は一組しか入れない。

その座敷の壁側の席で、不機嫌そうな顔で日本酒の「手取川《てどりがわ》」をグラスで飲んでいるのは、辛島であった。

その隣の上座ではスポーツ局長の北村が、同じく不機嫌な顔でハイボールのグラスを傾けている。

渋る辛島を半ば強引に誘い、「なんとか説得してくださいよ」とこちらも嫌がる北村を説き伏せてセッティングした、いわば〝接待〟だ。

両者の確執は徳重も知るところだが、わだかまりを解消すれば辛島の気も変わるのではないかと期待してのことである。

「子供のケンカじゃあるまいし、ふたりとももう少し仲良くしたらどうです」

席に着いてお座なりの挨拶はしたものの、そっけない態度のふたりに、徳重はあきれ顔でいった。

「北村さん、今日はうちの接待なんですからね。辛島さんには何としてもセンターアナを受けてもらわないと」

そういうと北村の瞳は硬く沈み、「普通、断らんだろう。何様だ」、という憎まれ口になった。

「ホント、こんなに仲が悪いとは思いませんでした。ふたりとも子供みたいです」

菜月が呆れた口調で、ずけずけと物を言う。とはいえ、菜月がいうと角が立たないのは不思議で、「悪かったな」、と仏頂面で辛島が応じた。

「『箱根駅伝』の危機なんですよ、辛島さん。これ即ち、大日テレビの危機みたいなもんじゃないですか。お願いしますよ」

徳重が説得を試みたが、辛島は黙って酒を飲んでいる。

これはダメだ、と北村に助け船を期待するのだが、こっちは知らん顔だ。使えない上司であった。これでは何のために連れてきたのかわからない。

やがて、少し酒が進んだところで北村が吹っかけた。

「お前、俺の演出が過剰だとか抜かしたが、視聴率は取れたじゃないか。視聴者の皆さんは正直だ。つまり、俺の演出が期待通りだってことだろう」

「その考えがダメだっていうんですよ」

辛島も負けてはいない。「視聴率が取れればいいいってものじゃない。あんな演出は、スポーツの本筋から外れた色物だといってるんです」

「色物とはなんだ」

「じゃあ、邪道だ」

北村の顔面が、怒りですっと青ざめた。

「十年前のことじゃないですか。ふたりともいい加減、水に流したらどうなんです」

菜月が割って入る。

「俺はな、青春の汗だの涙だのって決めつけも気に食わないんでね」

辛島は冷ややかに言い放つ。「大学生の青春をきれい事として片付ける単純さもどうかと思うね。純粋な汗と涙とかさ。それはテレビがかぶせたフィルターだろう。臭い演出だ。別に悪いとはいわん。それで視聴率が取れたって喜ぶ連中もいるし、楽しく見ている視聴者もいるからな。だが、それは俺の流儀じゃない。俺は、スポーツをスポーツとして、まっさらな白紙の上で先入観なく捉えようとしてきた。あざといアナウンスでお涙頂戴か。冗談じゃねえ」

美学に反するといいたいのだ。

これでは平行線のまま溝は埋まりそうにない。長い夜になりそうだった。

6

「辛島が、断ったと……」

編成局長の黒石は、帝国ホテル内のバーラウンジのソファに丸みを帯びた体を沈め、顎の辺りを撫でている。宙に浮いた視線を薄暗い空間に這わせ、権謀術数に長けた男の思考が、まさにその本領を発揮せんとするところだ。

「もともと、北村さんとは折り合いが悪いですから」

丸太《まるた》真二《しんじ》は、店内の静けさに合わせて声を潜めたようだが、その声は思いのほかよく通った。元スポーツアナだ。歯切れ良く飛び出す多彩な表現と大袈裟な言葉の切り返しがウケて、その後バラエティに進出。いまや歌番組の司会までもこなす、大日テレビを代表するアナウンサーのひとりである。

「そうなのか」

「『箱根駅伝』の演出をめぐってふたりの間でバトルがありまして。かれこれ十年も前の話ですが」

「十年かよ」

呆れたように黒石はいい、ほくそ笑む。「お互い、根に持つタイプだからな」

「北村さんは外連味《けれんみ》を出したいわけですが、辛島さんは硬派な現実至上主義ですからね。現実は現実。そこに有るものを有るといって、それ以上はいわない。それに対して北村さんは、そこに有る以上のものが有るという」

禅問答のようだ。それを黒石は黙って聞き、

「なあ、丸太。たまにはやってみるか、スポーツ中継」

浮いていた視線をテーブルの向こう側にいる男に定めて、そうきいた。

すぐに返事はない。

黒石のいわんとするところは、「箱根駅伝」センターアナのことだろう。先日、お笑いタレントの畑山一平をゲストに迎える案が採めた挙げ句、役員会議で廃された経緯は局内で知らない者はいない。その後、タムケンプロとの手打ちで、黒石が無理難題を飲まされたという話も。

「お前がやれば、いままでにない〝華〟が出る。俺はいいことだと思うけどな」

だが、

「『箱根駅伝』をやるためには相当の取材がいるんですが、時間がありません。他の番組も抱えてますし」

丸太はやんわりと断りを入れた。

元来、スポーツアナである。いまやバラエティを掛け持ちするタレントアナになったとはいえ、「箱根駅伝」という特別な現場の厳しさは十分に承知しているつもりだ。

「取材なんか他のやつに任せればいいじゃないか。お前は、スタジオで陣取っていればいいんだ。お前がやれば、いままでにない『箱根駅伝』になる」

その絵図がはっきりと頭の中で思い描けているのだろう、黒石の口調には確信が滲んでいた。

「そう簡単なものじゃないですよ、黒石さん……」

丸太は逡巡《しゅんじゅん》した。「あの番組は本当に〝ヤバい〟ですから」

若手の頃、「箱根駅伝」には何度か駆り出されたことがある。取材の徹底ぶり、硬派なスポーツ中継としての様式美は、「テレビが『箱根駅伝』を変えてはならない」という初代プロデューサー坂田信久の信念に基づくものだ。

坂田が大日テレビを出て久しいのに、その信念は脈々と後輩たちに引き継がれ、いまも揺らぐことがない。

だが、もし自分がセンターアナになったらどうだろうか？

選手同士のデッドヒートをあの手この手で盛り上げ、サッカーや格闘技中継さながら、言葉のシャワーを視聴者に浴びせることになるに違いない。それが丸太の持ち味だが、「箱根駅伝」という番組に合っているとは思えなかった。かといって、それを封印したら、自分がやる意味がない。

「いつものお前でいいさ。丸太流の『箱根駅伝』が俺は見たい」

丸太の迷いを見透かしたように、黒石がいった。

「でも、声は掛かりませんでした。徳重さんも、宮本も、私のことをスポーツアナだとは思ってませんから」

「だからいいんじゃないか」

黒石は身を前に乗り出し、そっとグラスを脇にどけた。「正直なところ、俺にはいまの『箱根駅伝』は物足りない。あれだけの人数を投入しながら、やってることは地味も地味。大日テレビのリソースを十分に生かす演出をすべきだ」

常に新しいことに挑戦し、常識を疑い、それを覆《くつがえ》すことで実績を上げてきた男だ。筋金入りのバラエティ・マン。黒石イズム。その黒石イズムで「箱根駅伝」を塗り替えるつもりなのだ。

「でもそれ、テレビが『箱根駅伝』を変えるってことになりませんか」

丸太は、遠慮がちにきいた。

黒石の野心はわかる。だが、丸太のどこかには、未だ大日テレビ・スポーツアナとしてのDNAが残っているらしく、二の足を踏んでしまうのだ。

スポーツ局最大のイベントである「箱根駅伝」に、いまやタレントアナと化した自分が踏み込む余地があるとも思えない。だから、声が掛からないのだ。

「テレビの力を買いかぶりすぎてないか」

ソファの背に体を戻しながら、黒石が口にしたのはそんな疑問だった。「テレビにそんな力があると思うのは、テレビマンの思い上がり以外の何物でもない」

反論の言葉を、丸太は飲み込んだ。

どう話したところで、いまの黒石にはわからないだろう、事実を事実のまま伝えるために、あくなき挑戦と葛藤を繰り返してきた者たちの情熱が。

「もし、お前が『箱根駅伝』をやるんなら、俺は納得だ。俺から徳重に進言したい。どうだ」

丸太は唇を硬く噛みしめ、まだ閑散としているバーの薄暗い空間を見据えた。

正直なところ、気乗りしない。

気乗りはしないのだが、看板番組に次々と丸太を起用し、ここまでの地位に引き上げてくれたのも黒石だ。その誘いを無下《むげ》にするわけにはいかないという事情も、丸太にはある。

生煮えの気持ちのまま、

「わかりました」

丸太はそうこたえていた。

7

「まったく、辛島さんも頑固だよな」

スポーツ局にある自席で腕組みをした徳重は、ため息混じりにいって仏頂面になった。

浅草橋のトンカツ屋で辛島の説得を試みた一昨日。北村の頑なな態度もあって、場は最後まで白けた雰囲気のままであった。

「北村さんも一旦こうとなったら、引きませんからね」

菜月も呆れ顔で徳重のデスクの前に立っている。

ここはやはり、若手の登用でしのぐしかないか——。

そんな考えがともすれば頭に浮かぶ。菜月も同様だと思うが、あえて口にしないのは、どこかに一抹の不安、躊躇《ためら》いがあるからだろう。

「前田さん、『箱根駅伝』のときだけ復帰してくれませんかね」

「無理だ、そりゃ」

実はその可能性を探って、病気降板した前田ともすでに話していた。しかし、ドクターの意見も総合すると、抗がん剤治療の影響も心配される中、一日五時間超、二日間に及ぶ生放送に臨むのは無理だろうとの結論になった。もとより当然の判断だと思う。

そのとき、何気なく視線をフロアに投げた菜月が、あっ、と小さな声を上げた。その視線を追った徳重が、こっちにやってくるずんぐりした姿を認めたのは同時である。

黒石は、不機嫌そうな顔に無理矢理笑みを浮かべ、足早に徳重たちの方に近寄ってきた。そして、

「おい。『箱根駅伝』のセンターアナ、その後どうなった」

開口一番、徳重にきいた。

「いま調整中ですが――」

「間に合うのか」間髪を入れず、問うてくる。

「間に合わせますよ、そりゃ」

大方、辛島にオファーを蹴られたことを耳に入れてきたのだろうが、わざわざ出張《でば》ってきたところを見ると何かあるに違いなかった。

「実はな、まだ決まってないのなら、推薦したい奴がいる」

案の定である。

「どっかのタレントにキャスターもどきのことをさせようっていうんじゃないですよね」

疑わしげに徳重がいうのと、

「丸太でどうだ」

黒石のひと言が重なった。

菜月が、はっとした顔を徳重に向ける。

盲点だった——そう言いたげな顔だ。

型破りなスポーツ中継で注目され、バラエティで花を咲かせたタレント・アナウンサー。それが徳重にとっての丸太だ。おそらく菜月も同じ印象だろう。これだけ頭を捻《ひね》っても名前が挙がらなかったのも道理だが、一方で丸太がスポーツ畑出身アナであることもまた事実である。

しかし、

「丸太、ですか……」

徳重は、難色を示した。「まあ実力は認めますがね」

卓抜した表現力、的確なレスポンス。たしかに、アナウンサーとしての丸太が一級品の才能の持ち主であることは間違いない。

だが、そのしゃべりはどちらかというとバラエティ番組向けで、「箱根駅伝」の雰囲気には合わない。

「丸太以外にないだろ。空けられるぞ、奴のスケジュール」

どうやら丸太にはすでに根回し済みらしい。

「まあ、検討してみます」

「いま何月だと思ってるんだ」

徳重のこたえに、不満そうに黒石は頬を膨らませた。「丸太を使えば、番組も雰囲気も盛り上がるじゃないか」

「そうでしょうか」

疑問を呈した徳重に、

「時間がないんだ」

黒石は声を張りあげ、両手でデスクを摑んで顔を近づけてくる。「丸太なら、必ずうまく行く。中途半端に若手なんか抜擢したら承知しないからな」

そういうと、黒石はくるりと背を向け、さっさとフロアから姿を消した。

脅《おど》しかよ。

ため息混じりの徳重に、

「どうします」

菜月が切羽詰まった口調で問うてくる。

「どうするもこうするも」

立ち上がりながら、徳重はこたえた。「辛島さんを説得するしかないだろう」

8

「なんだよ、まだ何かあるのか」

アナウンス室のデスクまで行って声を掛けると、辛島は面倒くさそうにいって小さなため息を吐《つ》いた。

「『箱根駅伝』、やっていただけませんか」

「だからいったろう。俺の流儀に合わないって」

徳重は近くの空いている椅子を引き座って辛島に近づくと、小声で訴える。

「黒石さんが、丸太を推《お》してきたんですよ」

周りに丸太の存在がないことを確かめ、徳重はさらに声を潜めた。「そりゃたしかに丸太の実力は認めますが、『箱根駅伝』はやっぱり丸太じゃない。辛島さんなんですよ」

「今度はおだてか」

にこりともしないで辛島は、デスクの上を片付け始めた。見かけによらず、綺麗好きである。他のアナの机上は乱雑に書類が積み上がっているのに、辛島のデスクだけ整然と片付けられていた。

「本音ですよ」

徳重は真剣にいったが、

「よくいうよ。丸太でいいじゃないか」辛島は取り合わない。

「本気でいってるんですか、辛島さん」

徳重はいった。「もし丸太を起用したら、『箱根駅伝』という番組が変わってしまいます」

「あいつがバラエティ畑だから、そういってるのか」

辛島はきき、返事を待たずに続ける。「丸太はそんな不器用な男じゃない。頼まれれば『箱根駅伝』という番組に馴染《なじ》むようにやるはずだ。青臭い演出ならお手の物だろう」

「俺は辛島さんにやってもらいたいんです。前田だって、辛島さんを指名してるじゃないですか。お願いしますよ」

「ソリが合わないんだよ、『箱根』とは」

頑固な男である。

さて、どう説得したものか。さすがの徳重も痺《しび》れを切らしかけたときだ。ふと、脇に立った人影に気づいて、徳重ははっと息を呑んだ。

いつのまに来たのだろう。

丸太だ。

「おお、丸太。お前、『箱根駅伝』、やるんだってな」

最初にそんなふうにいったのは、辛島のほうだった。「よかったじゃないか。頑張れよ」

立っている丸太の肘のあたりをぽんと叩いて激励する。

ひょろりとした丸太は、バラエティ番組の収録なのか派手なラメ入りのジャケットに蝶ネクタイを合わせていた。ところが——。

「あの——辛島さん」

そのとき丸太は神妙な顔になって辛島を見据え、「『箱根』、辛島さん、やってもらえませんか」。

唐突に、そういった。

徳重も驚くひと言である。

「おい、ちょっと待て、丸太」

慌てて徳重がきいた。「お前、黒石さんから頼まれてるんじゃないのか」

「頼まれました」

あっさりと丸太は認めた。「でも、私は辛島さんにやっていただきたいんです。黒石さんが私に求めてるのは、バラエティ色なんでしょうけど、『箱根駅伝』がそんな番組じゃないことは、良くわかっています」

「丸太……」

思いがけない展開に、徳重はただ、丸太を凝視した。

黒石がプロデュースした番組を、丸太が仕切る。バラエティ部門のゴールデンコンビであり、ふたりは盟友のはずだ。

すると、

「私はもともとスポーツアナですから」

丸太が、はにかむようにいった。「駆け出しの頃、『箱根駅伝』に関わらせてもらって、あのコンテンツの素晴らしさはよく判っているつもりです。たしかに、辛島さんの美学とは相容《あいい》れないところがあるかも知れません。でも、等身大の『箱根駅伝』を伝えられるのは、辛島さんだけです。私ではキャラが合いません。『箱根駅伝』を、バラエティの軽いノリでチャラチャラした番組には絶対にしたくないんです。事実を事実のままに。事実以上でもなく以下でもなく伝える――。新人のころ、辛島さんから教わったことは、私のアナウンサーとしての原点なんです。以前、演出を巡って北村さんとやりあったことは知ってます。でも、私は、辛島さんが中継する『箱根駅伝』を見たいです。大日テレビが誇る、辛島文三というアナウンサーが描写する『箱根駅伝』がいかに素晴らしいか。私だけじゃなく、すべてのアナウンサーがそれを見たいと思ってるはずなんです」

丸太は、改まって頭を下げた。「せめて今回だけ。今回だけお願いします。この通りです」

徳重が気づいたとき、アナウンス室がしんと静まり返っていた。

その場にいる全員が、徳重と辛島、丸太のやりとりに気づき、聞き耳を立て、ある者は立ち上がって成り行きを見守っている。

そのとき、

「お願いします、辛島さん」

横尾《よこお》征二《せいじ》がいった。「箱根駅伝」で、一号車を担当することになっているアナウンサーだ。

「お願いします」

「辛島さん」

次々に声が掛かり始め、ついにたまりかねて、辛島は両手を挙げると立ち上がった。

「待て待て、お前ら。勝手なこというなよ」

自分を見つめる連中を一瞥《いちべつ》した辛島は、何かいうかと思いきや、「飯食ってくるわ」、というひと言を残してその場を去って行く。

全員が唖然とした顔でその姿が消えるまで見送ったかと思うと、その視線が徳重に戻ってきた。そこに咎《とが》めるようなニュアンスが混じっているのを見て、

「おい、俺を責めるなよな。俺だってな、努力してんだよ」

立ち上がりながら徳重は声を張り上げた。そして、傍らにつったっている丸太の肩をぽんとひとつ叩く。

「ありがとうな、丸太。よくいってくれた」

そう言い残すと、徳重も足早にアナウンス室を後にしたのである。

9

「徳重から何かいってきたか」

スタジオからオフィスに戻るエレベーターで、丸太が偶然、黒石と乗り合わせたのは番組の収録を終えた午後六時過ぎのことであった。

「いえ。まだですが、どうやら辛島さんがやるようですよ」

黒石の目が意外そうに見開かれるのを見て、丸太は続ける。「残念ですが、私の出る幕じゃなかったようで」

「俺は、お前にやってくれっていってんだぞ」

案の定、黒石は押し殺した声を出した。自分が思ったようにならないのが気に食わないのだ。

黒石はバラエティで培《つちか》った自分のやり方がすべてに通用すると本気で思っている。

「しょうがないじゃないですか」

丸太は肩をすくめ、いまや仏頂面になった黒石の目を見返した。「これも縁ですから」

返事の代わりに舌打ちが返ってきた。

エレベーターはほぼ各階で停止し、ドアが開くたびに人が出て行き、新たな乗客が入ってくる。エレベーターの奥にどんどん押し込められた丸太はその間、黒石の睨《ね》めつけるような眼差しを横顔に受けていた。やがて目的階に着くと、

「失礼します」

傍らの黒石にひと言告げ、人を押し分けるようにしてエレベーターを降りる。背後でドアが閉まると、黒石を乗せたまま階数を上げていく表示を見上げ、大きなため息をひとつ吐いた。

「まあ、こういうこともあるさ」

本来、楽天的な性格である。そう自分に言い聞かせると、振り返ることなく歩き出す。「局アナはつらいよ」


その夜――。

午後九時を過ぎて閑散としてきたフロアの自席にいて、菜月はひとり考えていた。

昼間、辛島を説得するといって徳重がアナウンス室に出向いたのも束《つか》の間《ま》、手ぶらで戻ってきた。

アナウンス室で辛島と話したというが、あまり詳しい話を徳重はしなかった。おそらく、気に食わないことでもあったのだろう。

前田アナの病気は不測の出来事だったとはいえ、センター・アナウンサーが決まっていない

というのは非常事態以外の何物でもない。

入社十年目。力が認められ、栄《は》えある「箱根駅伝」のチーフ・ディレクターに抜擢された当初、まさかこんな状況に陥《おちい》るとは夢にも思わなかった。まさに悪夢だ。

つくづく運が悪いのか、はたまた、「こういうことも含めて実力」なのかはわからない。それとも自分に力があれば、徳重に代わって辛島を説得できただろうか。

そんな堂々巡りの思考が、さっきから菜月の頭の中を駆け巡っている。

いずれにせよ、いま菜月がすべきことは早急にセンターアナを固めることであり、そのためには若手アナウンサーを抜擢する以外の策はないというのが考えた末の結論だ。

これを明日、徳重にぶつけよう。

意を決して、菜月はそう自らに言い聞かせた。徳重は渋るだろうが、それを説得することこそ、チーフ・ディレクターとしての菜月の仕事ではないか。

そんなことを考えながら、フロアの何もない空間を睨み付けていた菜月は、そのときふらりと現れた人影に気づいて思わず立ち上がった。

辛島だ。

フロアの入り口あたりで左右を見回し、散歩でも楽しんでいるかのように、ゆったりとした歩調でデスクの合間を縫ってくる。

「よう、宮本。今年の『手形《てがた》』、あるか」

思いがけないひと言であった。あまりのことに菜月がぽかんとしていると、

「箱根駅伝の『放送手形』あるかって、きいてんだよ」

「あります」

気がついたとき、菜月は山となっているデスクの上を掻《か》き回していた。

そこから真新しい『放送手形』を一冊取り出して辛島に差し出す。

装幀《そうてい》の写真は、「東京箱根間往復大学駅伝競走」の横断幕が張られた大手町のスタート地点だ。

『箱根駅伝　放送手形』というタイトル。「箱根駅伝」のバイブルである。タイトルの下には、こう書かれている。


若者たちの熱き血潮が新春の幕を開ける。

彼らの走りが日本に感動を与え、勇気づけ、新たな一年を迎える狼煙《のろし》となる。

さあ、その目でたしかめろ。若者たちの戦いを。魂の走りを。

そこに日本の未来がある。

力の限り競い、燃え尽きる。そんな彼らの姿に、誰もが忘れていた青春を見出すだろう。

新春の日射しを浴びて、いざ走れ。輝かしい走路が、君たちを待っている。


『放送手形』を手にした辛島の目が、じっとその文字を追っていた。

「徳重さんが書いたんです」

「相変わらず前のめりというか、芝居がかってるな、あいつは——もらってくぞ」

「辛島さん、待ってください」

踵《きびす》を返そうとした辛島を、慌てて菜月は呼び止めた。「やっていただけるんですか、センターアナ」

返事はイエスでもノーでもなかった。

「明日にでも『キューシート』、届けてくれ」

辛島がいった。「いまもらっても、荷物だからな」

言葉をなくし菜月はただつっ立ったまま、フロアを出て行く辛島を目で追うことしかできなかった。

「なにが芝居がかってるだよ」

笑いながら、どういうわけか菜月は泣いていた。「自分の方がよっぽど、芝居がかってんじゃん。でも——」

ありがとうございます。

菜月は辛島が消えていった方に向かって、深々と頭を下げた。

第四章　学生連合チーム始動

1

甲斐が、学生連合チームの顔合わせの場所に選んだのは、東邦経済大学の多摩《たま》寮であった。ふたりいるコーチのひとりとして参画する大沼清治郎《おおぬませいじろう》は、同大学の陸上競技部監督だ。その大沼から大学に働きかけ、学生連合チームに施設の利用を認めてもらったのである。

東邦経済大学は、大沼を招聘《しょうへい》して本気で箱根駅伝本選出場を目指しているだけあって、素晴らしい設備が揃っていた。

おそらく、早ければ来年、遅くとも数年後、この大学が箱根駅伝の強豪校の仲間入りを果たすのは確実だろう。

合同練習は当初、土日の二日間を「通い」で考えていた甲斐だったが、この施設を借りられることが決まって方針を変更し、一泊二日のミニ合宿形式に切り替えることになった。

東邦経済大学にしてみれば、自慢の施設が学生連合チームの拠点となることで宣伝になるという計算もあるはずで、お互いの思惑《おもわく》が一致したことも大きい。

陸上競技部専用といいつつ、将来の多目的利用を考慮して作られた通称「スポーツセンター」

には、筋トレができるアスレチックルーム完備、大小のセミナールームが合わせて三つ。広めの食堂やラウンジといったリラクゼーション・エリアまである。さっき隼斗も見てきたが、雑魚寝《ざこね》もできる三十畳ほどの部屋まであって、こうした短期合宿にはうってつけといえるだろう。もちろん、寮のすぐ隣の敷地には、本格的な陸上競技用のトラックもある。

学生連合チームの初顔合わせの舞台は、三十席ほどある小さめのセミナールームであった。オフホワイトを基調にした清潔感のある部屋で、ノートを置けるほどの小さなテーブルのついた折り畳み椅子が並んでいる。

「さすが、金かけてる大学は違うなあ。知ってればぼくもここに入ったかも」

いましがた到着したばかりの京成《けいせい》大学一年生の乃木圭介《のぎけいすけ》が、そんなふうにいって物珍しそうに周囲を見回した。

京成大学は、予選会十四位。箱根駅伝の出場回数こそ少ないものの「乃木圭介」という名前だけは隼斗も知っていた。屈託がなく、天真爛漫《てんしんらんまん》。いわば天才肌のランナーだ。一年生ながら一万メートルで二十八分台を出す京成のエースである。乃木レベルの選手が揃っていれば京成大学の本選出場は間違いなかっただろうが、如何《いかん》せん、上級生たちの層の薄さが響いた。

「これがある意味プレッシャーなんだよ」

その乃木におもしろいことをいったのは、東邦経済大学から選ばれている村井大地《むらいだいち》だ。一年生の頃から同大学のキャプテンを務める村井は今年三年生。来年の箱根駅伝本選を虎視眈々《こしたんたん》と狙うひとりである。

「見てのとおり、この施設は別に陸上競技部専用じゃないでしょ。もし、強化計画通りの実績が上げられないときには、すぐに追い出されて他の強化競技に譲り渡すことになるわけ」

高校の途中までサッカー部に所属していたという村井は、身長百八十センチを超える長身で、学生連合チームの中では予選会トップの記録を打ち立てている。名伯楽《めいはくらく》と呼ばれた大沼が直接出向いてスカウトしてきたという実力は本物で、村井の態度にも自信が溢《あふ》れていた。

そのとき、

「道迷ったわあ！　一番乗りするつもりやったのになあ。いやあ、参った」

と大きな声とともに慌ただしく入室してきた男がいた。

随分と小柄な男だ。

痩せぎすで、冬だというのに日焼けした顔は真っ黒。身長はおそらく百六十センチ台だろう。そのせいか、やんちゃな小学生のような雰囲気を漂わせている。

男は、そこにいる隼斗らを見ると、ニカッとした笑みを浮かべて直立不動になり、

「ちわす！　山王《さんのう》大学の倉科弾《くらしなだん》です！」

かぶっていたキャップをとって元気よく名乗った。

隼斗を含め、先に来ていた選手たちがみんな口々に名乗って挨拶を交わす。

山王大学は予選十七位と振るわなかったが、倉科弾のことも知っていた。一年生だった昨年、競技会の一万メートルで見たときの印象が強く残っているからだ。レース終盤に倉科がスパートをかけ、小さな体が前を行く選手をおもしろいように抜いていった光景はいまでも脳裏に焼

き付いている。すごいのがいるな、と思った。体は小柄でも、スタミナは底知れない選手である。

倉科に続いて、ぱらぱらと選抜選手たちが集まってきた。

倉科のように明るく名乗る者もいれば、小さく頭を下げただけでそそくさと着席する者もいる。やって来たものの、交わされる会話には加わらずひたすら瞑目《めいもく》している者、ずっとスマホをいじっている者、様々だ。

それは同時に、この学生連合チームに対する温度差を表しているようにも見えた。マネージャーの兵吾《へいご》からは、この日集まる何人かはチームへの参加を当初渋っていたという話も聞いている。隼斗だって迷っていたから、その気持ちはわかる。

いまここにいる者たちの思いはバラバラで、統一感とかまとまりとかいったものとは無縁なのだ。

――これでどう戦えばいいんだろう。

隼斗の胸に一抹の不安が過《よぎ》った。

2

午前九時になると同時にセミナールームに甲斐が姿を現した。兵吾が立ち上がり、申し合わせたように全員がそれに倣《なら》う。

はじめに、十六人の選抜選手たちの前に立った甲斐が簡単に自己紹介した後、一緒に入室してきたふたりのコーチの紹介が続いた。

ひとりは隼斗も良く知っている陸上競技界の大御所、大沼清治郎だ。

「大沼さんには、この施設の利用許可を大学に掛け合っていただきました。ありがとうございます」

拍手をしながら甲斐に紹介された大沼は、陸上競技というよりラグビーの選手だったといわれれば納得できそうな立派な押し出しに銀髪。眼光の鋭い男であった。

このとき大沼が放ったのは、

「一緒におもしろいレース、やろうじゃないか」

という野心を感じさせるひと言だ。〝おもしろいレース〟とは何を意味しているか。ここにいる多くの選手たちはまだ知らないが、当初このチームへの参加を拒んでいた大沼はそのために態度を変えた。さらにこの施設を使えるよう尽力したのも、甲斐の考えに強く賛同したからに他ならない。

続いて紹介されたもうひとりのコーチ、北野《きたの》公一《こういち》は、清和国際大学の駅伝監督である。現役時代の北野は、甲斐のライバルと目されたランナーのひとりだった。大学卒業後に実業団で活躍し、四年前から清和国際大学を率いている若手監督で、現役時代から堅実な走りに定評があったらしい。いま選手の前に立っている北野は、その評判どおりいかにも生真面目そうな男だった。

「北野です。それぞれのチームの糧《かて》になるよう、いい経験をしよう」

コメントもまさに教科書通りである。

続いて、選抜された十六人の選手たちの番になった。

右端から順番に自己紹介が始まり、隼斗の番が回ってきた。

「明誠学院大学の青葉隼斗です」

立ち上がり、隼斗は名乗った。「ぼくはこの学生連合チームを単なる経験のためのものにしたくありません。他のチームはみんな、優勝目指して挑んできます。ひとつのチームとして、ライバル校と本気で戦いたい。そして上位を目指したいと思います」

明誠学院大学内で自分が置かれた微妙な立場。そんな中、指名を受けこのチームに合流した思い。隼斗の脳裏には様々なものが入り混じっていたが、それらはすべて封印し、いま自分の胸に思い浮かんだことだけを素直に言葉にしたつもりだ。

上位を目指したいという隼斗の言葉を、正面から受け止めた者がどれだけいるのかわからない。

ニヤニヤしながら隼斗を見つめる者。白けた顔を向ける者。反応は様々だ。

それもそのはず、学生連合チームは往々にして、最下位争いの常連だ。

これには理由がある、と隼斗は思う。

かつてこのチームの成績は、公式記録として認められていた。「学連選抜」と呼ばれていた頃の話である。記録は残され、チームとしての順位も付いた。

ところが、二〇一五年の第九十一回大会から方針が変更され、学生連合は記録の残らないオープン参加となってしまったのである。

どれだけ頑張っても、公式記録は残らず、「参考」でしかない。

箱根駅伝は、ひとり二十キロ以上の長丁場を戦うレースだ。

記録への挑戦もなければタスキの重みもない。そんな中、ランナーとしてのモチベーションを保つのは極めて難しい。

このことは、ここにいる全員が理解していることであり、だからこそ北野コーチの当たり障《さわ》りのないコメントが説得力を持つのだ。

おそらく北野は、このチームで戦おうとも、ましてや上位を目指そうとも、毛頭、考えていないだろう。もとよりそんなチームではない、と思っているはずだ。

そんなとき、

「俺は、このチームに入るために頑張ってきました」

そんなひと言が耳に入り、隼斗は思考から醒《さ》めた。

立ち上がって発言しているのは、倉科弾だ。

さっきまでの明るい笑顔ではなく、いま浮かべているのは真剣そのものの表情である。「ウチのチームは弱小で、とても箱根駅伝に出られるようなレベルではありません。でも俺は、どうしても箱根駅伝に出たかったんです。だから、このチームに選んでもらって本当に嬉しいし、さっき青葉さんがいったように、本気で上位を目指したいです」

また、隼斗が発言したときと同じように、選手たちの間に微妙な感情の断層が生まれた気がした。それぞれの方向性やモチベーションのズレだ。

こんな自己紹介だけでも、このチームが生まれ持った根源的な問題が浮き彫りになっている気がする。

――なんのために箱根を走るのか。

単なる経験のためか、勝利のためか――そんな目的意識の溝だ。

自己紹介が終わると、全員の視線がふたたび甲斐に戻ってきた。

「いまの自己紹介の中に、いろいろな意見が出てきた」

甲斐もまた、選手たちの温度差はわかっている。「この学生連合チームとは、なんのためにあるのか。我々はなんのために本選に出場するのか。我々がすべきは、まずそれを明確にすることだと思う。そこで私は、このチームに目標を設定したいと思う。この目標に向かって、我々は準備し、そして達成すべく最善の努力をする」

選手たちを見回した甲斐が放ったのは、おそらくここにいる誰もが想像しえなかったひと言だったに違いない。

「私の目標は――本選三位以上だ」

場が、しんと静まり返った。

ひと呼吸おいて訪れたのは、様々な感情が複雑に交錯するような、落ち着かない気配だ。

「知っての通り、学生連合チームはオープン参加の扱いで記録に残らない。仮に我々が優勝したところで、それは幻に終わる。いま三位以上といったが、正確には三位になっても〝三位相当〟としか表現されない。だが、それでもあえて、私がこの目標を掲げる理由は、ふたつある」

甲斐は続けた。「ひとつは、本気で戦わないレースからは何も得られないということだ。雰囲気だけ味わいたいのなら、沿道で旗でも振ってた方がいい。逆に本気で戦った者にとって、本選が与えてくれる恩恵は計り知れない。持ち帰ってチームに伝えたい雰囲気や情報に止《とど》まらず、きっと君たちの今後の人生に役立つ、明確な何かを残してくれるはずだ。本気の挑戦にこそ、神が宿る」

甲斐の言葉に、全員が耳を傾けている。同時に、甲斐という男は果たして何者なのか、それを見極めようとしているかのようでもある。

「そしてもうひとつの理由はもっと明快だ。学生連合チームを率いるにあたり、ここにいる選手全員の記録を調べてみた。この十六人のうち、十人は過去に一万メートルで二十八分台を出している。あとの六人もそれに肉薄している。今回、ここに集まった十六人は、いわば箱根駅伝の神様の配剤だと私は思う。偶然とはいえ、こんなにタレントの揃った学生連合はいままでになかった。奇跡の十六人といっていいだろう。君たちの力を合わせれば、本選でシード校と互角かそれ以上に戦える。決して夢物語じゃない。目標を達成できるかどうかは、事前の準備と戦略、そしてメンタル次第だ」

——へえ。俺たちってそうなんだ。

何人かがそんな表情を浮かべている。

むろん、出場校の中には、同じ一万メートル二十八分台でもさらに上を行く選手を集めている強豪校もある。

だが、戦略とメンタルがものをいうのなら、自分たちだって可能性はある。それを甲斐はいいたいのだろう。

かつて箱根駅伝で鳴らした経験がそうさせているのか、丸菱でのビジネス経験がものをいっているのか。甲斐の言葉には、聞く者をその気にさせる〝吸引力〟があった。

「ここのところ学生連合チームは最下位争いの常連だ。どうせ今年もダメだろうと、日本中の箱根駅伝ファンがそう思ってる。その予想通りの結果を受け入れるのか。負け犬になるのか――。冗談じゃない。我々は違うんだということを世の中に見せてやろうじゃないか。見返してやるんだ。どうだ、みんな。一緒に挑戦してみないか」

部屋の中が静まり返った。そのとき――。

「やってやろうじゃないか。みんなで頑張ろう」

いきなり声を張り上げたのは、選手ではなくマネージャーの兵吾だった。

パンパンと手を叩き顔を輝かせている兵吾は、隼斗が睨んだ通り熱い男だ。真剣そのものの兵吾の檄《げき》に、何人かが顔をにやつかせ、参ったな、とでもいいたげな表情を浮かべている。

だが、このとき全員の目の色が変わった気がした。そして、自分でも驚いたことに、隼斗は思わず甲斐の決意表明に拍手を送っていたのである。

その隼斗の拍手に呼応して、あちこちから拍手が起き始める。

バラバラだった十六人が、少しずつ、同じ方向を向き始めている――そんな実感が隼斗の胸を熱くした。

「さて、いまいいところでハッパをかけてくれたマネージャーを紹介しよう」

甲斐がいい、笑いが起きた。「まずは、関東学連から来てくれた、桐島《きりしま》兵吾。見ての通りの熱血漢だ」

兵吾が立ち上がり、直角に体を折った。

「次に、明誠学院大の主務、矢野《やの》計図《けいと》」

頬のあたりを熱くして聞いていた計図が立ち上がり、頭を下げた。

「ふたりとも、何かひと言あれば頼む」

甲斐に言われ、兵吾と計図が視線を合わせ、うなずき合った。

どうやら、事前に何事か打ち合わせをしていたらしい。

「それでは、ぼくから」

計図が一歩前に出て、隼斗ら選手全員を見回した。「ここにいる全員がひとつのチームになれるように、ぼくらマネージャーは全力を尽くすつもりですが、最初にひとつ提案があります」

計図は、右手の人差し指を立てて間合いをとった。いつものことだが、計図はこうした話術に長《た》けている。「全員、下の名前で呼び合いませんか。ぼくのことは矢野ではなく、計図と呼んでください。桐島さんのことも、兵吾さんと呼ばせてもらいます。いいでしょうか、隼斗さん」

「もちろん」

いきなり話を振られて、隼斗は笑ってうなずいた。「すごくいい提案だと思う。他にはないの」

「あります」

今度は眉間《みけん》に皺を寄せ、難しい顔の兵吾が前に出た。何事かと思いきや、

「すみませんが、我々の仕事がやりにくいので、キャプテンを決めてもらえませんか」

これには思わず笑いが洩れた。別に兵吾が頼まなくてもキャプテンを決めるのは当然の流れだ。だが、こういう形で、和気藹々《わきあいあい》と話し合えるようそれとなく誘導するところが、やはり兵吾と計図というふたりのマネージャーの巧みさなのだろう。

「先にいわれてしまったな」

甲斐も苦笑いを浮かべ、あらためてチームを見回した。「誰か、キャプテンに立候補する者はいないか」

学生連合チームのキャプテンは重責である。さらに、甲斐が掲げた目標をやり遂げるとなると、チーム内をまとめるのも苦労するに違いない。

その甲斐の視線が隼斗の上に止まった。どうだ、という無言の問いになる。

「じゃ、立候補します」

隼斗が右手を挙げて応える。他に立候補者はなく、全員の拍手で、隼斗のキャプテン就任が決まった。

ここにいる誰もが熱に浮かされたような気分を味わっているに違いない。甲斐という司令塔

が明示した挑戦に、ある者は乗せられ、魅せられ、ある者は半信半疑のまま、それでも船はどんどん進み続ける。

練習の予定表が配られた。

「こんなにやるんだ」

そんな驚きの声も挙がった。

たしかに、甲斐が示したのは異例ともいえる練習スケジュールであった。毎週末に加え、五日間の合宿まで組まれている。

「あの——毎年こんなに練習するんですか」

問うたのは、北野監督率いる清和国際大学四年の松木浩太《まつきこうた》だ。おそらく、同じ疑問を誰もが抱いたはずだ。

「いや、例年だとせいぜい、二、三回の合同練習程度だ」

甲斐はいった。「だが、我々のライバルチームは毎日、一緒に練習している。それに比べれば、これでも少ないぐらいだと思う」

不満なのだろうか。浩太は押し黙り、硬い目でじっとスケジュール表を見つめている。しかし、それ以上の発言はしなかった。

「何か質問は?」

甲斐は最後に問い、質問が出ないことを確かめると手元に広げていたファイルを閉じた。

「三十分後、グラウンドで会おう」

3

疲労がピークに達しようとしていた。

午前中の二時間はどちらかというと軽めの練習だったが、昼食とたっぷりめの休憩を挟んだ午後の練習は、強度の高いものに変わった。

メニューの最後に用意された一万メートルで、甲斐が求めたのはタイムだけではなかった。最初の三千メートルは集団走。リードするのは隼斗だ。その後の三千メートルは、近くを走る選手とペアを組んで一対一で競いながら走る。最後の四千メートルは実戦さながらにフィニッシュまで。

本選を意識し、甲斐は練習の中に様々な駆け引きのパターンを再現しようとしている。

各選手に対する指示も細かかった。

「蓮《れん》、リズム考えろ！」

「晴《はる》、視線、少し下げて」

このミニ合宿にあたり、甲斐は、すべての駅伝監督と面談し、選手それぞれの個性、持ち味や短所など、事前に細かく把握してきたらしい。それに付き合った計図によると、甲斐の質問は、選手の食事の好みや、家庭環境といったことにまで及んだという。

甲斐が知ろうとしたのは、選手の人となりそのものだ。

どういう環境で育ち、どんな性格で将来の目標は何で、いまどういうコンディションにあるのか。

一見レースとは関係のないことまで甲斐は頭にたたき込み、まずは自分が、この十六人を率いる真の監督になろうとしているのがわかる。

ひと口に大学の陸上競技部といっても、様々な環境があり、監督の考えがあり、選手層がある。

統一されたルールは何もない。ここにいる選手たちもそれぞれの環境で経験を積んできた。

残り五百メートル地点で、隼斗は三番手につけていた。

先頭を走っているのは、東邦経済大学の村井大地。十六人の中では予選会トップの成績を収めただけのことはあって、終盤になってもペースは落ちない。大地と隼斗の間に、京成大学の乃木圭介がいて、こちらはメトロノームのように一糸乱れぬ正確な走りを見せている。

「さあ、勝負だぞ！」

甲斐の声がグラウンドに響き渡り、隼斗は残りの距離とスタミナを天秤にかけた。

どこでスパートするか。

そのタイミングを計る隼斗の視界の端に、小さな影が飛び込んできたのはそのときだ。

前屈みになった小さな体が、小気味よいリズムで隼斗の脇を抜けていく。

倉科弾だった。

すごいなこいつ。

隼斗が驚くのも無理はない。

弾は、想像を超えるペースで走っていた。

——疲れを知らないのか。

くらいついて行こうとするのに、ぐんぐん弾の体は前に出て行き、やがて二番手を走っていた圭介をもその勢いで追い越そうとしている。

隼斗も必死で追いすがろうとするのだが、足がついてこない。

だが、それだけでは終わらなかった。

弾の背を追おうと、ふたつの影が差してきたのだ。

ひとつは東洋商科大学《とうようしょうか》の桃山遙《ももやまはるか》、二年生。もうひとつは品川工業大学《しながわこうぎょう》の諫山天馬《いさやまてんま》、こちらは四年生だ。

スキを突かれた格好になった。

——くそっ。

負けじとペースを上げ、目の前の天馬を追う。

体のそこかしこから上がる悲鳴を押さえ込んだ。ストライドとともに揺れる視界の中で、残りのレースを読もうとする自分がいる。前に出た天馬の背後にぴったりとつけ、横に並ぶ。今度は隼斗が前に出た。その勢いで数メートル先にいる遙を追う。

残り二百メートル。遙は前方の圭介に迫るペースで走っていた。さらにその前には弾と、トップを譲ることなく独走する大地の背も見える。

本番さながらのデッドヒートに、アドレナリンが隼斗の体中を駆け巡っていた。

――前に出たい。

その一念で最後の力を振り絞り、ペースを上げて遙の背後につこうとする。

だが、その追走は及ばなかった。

フィニッシュした隼斗は、そのままトラックから離れ、芝に仰向けに倒れ込んだ。

後続の選手たちが次々とフィニッシュ地点に走り込んでくる。

「判断が遅れたな、隼斗」

仰向けで空を見あげている隼斗の視界に、にゅっと甲斐が入ってきていった。「タイミング、迷っただろう」

スパートのタイミングのことだと、すぐにピンときた。

たしかに、そうだ。

一瞬の迷いが、あのとき自分にあった。

甲斐はそれを、見抜いていた。

そんなふうにして、甲斐は選手たちにひとりずつ、声を掛けている。

基本的なランニング技術に関することもあれば、メンタルに関するものもある。いわれてはっとする者もあれば、黙って考え込む者もある。だが、甲斐がこの練習を通じ、選手たちそれぞれの走りを正確に見抜いていたことは間違いない。

合同練習の初日は隼斗にとって充実したものであった。同時にチームとしての一歩を踏み出したという明確な手応えも胸に残った。これなら行けるんじゃないか。しかし――。

その思いは少々楽観に過ぎたかも知れない。

4

「隼斗、後で俺の部屋に来てくれ」

甲斐から声が掛かったのは、夕食の後のことだ。時間通りに顔を出すと、すでにマネージャーの兵吾と計図のふたりが来ていて、難しそうな顔で額を突き合わせていた。

「どうかしたんですか」

「アンケートの結果です」

真っ先に返事をしたのは、兵吾であった。パイプ椅子の背に凭《もた》れず、背筋をぴんと伸ばした格好で両手を膝に置いている。

「感触のよくない選手が何人かいるんですよ」

計図がいい、全員が囲んでいるテーブルに広げたアンケート用紙から数枚を取り上げ、隼斗に手渡した。

練習後のミーティングで行ったアンケート調査だ。

質問は全部で四つ。一、自分の課題はなにか。それを解決するため、どんな取り組みをしてきたか。二、監督から示された学生連合チームの目標についての感想。三、学生連合チームの合同練習に求めたいこと。四、箱根駅伝本選でどの区間を走りたいか——。

シンプルな構成の質問だが、簡単に答えられるものはない。実際、隼斗も提出するまで一時間ほどかかった。

最後まで悩んでいたのは、多摩塾《たまじゅく》大学の峰岸《みねぎし》蓮と調布《ちょうふ》大学の佐和田《さわだ》晴、そして関東中央《かんとうちゅうおう》大学の咲山巧《さきやまたくみ》の三人だ。

だが、いま隼斗に手渡されたアンケート用紙は、それとは違う意外な三枚であった。

清和国際大学の松木浩太、関東文化《かんとうぶんか》大学の内藤星也《ないとうせいや》、目黒教育《めぐろきょういく》大学の富岡周人《とみおかしゅうと》が書いたアンケートだ。

隼斗が気になったのは、チーム目標に対する感想だ。

「現実的にはあり得ない」と浩太は書いていた。「自分の納得できる走りができればそれでいい」と記入しているのは星也だ。周人にいたっては、「記録も残らないのに、目標設定されても無理がある」。

練習最後の一万メートルで、三人は揃って最下位近い順位でフィニッシュしていたはずだ。モチベーションの差が、結果の差になったのかも知れない。

「実は三人とも、一万メートル二十八分台の自己最高記録を持っている。今日の練習で上位争いをしていてもおかしくはなかった」

甲斐が、思索的な表情のまま静かな声でいった。

「ぼくから、この三人に話しましょうか」

計図がその役を買って出ようとしたが、しばし考えてから甲斐は首を横に振った。

「しばらく様子をみたい。彼らにも彼らの考えがあるはずだ。できれば仲間とのコミュニケーションの中で解決したい。これも重要なチームビルドだ」

むろん、そのための合宿でもある。うなずいた隼斗だが、気になることもあった。

「北野コーチはどうなんです」

清和国際大学の駅伝監督は、松木浩太の師匠でもある。この日の練習で大きな声で選手たちを鼓舞していた大沼コーチと対照的に、北野が見せていたテンションの低さは少し気になっていた。

「いろんな考え方がある」

甲斐は、そう応えるに止《とど》めた。

監督、コーチ陣の中にも、チーム運営について、意見の食い違いがあるのだろう。甲斐と大沼は積極派、北野は消極派といったところか。

「チームは、今日立ち上がったばかりだ」

甲斐が改まっていった。「課題を解決する時間はまだある。この三人に限らず、いろんな思いをみんな抱えている。一歩ずつ進むしかない。一応、キャプテンの耳に入れておこうと思ってな」

「ところで担当区間はいつ決めるんです、監督」

兵吾が、隼斗も気になっていたことをきいた。

「大沼さんたちコーチとも相談して明日の練習後、発表しようと思ってる」

甲斐はいった。「担当区間を決めるのは早い方が有利だ。その方がコースを研究できる」

とはいえ、ここにいる十六人全員が本選を走ることはできない。

ここは自己アピールの場であると同時に、本選出場をかけたサバイバルの場に他ならなかった。

5

「こんなニュース・リリースが流れてきたんですが、どうしますか」

AD（アシスタント・ディレクター）の戸山《とやま》が差し出したのは、学生連合チームからのものであった。

例年よりも早く合同練習が始まったという内容で、今後の練習スケジュールと、合宿の舞台となる東邦経済大学多摩グラウンドの地図が添えられている。

一瞥《いちべつ》した安原康介《やすはらこうすけ》は、小馬鹿にしたように「ふっ」という小さな笑いを吐き出してから顔を上げた。安原は、箱根駅伝本選で、バイクからの中継を担当することになっているアナウンサーだ。機動的にコース上を移動し、選手に一番近い視点でのリアルな映像と実況は、中継のキモである。だが、

「学生連合は学生連合らしくやればいいんじゃないの？」

口をついて出てきたのは、小馬鹿にしたひと言であった。「だいたい、こんなのニュースにならないだろう。どうせ最下位争いの常連なんだからさ。——ああ、徳重さん」

安原はちょうど通りかかった徳重に声をかけた。「これ、どう思います？」

行くべきかどうかを問うたのではなく、わざわざニュース・リリースを出す学生連合チームのスタンスを問うたつもりらしい。

「まあ、学生連合がここまでやるか、とは思うね」

徳重は率直な感想を口にしたものの、

「とはいえ、一応顔出してきてくれるか」

おそらくは自分と同意見を期待していたらしい安原は、鼻に皺を寄せた。

「行くんですか。予選会で敗退したチームなら、各大学とも取材して選手のプロフィールやひと言コメントは取ってありますし」

「まあそれはそうなんだが」

徳重は、ニュース・リリースの文面をしばし見つめて顔を上げた。「でもこれ、考えようによっては新しい試みじゃないか。悪くないと思うけどね」

「そうですかねえ」

首を傾げた安原に、

「学生連合だってタスキはつなぐんだからな、安原」

徳重は言い含めた。「順位はどうあれ、そこは映すだろ」

タスキリレーの場面は必ず映す――。

第一回「箱根駅伝」中継からの、伝統である。タスキがつながらず、繰り上げスタートする場面もだ。

「はいはい。じゃあ、行って参りますよ」

諦め口調で安原はいうと、小さな吐息を洩らした。

「ダメだな、甲斐くん。不発だぞ、これは」

トラックを走り込んでいる選手たちに視線を注いでいた甲斐のもとに近づいてきたのは、コーチの大沼である。東邦経済大学のロゴの入ったグリーンのジャージ姿で、少々悔しそうな表情だ。

ニュース・リリースの件である。

「昨日出したばっかりですから」

甲斐はのんびりといい、時折通り過ぎる学生たちが足を止める以外に人気《ひとけ》のない、グラウンドを囲むフェンスの外側に目を向けた。

少しでも注目を集めて、選手たちの士気を上げたい。そのために出来ることはすべてやる――。

その方策のひとつが、今回のニュース・リリースだ。

監督とコーチ、そしてマネージャーだけのスタッフ・ミーティングの場で甲斐が提案すると、大沼は「そんな手があったか」とすぐに乗ってきた。

何かと恐れられている大沼だが、実際に話してみると、ざっくばらん。お茶目で愉快な好々爺《こうこうや》である。

「あまり派手なことはしない方がいいんじゃないですか」

異論を唱えた北野を、

「いいじゃないか。やってみようや」

というひと言で黙らせたのも大沼だ。不思議なことに甲斐とは馬が合うのだ。

その北野はいま、素知らぬ顔でグラウンドに立ち、選手たちにアドバイスを送っている。

「なんなら、俺の知ってる記者でも呼ぶか。ひとりも来ないいんじゃ、景気づけにもならん」

大沼の申し出に苦笑を漏らした甲斐だが、ふとその笑いを引っ込めた。

フェンスの向こう側に現れた男の姿が目に入ったからである。グレーのスーツにグラウンドコートを着た長身の男だ。

「その必要はないかも知れません、先生」

初めて見る男だが、マスコミの関係者であることは雰囲気でわかった。

視線が合って軽く会釈すると、男はフェンスを回り込み、足早に甲斐たちの方に近づいてくる。

「大沼監督、お久しぶりです」

男が真っ先に声をかけたのは、甲斐ではなく大沼だった。さすが陸上競技界の重鎮だけあって、大沼のことは誰もが知っている。

「ああ、君か。遅いじゃないか。もっと早く来なきゃな」

冗談めかした大沼は、「失礼しました」と神妙な顔になった男に、「こっちが、明誠学院の甲斐くんだ」、と甲斐を紹介してくれる。

差し出されたのは大日テレビの名刺だった。アナウンサー、安原康介とある。甲斐よりも若く、三十そこそこの歳だろうか。

「どうですか、甲斐監督。本選への手応えは」

名刺交換を終えると、安原はきいた。

「今年の学生連合チームは、いいタレントが揃いましたから、納得の行く結果を残せると思います」

「監督から見て、注目して欲しい選手はいますか」

「〝大沼チルドレン〟の東邦経済大学の村井くんはいい選手だし、京成大学の乃木圭介、山王大学の倉科弾もおもしろい。みんなそれぞれ個性的で、楽しみなランナーです。ぜひ、取材してやってください」

「そうですか。うまく行くといいですねえ」

安原の口調は、言葉とは裏腹にどこか皮肉めいていた。そんなにうまく行くもんか、という思いがそれとなく透けている。ニュース・リリースを受け取った手前、形式的に顔を出したというところだろうか。

「しかし、大沼監督。東邦経済は、いい施設、作りましたねえ」

案の定、安原の関心はすぐに選手以外のものに逸《そ》れた。

「だろう。来年は見てろよ。ウチは必ずやるから」

大沼のリップサービスに、

「期待してます」

このときだけ顔を輝かせた安原は、ふいに甲斐を向いて改まった口調になる。

「ところで甲斐監督。明誠学院は諸矢監督が予選会まで率いていたのに、学生連合チームから急遽《きゅうきょ》、監督を引き受けられたのは、何か理由があったんですか」

「諸矢監督からは、内々で監督就任のお話をいただいてたんです」

甲斐は走り込んでいる選手たちに目を向けたままこたえる。

「せっかくの機会だから経験を積んだらどうかと、この学生連合チームの監督を譲ってもらいました」

「〝学連選抜〟と呼ばれていた時代も含め、学生連合チームから監督のキャリアをスタートさせたのは初めてのケースです」

安原は調べていた。「甲斐監督の手腕が注目されますね」

「ぜひ、注目してください」

甲斐はトラックから安原に視線を戻した。「おもしろいレースにしてみせますから」

「それは頼もしいなあ。ですが、監督という立場で初めてチームを率いられるわけですよね。しかも、各大学からやってくる選手たちを束ねなきゃいけない。これ、大変じゃないですか」

安原の口調は丁寧だが、「監督経験もない者に、そんなことができるのか」、という疑念があからさまに出ていた。

「それはもちろん、大変でしょうね」

甲斐はこたえる。「ですが私のような新人監督は何をやっても新鮮そのものです。失敗を恐れる必要もない。チャレンジのしがいがあります。かつてない学生連合チームにしてみせますよ」

「そうなると、いいですね」

どうやら、大言壮語《たいげんそうご》と断じられたようだ。

安原の言葉はどこかお座なりで、それどころか小馬鹿にしたようなニュアンスすらある。

ちょうど午前の練習が終わり、長めの休憩に入るタイミングであった。

「それじゃあ、選手たちに取材させてもらいますので」

甲斐と大沼に小さく頭を下げると、トラックから引き上げてくる選手たちに声をかけ、コメントを取り始めた。

「あの男、我々のことをバカにしてやがるな」

その様子を遠くから眺めながら、大沼がそろりといった。

「いいんじゃないですか」

甲斐は平然とこたえる。「そう思いたい奴にはそう思わせておきましょうよ」

「その方が楽しみが増えるからな」

大沼は、皮肉めいた笑いを唇の端に浮かべ、負けず嫌いの一面をふいに覗《のぞ》かせた。「いまに見てろ。くそったれめ」

6

「隼斗さん、大日テレビの取材、何きかれました？」

寮内の食堂に入ると、先に上がっていた弾が真っ先にきいてきた。

「チーム目標と本選に向けた意気込みは——みたいなことだったな」

隼斗がこたえると、

「うわ。チーム目標、話しちゃったんだ」

呆れたような声が背中から追ってきた。清和国際大学の松木浩太だ。どこか斜に構えたところのある男である。

「で、相手はなんつった？」

「一瞬驚いた顔したけど、それだけだ」

「それ、ホラ吹いてると思われてスルーされたんだよ。ご愁傷様《しゅうしょうさま》」

ぽんと隼斗の肩を叩くと、浩太はさっさと離れていく。その様子を、ぽかんとして弾が見送っていた。

「いくつかのスポーツ紙からは合宿の日程の問い合わせがありましたから、これから少しずつ注目されていくと思います」

傍《はた》から計図がいった。

「だといいけどね」

隼斗もため息まじりにいい、すでに人数分の食事がセットされている席のひとつにつく。

「隼斗さん、何区を希望したんですか」

目の前の席に座ってきいてきたのは、猪又丈《いのまたじょう》だ。武蔵野農業大学《むさしののうぎょう》の二年生で、陸上競技部の選手としては大柄でがっしりとしている。名前の通り、走りは猪突猛進タイプで、練習でも一番メリハリの利いた走りをしていたのがこの丈であった。

「迷ったけど、四区と七区」

正直に隼斗はこたえた。希望区間は、第二志望まで書くことになっていた。「二区には憧れてたけど、やっぱり俺の力じゃ互角に戦えないと思うし、かといって裏の九区も難しいよね。山上りの五区と山下りの六区でもないし。四区と七区は、往路と復路での同じ区間だけど、細かいアップダウンがあって平らなコースにはない難しさがあるだろ。それなら俺に向いてる気がするんだ。丈は？」

「五区か六区です」

隼斗にとっては意外な返事だった。このコースを得意とするのは、小柄な選手が多いという思い込みもあったからかも知れない。五区は海抜ゼロメートル付近から一気に八百七十メートルほどを駆け上がる〝山上り〟だ。そして、上りきった後は一転、芦ノ湖《あしのこ》までの下り坂に転ずる。六区も下りばかりの印象が強いが、実はその前に急な〝山上り〟をクリアしなければならない。

「平らな道って、どうも苦手なんですよね。いや、苦手というか、坂道の方が得意過ぎてそう思うのかも知れないんですけど」

　おもしろいことを、丈はいった。「俺、長崎出身なんです。港から少し入ると、ものすごい急斜面に住宅がへばりつくように建っていて。ウチの家はそのてっぺん近くだったんで、高校のときは毎日、そこを上り下りしてたんですよね。だから、走るなら坂道かなって」

「なるほど」

　一度だけ何かの大会で長崎に行ったことのある隼斗は、妙に納得してしまった。あの坂道を毎日上り下りしていたら、相当の走力が養われるに違いない。それはきっと平坦なコースを走って得られるものとは別物だ。

　トラック競技は、平らなところで行われるのが当たり前だが、こと駅伝ランナーの実力にはそれだけでは測れないものがある。

　丈の一万メートルの記録は二十九分台で、それだけ見ればさほど速い方ではないかも知れない。しかし、だからといって本選で戦えないことにはならないのが「箱根駅伝」のおもしろいところだ。五区や六区の山間コースとなると、トラック競技の記録がどこまで参考になるのかもわからない。未知の領域である。

「おっ、何区を走るかって話？」

　品川工業大学四年生の諫山天馬が、新たに話に加わってきた。天馬はどこか飄々《ひょうひょう》としていて、いつも笑顔を浮かべている人の好《よ》さそうな男である。

「天馬は何区を希望したの？」

隼斗がきくと、

「一区と三区」

これまた意外な返事があった。理由も振るっている。「一区は絶対にテレビに映るだろ。長く映れば親が喜ぶかなと思って。友達にも自慢できるし」

「そういう理由、有りですか」

端で聞いていた京成大学の乃木圭介が、おかしそうに笑いながらきいた。こちらは実力からいってもトップクラスで、二区の有力候補だろう。

「もちろん。そこは重要でしょう」

天馬はさも当然とばかりに続ける。「俺、今年で最後だからさ。いままで応援してくれた人たちに、頑張ってる晴れ姿を見せてやりたいと思うわけよ。集大成っていうか」

「じゃあ、三区を希望する理由はなんなんですか」

隼斗に代わり、丈が尋ねた。

「景色がいいからに決まってるじゃん」

「そこですか！」

この理由に、また圭介がのけぞった。よく笑う男だ。

三区は、戸塚《とつか》中継所から平塚《ひらつか》中継所に至る区間である。左手に相模湾《さがみわん》、そして好天ならば前方に美しい富士の偉容を望むことができる。まさに正月の景色に相応《ふさわ》しい絶景といえるだろう。

「裏の八区はどうなんですか」

圭介がきくと、ダメダメ、と天馬は顔の前で人差し指を左右に動かした。

「復路だと、富士山に背中向けるから見えないし」

「我《わ》が儘《まま》だ」

なにか絶望的な声で、丈がいった。

そのとき、

「まあ、それだけの余裕があれば、いい走りができるよ」

少し離れた席から、ちょっと皮肉めいた感想を口にしたのは、目黒教育大学の四年生、富岡周人である。

冗談めかした話し方をするが、目は笑っていない。ひょろりとした見かけは、風を受け流す〝素浪人〟風。得体の知れないところのある男である。昨日のアンケートで、甲斐が打ち出した方針に否定的な意見を書いていたひとりだ。

「三区ってさ、あれ、結構難しい区間なんだぜ」

周人は続ける。「前半は緩い下り坂でさ、海沿いの道路に来ると海風が当たるわけよ。気温差も激しいし、油断するとブレーキになりかねない。富士山見てるヒマがあればいいけど、フラフラになってタスキがつながらなかったら最悪だ」

天馬から笑顔が消えた。

「じゃあ、周人はどこ希望したんだよ」

反問した天馬に、

「俺は、どこでもいいって書いた」

あっさりと周人はこたえた。隼斗もそれは知っている。アンケート用紙で、チームの目標を「記録も残らないのに、目標設定されても――」と切り捨て、希望区間は、「無し」。アウトロー的な雰囲気を醸《かも》し出している周人は、浩太と共にこのチーム最大の波乱要因かも知れなかった。

7

前田が残した取材ノートには、諸矢のメールアドレスと電話番号が残されていた。

そのアドレスに、徳重が取材申し込みのためのメールを書き送ったのが一昨日のことだが、いまだ返事はない。

前田の取材依頼を、諸矢はいったん断ったという。

たしかに、予選敗退したいま、何かを語る気にはなれないかも知れない。諸矢という男に、そういうきっぱりとしたところがあるのも事実だ。

とはいえ諸矢は、長く明誠学院大学を率いた老将である。

予選会十一位、紙一重の差で「本選」を逃したとしても、何十年も箱根駅伝のために尽くした男の胸中を、このまま伝えず埋もれさせるわけにはいかない。

優勝候補といわれる強豪校には、様々な取材が殺到し、テレビ局をはじめ全国紙からスポーツ紙、各種雑誌に至るまで、ありとあらゆる映像が流され、記事が載る。

それだけ世の中の関心が高いことの表れだが、アマチュアスポーツである箱根駅伝は、常に勝者だけに光を当てていればいいというものではないと、徳重は思うのである。

むしろ、敗者にこそ光を当てるべきだ、と。

青春を賭《と》して挑んだ若者たちが敗れ去るその姿にこそ、人間ドラマがある。それこそが「箱根駅伝」という番組の根幹といってもいい。

その意味で、諸矢の話は、ぜひ聞きたい。いや、聞いておくべき——なのであった。

自席で小さくうなずいた徳重は、思い切って前田が残した番号にかけてみることにした。

長くコールが鳴っている。

留守電に切り替わろうかというとき、

「はい」

という短い声が出た。

「諸矢監督のお電話でしょうか。大日テレビの徳重と申します」

少しの沈黙のあと、「ああ」、という曖昧な声が応じる。

「ウチの前田から、以前、取材の申し込みをさせていただいたと思うんですが——」

「ああ、それなら断ったよ」

徳重を遮《さえぎ》り、諸矢はいった。「もういいか、忙しいんでな」

「監督、今一度、お願いできないでしょうか」

徳重は電話を切ろうとする相手に粘った。

「私はもう監督じゃないからね。聞きたいことがあったら、後任の甲斐くんにきいてくれるか」

重く、硬い芯のある口調だ。こうといったらなかなか意見を変えないところも、諸矢らしい。

「諸矢さんのお話が伺いたいんです」

徳重は言葉に力を込めた。「明誠学院大のことでしたら、甲斐監督に伺います。ですが、何十年ものあいだ箱根駅伝と向き合ってこられた諸矢さんの思いを、どうかお聞かせ願えないでしょうか」

諸矢とは、実はいままで何度か話をしたことがあった。もちろん、徳重のことは諸矢も覚えているだろうが、それはいわなかった。

この取材は、諸矢にとっての集大成ともいえるものになるはずだ。親しいからという理由で「受けてくれ」という簡単なものにはしたくない。

諸矢はガンコだが、決して難しい男ではない。誠意をもって頼めばおそらく受けてくれる。そう願った徳重だったが、

「いや。すまんが、いまは話す気になれないんだ」

予想に反し、つれない言葉が返ってきた。

「箱根駅伝ファンは、長く闘ってこられた諸矢さんの言葉を聞きたいと思ってるはずです。なんとかお願いできませんか」

もう一度押してみる。

「勘弁してくれ。悪いな」

「あの――」

徳重がさらに言いかけたとき、「すまんな」というひと言とともに、その電話は切れた。

切れたスマホを握りしめたまま徳重は、デスクでしばし戸惑い、首を傾げたまま細く長い吐息を漏らす。

何かあったな、ということはすぐに頭に浮かんだが、それが何かはわからない。

箱根駅伝に人生を賭してきた男が、引退とともに口を噤《つぐ》むにはそれなりの理由があるはずだ。

「おい、安原」

そのとき、ちょうど目の前を通り過ぎたアナウンサーの安原を、呼び止めた。

「君、明誠学院大学、取材に行ってたよな。諸矢さん、なんで辞めたか聞いてるか」

「退任理由、ですか」

安原はきょとんとした顔でいった。「いえ、特には聞いてません」

「前から決まってた話じゃないよな。明誠学院大学サイドから何か伝わってこなかったか」

「いえ、特には……」

安原は思案顔になったが、逆に「どうしたんですか」、と徳重にきいてきた。

諸矢とのやりとりを話し、

「もしかして、大学側と何らかの条件で揉めたんじゃないかと思ってな」

徳重は推測を口にした。

「要するに、突然の辞任は更迭《こうてつ》人事みたいなものだということですか」

安原は声を潜めた。「だとすれば、そのうち週刊誌ネタになるかも知れませんね」

考えてみれば、妙な話ではあったのだ。

あれだけのキャリアを持つ名物監督が、突然、辞任する。かと思いきや、監督経験ゼロの甲斐を後任に据える。

本選こそ逃したものの、明誠学院大学は予選会十一位だ。

この調子なら来年の本選出場は十分可能性があるというのに、果たして甲斐でいいのか、という思いは、正直、徳重にもあった。

だが、それが内輪のトラブルによる更迭劇であるとすれば、まんざらあり得ない話ではない。

「もしかすると、明誠学院大学内で陸上競技部に対する評価が変わったのかも知れませんね。ここ何年も本選逃してますからね」

安原の指摘は、さもありなん、である。

強化方針が撤回されれば、予算の配分も少なくなり、当然、監督人事にも影響が出てくる。

そのため、それなりの給料を払っていた諸矢の首を切り、新人監督の甲斐を据えたのかも知れない。甲斐は丸菱出身でビジネスに明るい。もしかすると陸上競技部監督就任をきっかけに、早晩、大学の経営側に入る道筋が用意されている可能性だって考えられる。

いやいや——。

徳重は、内心、首を横に振った。

安易な予断は禁物だ。あれこれ想像を膨らませるのは簡単だが、真実はひとつ。知りたければ、関係者の話を聞いて突き止めるしかない。

「ところで徳重さん、あの甲斐っていう監督、どう思いますか」

安原が何かを含んだ顔で、問うてきた。そういえば、この日、安原は学生連合チームの取材に出かけたはずだ。

「何かあったか」

「昼間、学連チームの合同練習に行ってきたんですよ。そこで聞いたんですけどね、チーム目標、本選三位相当以上だそうです」

なに、といったきり徳重はさすがに言葉を無くした。「甲斐監督が掲げたそうですが、目標が高すぎるというか、無茶苦茶ですよ。たしかに、学生時代はスター選手だったかも知れませんけど、長く陸上競技を離れていたわけだし、なんというか、素人丸出しだなと思って」

「志《こころざし》や良し、といったところか」

かろうじて徳重はいってみたものの、たしかに現実離れした感は否《いな》めなかった。ド素人の夢と断じられても、致し方ない部分はある。

「正直、新人監督がただ粋がってるとしか思えませんでした。一応、選手たちのコメントは取りましたけど、このチームについてはもういいかなと思います」

「まあ、そうだな」

徳重の同意を取り付けると、安原はほっとした顔になってその場を辞去していった。

この時期、大日テレビの「箱根駅伝」チームは、アナウンサーやスタッフが手分けして出場校に出かけ、選手たちの話を聞いたり一律のアンケートを行ったりして様々な情報を収集している。

中でも綿密な取材が行われているのは、昨年の優勝校で連覇のかかる青山学院大学を始め、東洋、駒澤、東西、関東、早稲田といった強豪校とその選手たちだ。

本選にかける意気込みや目標といった陸上競技に関することだけではなく、一歩踏み込んで家族構成や趣味、好きな食べ物、本選が終わったら何をしたいか、卒業後の進路など、取材はきめ細かく、どんなレース展開になって、誰がデッドヒートを繰り広げたとしても対応できるよう準備に抜かりはない。

「準備せよ」——は、初代総合ディレクターを務めた田中晃のモットーだが、入念な準備とは、裏を返せば、「気になっていることはすべて本番前に潰しておけ」、ということでもある。

いま徳重が気になっているのは、諸矢のことだ。

「明誠学院大学のOBにでもきいてみるか」

ひとりごちた徳重は、壁の時計を見上げると次に予定されていた会議に出るために腰を上げた。

8

午後の練習には、特別な緊張感が漂《ただよ》っているように、隼斗には感じられた。

メニューは昨日とほぼ同じだが、最後の一万メートルでは本番さながらのデッドヒートが繰り広げられ、本選に向けた自己アピールの場のようであった。

練習を終えて全員がシャワーで汗を流し、二日間の合宿を締めくくるミーティングのためにセミナールームに再集合したのは午後六時近くのことである。

「いやあ楽しいな、このチーム」

ミーティングが始まる前、そんなことをいったのは、弾だ。

チーム一の小兵《こひょう》でひょうきん、明るい性格で誰とも言葉を交わす弾は、すでにこのチームのムードメーカーのひとりになりつつある。

「最初、毎週合宿やるってきいたときは驚きましたけど、ぼくは来週が楽しみになりました」

そういった乃木圭介は弾とともにチームを盛り上げている。みんなうなずいたり笑いを浮かべたりしてふたりの屈託のない会話に加わり、あるいは耳を傾けている。

だが、そうした和《なご》やかなムードの裏で、なんともいえぬ緊張感がどこかに漂っているのは、これから始まるミーティングの重要性を全員が認識しているからだろう。

甲斐監督とコーチの大沼、北野の三人が入室して、室内の歓談がふいに途絶え、静まり返った。

「みんな、二日間お疲れ様。どうだった？」

全員の前に立った甲斐は、十六人の選手たちに問うた。誰に向けたわけでもない質問だ。

「よかったと思います。刺激的でした」

すぐに声を上げたのは、猪又丈だった。これまた明るい男である。一方で、甲斐の方を見ることもせず、腕組みして天井に顔を向けている富岡周人のような選手もいる。

「他のみんなはどうだ。今回のミニ合宿がよかったと思う者は手を上げてくれ」

問われ、隼斗も含めかなりの選手が手を上げたが、周人と清和国際大学の松木浩太、関東文化大学の内藤星也の三人の手は上がらなかった。

だが、それを甲斐は見咎《みとが》めることはせず、

「まあ、初回としては上出来かな」

そんなふうにいい、「次回からは、できるだけ全員がよかったと思えるように工夫してみるつもりだ。むろん、反対意見も歓迎する。さて――本題に入ろうか」。

そういって甲斐は、手にしたファイルを開けて中身を取り出した。

いよいよ、各人の候補区間が決まる。

「昨日のアンケートで、全員に希望する区を書いてもらった。それを踏まえ、大沼さんと北野さん、そして私の三人で話し合い、誰がどの区間を担当するか決めさせてもらった」

甲斐は続ける。「皆の走力、持ち味を総合的に考えて、まずはそれぞれふたつの区間候補を割り当てることにした」

意外な方針だった。「えっ」、「ふたつ……」、そんな言葉が口々に洩れてくる。

「最終的にそのふたつの区間から本選での区間を絞るのは、区間エントリーが締め切られる十二月二十九日だ。君らは、これから与えるふたつの区間のうちのひとつを走るか、サブに回るか、そのどちらかになる。全員に走ってもらいたいところだが、これだけはどうすることもできない。このチーム内で切磋琢磨《せっさたくま》して、どうか本選出場をもぎ取ってもらいたい。ではまず、キャプテンからいくか。隼斗――」

真っ先に呼ばれて、隼斗は緊張する間も無かった。

「君の担当区間は、四区と十区だ」

四区は希望していた。だが、十区は――。

「キャプテン、意気込みをひと言、お願いします」

考える間もなく兵吾にいわれ、隼斗は慌てて立ち上がる。

「十区は意外でした。でも、四区は自分でも走りたいと思ってた区間です。ありがとうございます」

パラパラと湧いた拍手で、甲斐の発表は続く。

「続いて、晴」

佐和田晴が呼ばれた。調布大学の四年生で、なかなかの走者だ。「――君は、三区と七区」

晴が立ち上がって、「頑張ります」のひと言。

「――そして、巧」

次は関東中央大学の咲山巧の名が呼ばれた。一万メートル二十八分台で、この選抜チームでも指折りのランナーだ。

「君は、二区と七区」

案の定、甲斐は、巧をエース区間である二区の候補に割り当てていた。そして早くも七区は晴と重なり、競合することになる。発表はさらに続いた。

「浩太」

その名前が呼ばれた瞬間、隼斗は、松木浩太の横顔を窺《うかが》わずにはいられなかった。

アンケートで甲斐のチーム目標を非現実的と一刀両断にした浩太は、それでいて優秀なランナーでもある。

「――一区と九区だ」

もし浩太が九区で隼斗が十区なら、隼斗のタスキは浩太から受け継ぐことになる。だが、浩太は表情ひとつ変えず、ちいさくうなずいただけだ。立ち上がって抱負を述べるわけでもない。

だがそれに構わず、甲斐は発表を続けた。

「天馬」

待ってましたとばかり、諌山天馬の顔が上がった。「一区。そして、もうひとつは――三区だ」

天馬の希望通りであった。満面の笑みを浮かべ、ごっつぁんです、のひと言に笑いが起きる。

「周人」

〝記録も残らないのに、目標設定されても無理がある〟。そうアンケートに書いていた富岡周人は、挑むような眼差しを、いま甲斐に向けた。

「君は、三区と七区」

周人は無関心な表情を浮かべたままだ。案の定、返事はない。

発表はどんどん進む。

「――大地」

チーム一のスピードランナーは、静かに、そして自信に満ちた目を上げている。「――二区と九区」

おおっ、という声が上がった。

花の二区と呼ばれるエース区間。復路の九区も、隠れエース区間で、名実ともに村井大地の実力に相応しい。

四年生と三年生の発表が終わり、タレントの揃う二年生の番になった。

「弾」

呼ばれたとたん、「はい」、という歯切れのいい返事とともに倉科弾は立ち上がっていた。

「――五区と六区」

同じ区間の裏表じゃん、という声を、「あざす！」という明るい声で打ち消し、椅子にかけた途端、ガッツポーズしてみせる。

「続いて、丈」

おう、という野太い声を上げてみせ、猪又丈は笑いを誘った。「君も、五区と六区」

この区間も丈の希望どおりで、椅子を鳴らして立ち上がった丈は、「うっす！」、と一礼するといかにも満足そうな笑みを浮かべる。

「星也」

〝自分の納得できる走りができればそれでいい〟、と甲斐の目標設定に淡々とした意見を書いていた内藤星也は、この二日間、実力を目一杯出しているとはいえない走りが気になっていた。

「君は、四区と九区」

——同じ四区か……。

隼斗のライバルが現れたことになる。

「圭介」

ついに一年生の乃木圭介が呼ばれた。「——二区と八区」

うれしそうに立ち上がり、「本選出ます！」、とひと言。同じ区間を割り当てられた選手同士のつばぜり合いが、すでに始まろうとしている。

「できるだけ近いうちに自分が走るコースを歩いてみてくれ」甲斐は続ける。

「ただし、コースの事前練習走は禁止されているので、そこは注意するように。コースをじっくり観察して、街の雰囲気、路面の状態、何キロにどんな建物があるのか、頭に叩き込め。美味《うま》そうな食堂やレストランがあったら、入って飯を食ってこい。ハンバーガーでも、なんでもいいぞ。どこにどんなカーブがあり、どんな風が吹き、アップダウンがあるか。太陽がどこから差し、どのくらいの気温になるかも考えろ。そして、どのあたりが勝負所になるか自分なりにレース・プランを立ててみて欲しい。コースを熟知しているかどうかで、本選での走りはまるで違ってくる。——計図」

甲斐の合図で、計図が茶封筒に入ったものを全員に配り始めた。

「これは去年と一昨年に行われた本選の映像だ。みんな、自分の担当する区のところは、何度でも見て、レース展開や解説、沿道の様子を参考にしてくれ。そして沿道の観衆の中を走る自分をイメージして欲しい。自分ならどう走るか、どこでどう仕掛けるか、それを想像してシミュレーションして欲しい。ひとつじゃだめだ。いくつかのパターンを想像して、とにかく考えろ」

——考える。

明誠学院大学での監督就任ミーティングでも口にした言葉で、甲斐は、最初の合同合宿の幕を閉じたのであった。

第五章　箱根につづく道

1

「これでスタッフ全員の顔ぶれが揃いました」

担当プロデューサー、ディレクター、アナウンサーを集めたミーティングの席上で、徳重はいった。

「センターアナを務めてもらうのは、辛島《からしま》さんです」

辛島が小さくうなずくと、会議室に拍手が起きた。とくに大きな拍手を送ったのはアナウンス部の面々だ。

アナウンサーとしての辛島の信条は、「事実を事実のままに伝える」。だが、それはアナウンスにとどまらず、スポーツ中継そのものにも通底する真理である。

黙っていても映像が流れるのがテレビだ。

だが、スポーツ番組が本当に報じなければならないのは、その映像の裏側にある真実に他ならない。

情報には、見えるものと見えないものがある。

選手の表情や動きは、誰にでも「見える」。

一方、そこに隠された本当の意味は「見えない」。

駅伝のランナーが予想を上回るスピードで他者を引き離したとき、ただ「引き離した」「速い」というだけでは、上っ面の情報をなぞったことにしかならない。映像を観ている者なら誰でもわかることを報じるのは、単なる重複である。

予想しなかったほどのスピードが、実は選手にとってオーバーペースになっていないか。あるいは疲労、ダメージになっていないか。どれほどの余力があるのか。作戦なのか、思いつきなのか。成功か失敗か——。

映像の様々な断片に着目し、それを正しく読み解き伝えることこそ、「事実を事実のままに伝える」ことである。

そのために求められるのは、競技に関する深い知識と理解だ。それは一朝一夕に得られるものでも、また誰に与えられるものでもない。アナウンサーだろうと、徳重のようなプロデューサーだろうと、同じことだ。

辛島にそれができるのは、単にそれぞれの競技に通暁《つうぎょう》しているだけでなく、選手に対するリスペクトと愛情があるからだろうと、徳重は思う。

気むずかしくて扱いにくいのは玉にキズで、実際、辛島が実況を担当すると聞いた何人かは、わざわざ連絡を寄越《よこ》した。

「辛島さん起用するんだってな。すごいな」

この、すごいな、という言葉には肯定的とは言い難い、半ば揶揄《やゆ》するようなニュアンスも含まれていそうだが、徳重はむしろ前向きに捉えた。

――あの辛島アナが、今度は「箱根駅伝」を担当する。

大日《だいにち》テレビでも、これだけインパクトのあるアナウンサー起用は、そうはないと思うからだ。

一方で、編成局長の黒石《くろいし》が不満を口にしているという話も耳に入ってきたが、それは聞こえぬフリで押し通している。

「毎年繰り返していることだが、準備に洩れが無いようにそれぞれの担当でチェックして欲しい」

徳重は、打ち合わせのテーブルを囲んでいるメンバーたちに念を押した。

徳重の念頭にあるのは、初代プロデューサー、坂田《さかた》から聞いていた初回放送の準備中に惹起《じやつき》したある出来事である。

その年――。系列局から集めたスタッフも含め、前代未聞の七百人体制の大所帯で準備を進めていた九月のある日のこと、あろうことかスタッフの宿泊先を押さえていないことが判明したのである。

まさかの見落としであった。

放送の準備ばかりに目が向いていて、自分たちの寝場所を確保するという、最も基本的な準備を忘れていた。

小田原《おだわら》から先、五区六区という一番難しい箱根からの中継スタッフは、当時総勢三百人。

事態を受け、徳重ら若手が手分けして箱根界隈の宿何軒かに問い合わせたものの、正月を温泉で過ごしたい人たちで箱根の宿はどこも一杯。空いていなかった。

そのとき、困り果てた徳重らのためにひと肌脱いだのが、箱根町観光課にいた一寸木《ちょっき》富雄《とみお》である。

最初、大人数に驚いた一寸木だが、持ち前の馬力とネットワークで、当時二百軒あった箱根の宿に次々と連絡を入れてくれた。

しかし、なかなか見つからない。

一寸木さんでダメなら、誰がやってもダメだ。

そう諦《あきら》めかけたとき、「大広間でよければ使ってください」と快く受け入れてくれた宿があった。

箱根小涌園《こわきえん》である。

しかも、メシは出せないが、温泉は自由に入らせてくれるという。

坂田はじめ、スタッフ全員が胸を撫で下ろしたのはいうまでもない。そして迎えた本番、番組ではほとんどの通過地点を「地名」で伝えるのに、箱根小涌園の前を選手たちが通過するときだけ「小涌園前」と呼んだ。ホテルの名前を連呼することで感謝の意を表したのである。

大日テレビはそのときの恩義をいまも忘れず、「箱根駅伝」の放送では、当時と同じく「小涌園前」と呼ぶ。もし、あのとき小涌園が大広間を提供してくれなかったら、「箱根駅伝」というコンテンツは存在していなかったかも知れない。それほどのピンチを救われたのだ。

「些細なミスが命取りになる。念には念を入れて、準備してくれ」

徳重は最後にそう締めくくり、話のタスキは、チーフ・ディレクターを務める菜月に渡された。

ここからの打ち合わせ内容は、単に事務的なものに留まらず、カメラの設置場所、演出、技術まで多岐に亘る。

天候に左右される中継を、どう乗り切るか。

様々なシチュエーションを想定しながら、どんな天候、レース展開であっても対応できるよう、入念な準備が確認され、繰り返されていく。

「他に、何かありますか」

菜月が問うたとき、ひとりの手が挙がった。

手を挙げたのは、若手ディレクターの牧野《まきの》だ。

「六郷橋《ろくごうばし》で固定カメラを設置していたマンションから、今年は協力できないと午前中に連絡がありまして」

「おいおい、いま頃かよ？」

それまで黙って聞いていた徳重も、これには思わず口を挟んだ。「前から話は通してるよな」

「そうなんですが、住人に告知したのが先週だったそうです。すると、正月早々煩《うるさ》いというクレームをつけた住人がいたらしく。実は先ほどまでその本人との交渉に出向いていたんですが、かなり強硬でして。今年もやったら、訴えるとかなんとか。マンションの理事会でも、そういう意見がある以上承認はしかねると。住人同士でトラブルになるのは避けたいという意見でした」

「困ったな、そりゃ」

菜月と顔を見合わせ、徳重は思わず唸《うな》った。

六郷橋近くのマンションの屋上は、いくつかある固定カメラの設置ポイントのひとつだ。

ここが重要なのは、一区最大の見どころだからである。

二区にタスキを渡す鶴《つる》見《み》中継所まで残り約三・七キロ。

読売新聞社前のスタート地点から約十七キロ、ほぼ平坦な道を走ってきた選手たちの前に、多摩川にかかる六郷橋の勾配《こうばい》が現れる。

ここでスパートして振り切るか、それとも集団走にとどまるか――。

選手たちの駆け引きが熱を帯びるこのポイントには、移動中継車のカメラに加え、マンション屋上に設置した固定カメラでの俯《ふ》瞰《かん》が欠かせない。

「私からもう一度、申し入れてみます」

菜月がいい、厳しい表情を浮かべた。「それでダメなら考えましょう」

2

大日テレビ本社から乗ってきたクルマは、六郷橋付近のコインパーキングに入れた。

分厚い雲が空を覆っている。クルマのドアを開けると、晩秋を通り過ぎ、もはや冬の気配を色濃く漂わせた風が首筋を撫でた。思わず肩をすくめたくなるほどの寒風である。

「さて、行ってみるか」

そういって徳重は歩き出した。

向かったのは、コインパーキングから徒歩で数分のところにある十階建ての古い分譲マンションである。

管理人室に声をかけると、あらかじめ来訪を告げていたこともあってマンション組合の理事長が出てきた。

「大日テレビさん、すみませんでしたね」

七十代とおぼしき理事長は、まあどうぞ、と徳重と菜月のふたりにロビーのソファを勧めてくれた。

「去年、ウチに越してきた人なんですがね。煩いから断ってくれの一点張りで。まあたしかに、大日テレビさんに貸す義理はないといわれればそれまでなんですがね。ウチとしても、こんなことで住人同士がいがみ合うのもどうかという意見が理事会でも過半を占めまして」

「ご迷惑をお掛けして、申し訳ございませんでした」

頭を下げた菜月は、持参した菓子折を理事長に手渡した。「その住人の方にもひと言、お詫びをと思って参ったのですが」

「ああ、いるかな、真野口《まのぐち》さん」

理事長が管理人の女性にきいた。「もしいらっしゃったら、大日テレビの方が来たって伝えてくれないかな」

　一旦管理人室に戻った女性は、すぐに戻ってきた。

「いらっしゃるそうです。これから伺うといっておきましたが、よかったですか」

「お手数をおかけします」

　徳重ともども頭を下げ、ふたりだけで六階にあるという女性の部屋に向かう。

「もし考えを改めてくれたら楽なんだけどな」

　上りのエレベーターで徳重は甘い考えを口にした。

　他に探すにしても、いい設置場所があるかわからない。このマンションなら、長年使わせてもらって慣れている分、設置も楽だ。

　だが——。

「あんたたちさ、一体、どういうつもりなの？」

　実際に会った真野口は、開口一番、ヒステリックに言い放った。

　けんもほろろである。五十歳前後だろうか。カーテンを開けた窓からは六郷橋を見下ろす景色が楽しめるはずだが、通された部屋はなぜか和室だった。そこで徳重も菜月も正座をしているから、見えるのは重苦しい曇天だけだ。

　ようやく真野口の説教から解放されて出てきたときは、すでに一時間以上が経っていた。

「こりゃダメだな」

　どっとため息を吐《つ》いた徳重に、菜月はぐったりした表情でうなずき、周囲のビルに目を向けている。

説得が失敗に終わった今、新たに固定カメラを設置させてくれる高い建物を探す必要があるからだ。

マンションを離れたふたりは、その並びに立つ建物を一軒ずつ見て歩いた。

「どれもイマイチですね。看板が邪魔になったり、高さが足りなかったり、アングルが悪かったり……」

菜月の頭の中では、撮りたい映像がすでに結ばれているのだろう。

「六郷橋の全体が見通せて、カメラを引いたときに多摩川の左右に広がる街をフレームに入れられる場所が欲しいんです。ドローンなら思い通りの映像が撮れると思うんですが」

「ドローンねえ……」

ドローンカメラは映像のクオリティに問題がある上、風や雨など天候に左右されるという根本的な問題がある。部分的に使うのならまだしも、重要ポイントには向かない。無論、菜月もそれはわかっていっているはずだ。

「実際に橋まで行ってみていいですか」

徳重がうなずくと、菜月が先に立って歩き出した。多摩川を渡る六郷橋は全長四百四十四メートル。その中央付近で東京都と神奈川県の県境を越える。

小さな三角形の波を無数に立て、多摩川に風が吹いていた。本選ではこの風もまた、レースを左右する要因になるはずだ。

あっ、と橋の脇にある歩道に立っていた菜月がそのとき声を上げた。

「徳重さん、あのマンション、以前からありましたっけ」

菜月が指さす方に茶色のマンションが建っているのを見て、さてどうだったかと徳重は首を傾げた。

「記憶にないな。新しく建ったんじゃないか」

不動産開発の激しい地域である。一年経てば、古いビルが取り壊され、真新しいオフィスビルやマンションに変わることは珍しくない。

「あの屋上を貸してくれたら、場所的にバッチリじゃないですか」

六郷橋のたもと辺りに戻ってマンションを見上げた徳重は、カメラのアングルをなぞるように背後を振り返った。

悪くない。いや——とてもいい。

「声、掛けてみるか」

目当てのマンションまで行って管理人室の窓を覗き込んだ。

「大日テレビさん？　『箱根駅伝』ですか。はあ」

驚いた顔で、渡した名刺と徳重らの顔を交互に見た管理人は、「ちょっと待ってください、理事長さんにきいてみますから。さっき見かけたんで、いまお部屋にいらっしゃると思うんです」、とその場で電話を掛けてくれた。

やがて、七十歳近いでっぷりした体型の男がエントランスに現れた。太田《おおた》という温厚そうな

男で、落ち着いた雰囲気がある。その場で徳重の話に耳を傾けると、

「いいなあ、箱根駅伝か」

太田の反応は好意的だった。「いや実はね、このマンションに越してきたとき、家からでも箱根駅伝が見えるなって思ってたんですよ。しかも特等席で。私、大ファンなんです」

徳重のとなりで心配そうに話を聞いていた菜月の表情が、そのひと言で緩んだ。

しかし、感触は上々でも、問題はロケーションだ。本当に見込んだ通りのアングルで撮影ができるのか。

「屋上からの景色を見せていただくわけにはいきませんでしょうか」

おそるおそる菜月が頼むと、

「ああ、いいですよ」

ふたつ返事で屋上に上げてもらえた。

「ウチのマンションの屋上は、普段は立ち入り禁止なんですよ。危ないですしね」

そんな説明を聞きながら屋上に上がり、六郷橋方面を見下ろした菜月が、「素晴らしいですね、これ」、と弾む声を上げた。

多摩川の川上側に建つそのマンションの屋上からは、六郷橋をほぼ真下に見下ろすことが出来る。悠然と東京湾へ注ぐ多摩川と、両側の都市風景、その上空に広がる大きな空を障害物なしで眺望できる好ポイントだ。

「こんな場所があったのか」

思わず徳重も唸《うな》るほどの好立地である。

「ぜひ、お願いできませんか」

屋上を吹きすさぶ強風の中で、徳重は菜月とともに腰をふたつに折った。「なにとぞ私どもの『箱根駅伝』中継にお力添えをお願いします」

「もちろん、とふたつ返事でオッケーしたいところだけど、その前に理事会に諮《はか》らないといけないんですよ」

太田はいい、「一応、私からは推《お》してみますけど、正月ですよね。騒音を理由に反対意見が出るかもしれない。それと外部の人たちが出入りするわけだから、セキュリティの問題も無視できません。ちょっと私に預けてもらえますか」

「いつ頃、お返事いただけますでしょうか」

遠慮がちに菜月がきいた。

急《せ》かすようで悪いが、長く待てるほど余裕はない。

「メール理事会ってのがあって、急ぎならそれで検討しますよ」

「ぜひ、それでお願いします」

菜月がいい、頭を下げた。

「何卒《なにとぞ》、よろしくお取り計らいください」

徳重も深々と頭を下げる。

あとは信じて、待つしかない。

その太田から、

「理事会の承認を得ました。どうぞ使ってください」

そう吉報がもたらされたのは二日後のことである。「理事たちみんな、『箱根駅伝』の大ファンでした。うちのマンションからの映像だといえば自慢になるし、マンションの価値も上がります。いい映像を期待しています。ガンバレ、『箱根駅伝』！」

太田から届いたメールは、思いがけない熱いエールで結ばれていたのである。

3

「隼斗さん、ちょっといいですか」

計図《けいと》から声を掛けられたのは、ミニ合宿明けの月曜日のことであった。授業もなく、午後の空いている時間を寮の歓談室で過ごしていた隼斗は、いつになく浮かない顔で立っている計図を振り返り、「ああ、どうぞ」、と隣の椅子を勧める。

「昨日はお疲れ様でした。実は、合宿がハネた後、浩太さんたちに食事に誘われまして」

「浩太たちって？」

「周人《しゅうと》さんと星也《せいや》です。駅の近くにいい定食屋があるからって」

問題の三人、といっていいだろうか。隼斗は手にしていたランニング雑誌をテーブルに置き、改まって計図に向き合った。どうやら、あまり良い話ではないらしい。

「なんていってた、彼ら」

学年がひとつ下でマネージャーの計図相手に、浩太たちは率直な意見を口にしたはずだ。自分たちの意見が隼斗の耳に入ることも承知した上でのことに違いない。

「かなり不満を抱えているようでした」

計図は声を落とした。

「そうだろうな」

三人のアンケートや、合宿での態度を見てもそれはわかる。休憩時間に仲間と打ち解けようとしない浩太は、チームメイトとの間に自ら壁を作り、あたかも交流を拒絶しているかのようだ。周人と星也のふたりも、学生連合チームに対する、ほかと異なる自分の価値観を隠そうともしていない。

「結局のところ、記録に残らないレースなんて意味がないんだというのが三人の意見なんです。甲斐監督のことも、端《はな》から信用していないって」

あらかた予想できた反応だが、聞いたとたん、さすがに気重になって隼斗はため息を吐いた。

「気になるのは、北野コーチも同意見らしいってことなんです」

浩太は清和国際大学のエースで、同大を率いる北野監督の薫陶《くんとう》を受けている。学生連合チームに対する北野のスタンスがそのまま浩太に反映されているのかも知れない。

監督、そしてコーチ陣の意見の不一致が背景にあるとすれば、この問題は予想以上に根深い。

「北野コーチはかなりクールというか、甲斐監督や大沼コーチとも毛色が違う気がするんです。距離を置いてるようにも見えるし」

計図なりに合宿の二日間、マネージャーとしてチームの状況をつぶさに観察してそう感じる場面があったのだろう。「浩太さんははっきりといいませんでしたけど、北野コーチには甲斐監督に対してかなり否定的な思いがあるようです」

長く陸上競技から離れていながら諸矢の指名というだけで監督に就任した甲斐を、冷ややかに見ているのかも知れない。

「だけど、コーチを引き受けたんだから。いまさら、それもどうかと思うな」

隼斗は思うところを口にした。

引き受けた以上、甲斐を支えてチーム作りに協力するべきだ。それなのに、陰で甲斐に対する自らの見解を教え子の浩太に吹き込むのはフェアでない。

「北野さんは、本当はコーチ就任を断りたかったそうです。ですけど、大沼コーチから強引に誘われて渋々受けたということでした」

陸上競技界の大御所である大沼にそういわれれば、北野も断り切れなかったということか。

浩太たちとは、今週末のミニ合宿のどこかで話し合う必要がありそうだ。

そんなことを隼斗が思ったとき、

「おやおや、連合チームの秘密会議ですか」

ふいに声を掛けられた。薄笑いを浮かべて入ってきたのは友介だ。

「何か揉めてんの?」

「いえ、別に」

という計図に、

「だよね、どうせ俺ら部外者だからな」

相変わらず冷ややかな答えがある。ランニングでもしてきたのか、友介はジャージ姿だった。

給水器の水を紙コップに注いで美味《うま》そうに喉を鳴らして飲み、計図が手元で広げている資料を一瞥《いちべつ》すると、

「へえ。走る区間、もう決まったんだ」

意外そうに目を丸くした。資料は、エントリーされている選手を区間ごとにまとめた一覧表だ。

「どれどれ。隼斗は――なんだこれ？」

首を傾げた友介に、「ひとりに二つの区間が候補として与えられたんだ」、と隼斗は説明した。

「俺は、四区と十区っていわれてる」

「四区かよ」

友介が浮かない表情になったのは、一年生のとき同じ四区を走ったことを思い出したからだろう。

なにかいうかと思ったが、友介は、

「まあ、せいぜい頑張ってくれや」

不本意に終わった本選での思い出に背を向けるかのようなひと言を残して、部屋から出ていった。

「リベンジしたかったでしょうね、友介さん」

その背中が消えるのを見届け、計図が嘆息する。

友介の無念が理解できるだけに、隼斗も胸塞《むねふた》がれる思いがした。しかし、箱根駅伝本選を逃した事実を曲げることはできない。

「なあ計図。明日、四区を歩いてみたいんだけど、付き合ってくれないか」

隼斗が頼むと、

「よろこんで」

スケジュールが頭に入っているのか、計図は即答だった。

「十一時までには現地に着きたいんだけど」

四区のスタート地点となる平塚《ひらつか》中継所でタスキが渡されるのは、トップのチームでスタートから三時間九分ほど経過した頃だ。箱根駅伝のスタート時間は午前八時だから、午前十一時九分ごろになる。本番と同じその時間帯に、コースを歩いてみたかった。

4

寮の最寄り駅からJR横浜線で町田《まちだ》駅まで出、そこで小田急線に乗り換えた。藤沢《ふじさわ》駅でさらに東海道線に乗り換えると、目的の平塚駅までは十分ちょっとの距離だ。そこから平塚中継所が置かれる場所まで、三十分ほど歩いて行く。

「あそこです」

計図が、唐《とう》ヶ原《はら》という交差点の表示を指した。さすがに、このあたりが地元だということもあって、計図には土地勘がある。

湘南《しょうなん》の海沿いに広がる松林がそこだけ途切れて、防波堤へと続く広場になっていた。明るい日射しが降り注ぐこの場所で、悲喜こもごものドラマが展開されるのである。

「行こう」

隼斗は先に立って歩き出した。道路の左側は歩道がなく、わずかな路側帯があるだけだ。反対車線側には住宅街と歩道。コースは片側二車線の整備された道路である。正月の本選ではその歩道に大勢の応援の人たちが駆けつけるに違いない。

左手に松林を見て歩く間、防風林に守られているせいかそれほどの海風を感じなかった。上空をトンビが滑空しているような穏やかな日ということもあるが、見れば海側の松林は海風に押されて斜めに生えている。

「防風林が途切れたところは、かなり強い風が吹きつけると思います」

計図が、行き交うクルマの音に負けないような声でいった。

五百メートルも歩いて側道に入り、そこから大磯《おおいそ》駅へと右折していく。さらに駅前を左へ。

最初の坂道が、中継所から二キロほどの鴫立沢《しぎたつさわ》の交差点あたりから始まっていた。

「結構、上ってるな」

思わず口にするほどの坂道だ。両側は民家やコンビニ、あるいは商店といった街並みだが、湘南という場所柄のせいか開豁《かいかつ》で、どこか明るい雰囲気がある。

その坂道を上りきったところに登場するのが、有名な松並木だ。

東海道の街道筋だった頃の名残で、「箱根駅伝」中継ではお馴染みの場所である。隼斗も幼い頃から、祖父と一緒にテレビで見て印象に残っている。

その道路の海側は、陸奥宗光《むつむねみつ》、大隈重信《おおくましげのぶ》、伊藤博文《いとうひろぶみ》、西園寺公望《さいおんじきんもち》らの旧別邸が並ぶ観光地にもなっていた。

昼どき、計図がオススメだという蕎麦屋で食事を取ってから探訪を再開すると、コースはまもなく、だらだらと続く下り坂に変わっていく。

道路からは見えないが、左手は大磯の長い海岸線だ。コースも二キロほど続く平坦な一本道となる。

アップダウンが始まるのは、スタートから六キロほどの地点だ。緩やかな上りと下りの傾斜だが、レースが熟《こな》れてきた頃に登場するこの上りと下りは、仕掛けどころのひとつになるかも知れない。

街中の一本道をひた走るコースは、ほぼ中間地点といっていい浅間《せんげん》神社入口あたりで眼前に相模湾を望む絶景のポイントに差し掛かった。スタートから十キロほど。そして、それが合図であるかのように、多彩な表情を見せ始める。

まず現れたのは、緩やかに下って上り、さらに下って上る坂道。それが繰り返し現れ、本選ではランナーの体力を消耗するポイントになりそうだ。

「この辺り、勝負どころですね」

と計図もいう通りである。

ペース配分が難しい。

無理をすれば後半スタミナ切れを起こすかもしれないし、難しいのはアップダウンだけでない。海から吹いてくる風も計算にいれなければならないことだ。

しかも、天気ばかりは本選を迎えてみないとわからない。晴天ならいいが、暑すぎても困る。かといって粉雪の舞うような真冬の一日となれば、相当な北風にさらされるだろう。どう走るかは、そのときの天候に大きく左右されるに違いない。

とはいえ、駅伝やマラソン、トライアスロンといった競技において、天候はいつだって波乱要因のひとつである。トラック競技の記録だけでは本選の優劣は測れない所以《ゆえん》だ。

正面に目指す箱根の山が見えている。

スタートから十五キロ過ぎ、いよいよ酒匂橋《さかわばし》を渡るとき、ひときわ強い風が、海側から吹き付けてきた。

小田原に向かって下り始め、小田原市内の古風な建物が散見される情緒漂う街並みを抜けていく。

残り二キロほどのところで右手に小田原城がちらりと見えたが、コースも終盤だ。とても本選でそれを眺める余裕はないだろう。

並行している東海道本線と箱根登山鉄道のガードを立て続けにくぐり、さらに新幹線のガードをくぐる辺りから小田原中継所までは、だらだらと上る最後の坂道になる。

「最終盤にこれは、きつそうですねえ」

計図が顔をしかめた。

ここに至るまでのデッドヒートがどうあれ、この坂道を上りきるだけの体力を残しておかないことにはタスキがつながらない。

小田原中継所が置かれる場所に辿《たど》り着いたのは、歩き始めて五時間近くが過ぎた頃だ。

改めて自分が歩いてきたコースを振り返った隼斗は、武者震いにも似た興奮を覚えた。

「難しいコースだったな」

正直な実感である。断続するアップダウンに海風。温暖な湘南を抜け、この小田原中継所のポイントまでの区間では一気に気温も下がった。

同時に、甲斐のいう「考えろ」という意味もわかった気がした。

残るスタミナを天秤にかけつつ刻々と変化する戦況を読んで勝負する。このコースを攻略するために求められているのは、まさしく走りながら考える力に他ならない。

それに気づいたとき、強い思いが腹の底からこみ上げてきた。

——このコースを走りたい。

改めてそう隼斗は思った。これなら自分に合っている、とも。

一万メートルの隼斗の記録は、学生ランナーとしてトップクラスとはいえないかも知れない。

だが、隼斗は考えることは得意だ。このコースなら、他のライバルと互角以上に戦える。

さて、どう攻略するか。

箱根登山鉄道の風祭《かざまつり》駅から小田原駅に向かう帰りの車中から、すでに隼斗は思考を巡らしはじめていた。

5

「東西大学は、さすがに気力、実力とも充実しているのがビシビシ伝わってきますね。監督とチームの一体感が違う気がします」

そんな報告をしたのは、若手アナウンサーの谷藤亜希《たにふじあき》であった。センタースタジオ担当のサブアナだ。

「そういえばこの前、平川《ひらかわ》監督と話したらおもしろいことをいってたな。注目するチームをきいたんだけど、連合チームだって」

一号車担当の横尾征二《よこおせいじ》アナの発言に、ミーティングの場に失笑のようなものが広がった。平川庄介《しょうすけ》は、東西大学駅伝チームの監督だ。東西大学時代はエースとして活躍し、二年生時から三度二区を走った。その後、実業団に入り、マラソンなどでも活躍したが怪我で引退を余儀なくされ、母校駅伝チームを四年前から率いている。

「なんで、学生連合なんですか」

菜月がきいた。その隣で、徳重も耳を傾けている。

「平川監督と学生連合の甲斐監督は学生時代、ライバル関係といわれていたんだよね」

横尾が口にした理屈はわかりやすかった。「当時の明誠学院大学は優勝候補の一角で、ふたりは二区で三度顔を合わせ、三度とも実は甲斐監督が勝った。いわば平川監督にとっての甲斐監督は、宿敵に近いと――これをいったのは東西大学のOBの方だけど。その宿敵との戦いでリベンジをしようと平川監督は思っているんじゃないかという話だった」

コの字型にならべたテーブルで、ちょうど徳重と相対する側に辛島がいた。目を閉じ、じっと腕組みをしたまま動かない。辛島自身、「箱根駅伝」のセンターアナに決まった後、各校を精力的に取材しているという話は徳重の耳にも入っている。引き受ける前はあれこれいっても、一旦引き受ければ全力を尽くす。それが辛島という男なのだろう。

「本気で学生連合に注目しているわけじゃないでしょう」

達観したコメントを口にしたのは、先日、同チームの合宿を取材した安原《やすはら》だった。

「新人監督になった元ライバルを盛り立てようとしたんじゃないですか。学生連合のことなんか、東西大学は眼中にないでしょうから」

「眼中にないのは間違いないな。そもそも学生連合の成績は正式記録にすら残らないわけだし。ただ平川監督の心情については、ぼくはもっと懐疑的かな」

そういった横尾は、自説を開陳してみせる。「学生ランナーとしては、結局平川監督は一度も甲斐監督に勝てなかったんだ。甲斐監督を盛り立てるというより、監督としての自分の優位性を主張していると考えた方がいいんじゃないかな」

「たしかに、平川監督にはそういうところがあるかも知れません。結構自己主張、強いタイプですから」

亜希も同意し、

「放送では、そのコメントはあまり使いたくないですね」

菜月がその場をまとめる。「個人的な確執は、健全なライバル関係とは違いますから」

徳重もうなずいた。

「プロレス中継なら、わざと煽《あお》るところですけどね」

安原が冗談めかしていい、「ちなみに、学生連合チームの目標は三位以上だそうです」、とおそらくはウケ狙いのひと言を付け加え、狙い通りの笑いを引き出した。

反対側にいる辛島だけが、何も聞こえなかったかのように動かない。

この男の脳裏ではいままさに、箱根駅伝本選の模様が展開されているに違いない。様々な状況、様々な場面で、何に注目し、何を伝えるのか——そんなシミュレーションの真っ最中であるかに見える。

「ところで、明誠学院大学の諸矢前監督の話は聞けたんですか、徳重さん」

菜月にきかれ、

「取材、断られたよ」

渋い顔で徳重はこたえ、出席者たちの驚きを誘った。

「その件についてはもう少し深追いしてみるつもりだ」

明誠学院大学陸上競技部の部内事情に詳しい男にも、すでに取材のアポは入れてある。フタを開けてみれば、ただのお家騒動ということで一件落着かも知れないが、興味はあった。

徳重が、そのアポのために新丸ビル内に入っているカフェに向かったのは、翌日午後のことであった。

約束の時間より数分早く、指定されたカフェの入り口に顔見知りの男が現れた。

明誠学院大学陸上競技部ＯＢの米山空也《よねやまくうや》である。

店内を見回した米山は徳重を見つけると、親しげな笑みを浮かべて近づいてきた。奥まった壁際の四人掛けの席だ。

「お忙しいところ、すみません」

立ち上がり、体を二つに折った徳重に、「取材大変でしょう、『箱根駅伝』、近いですもんね」、と米山はいかにも事情通らしい顔を見せる。

カフェラテをオーダーした米山は、徳重が話を向けるまでもなく、ひとしきり今回の箱根駅伝について自らの分析を語り始めた。

話し好きの男である。

米山はかつて明誠学院大学が強かった時代のスター選手のひとりで、徳重との付き合いは長い。といっても、最後に会ったのは明誠学院大学がシード権を失うことになる本選前の取材だったから、三年ぶりだ。

しかし、米山と向かい合っていると、その三年というブランクは微塵《みじん》も感じなかった。まるで昨日も会った友人のようにフレンドリーに接してくれる。

丸の内に本社がある大手メーカー、新日本重工《しんにほんじゅうこう》に勤める米山は、仕事の傍ら母校明誠学院大学の練習に時折、ボランティアのコーチとして参加しており、チーム事情に通じていることは以前から知っていた。

後輩たちの面倒をよく見ている男で、徳重はひそかに、この米山がそのうち諸矢の後任に納まるのではないかと思っていたほどだ。監督の去就についていくのに、米山ほど最適な男はいない。

「実は先日、諸矢監督に取材を申し込んだんですが、断られてしまいまして」

簡単な世間話の後、さっそく徳重は切り出した。「何かあったんでしょうか。喜んで受けていただけると思ったんですが」

「何か、ですか」

米山はふいに浮かない顔になる。「私にもよくわからないんですよねえ」

「わからない、とは」

「突然、監督を辞任されたのも不可解だし、新監督人事も一方的で」

「甲斐さんの監督人事、ですか」

相手の顔に見え隠れする、複雑な事情を観察しながら徳重は問うた。「事前にお聞きになっていなかったと」

「いきなり、甲斐くんで行くからと」

不満が、それとなく透けてみえた。「我々が口を挟む前に、甲斐とも話をつけていて、ＯＢ一同、目が点になりまして」

「反対の声もあったんですか」

「申し上げにくいことではありますが……。とはいえ私たちが知ったのは学内の調整が終わった後のことでして、如何《いかん》ともしがたく」

いまは本選から遠ざかっているとはいえ、明誠学院大学ほどの伝統校ともなると、陸上競技部OBたちの活動も活発で、監督人事には入念な根回しが欠かせないはずだ。それを諸矢はすっ飛ばし、独断で甲斐の起用を決めたことになる。

「監督人事について、諸矢監督とはお話をされたんですか」

「電話で話はしましたが、いまの明誠学院大学を蘇らせるためには、甲斐の発想力が必要だというような話で」

米山はたしか甲斐よりも数年先輩にあたる。米山自身、甲斐の監督就任に賛成しかねているのはその態度からうかがい知れた。

「たしかに、学生時代の甲斐は、素晴らしいキャプテンシーを発揮していたと思います。我々と違って諸矢監督は、三十八年にわたって何人ものキャプテンを見てきたわけですから、その中でも甲斐がとりわけ優秀だったということはあるのかも知れません。しかし、如何せん甲斐は監督としての経験がない。次こそは本選に進めるかも知れないこの大事なときに、そんな経験未知数の男を監督に据えるのは冒険が過ぎると思うんですね」

「もしや、そのことでOB会と諸矢監督が決別してしまったとか」

それなら、諸矢が口を噤《つぐ》むのもわからないではない。しかし、米山は渋面を作っただけで、

「いいえ」、と否定してみせる。

「そこまではいってません。せいぜい年配のＯＢからやんわりと、我々にも相談して欲しかったという程度の意見をひと言、ふた言申し上げた程度で。なにしろ相手は名将、諸矢監督ですから」

「明誠学院大学の理事会ですとか、そっちの反応はどうなんでしょう」

「わかりません」

少し遠い目をして米山は首を横に振った。「明誠学院大学は運動部の自治には口を出さないという伝統もありますし。諸矢監督には監督人事の決定権があります。正式に申請されれば、手続き上の瑕疵《かし》がない限り承認されるはずです」

そうなると、今後の甲斐がやりづらくなるのではないかと、密かに徳重は危惧した。

甲斐体制についてＯＢの態度が割れれば、これまでのような支援が受けられなくなる可能性もある。諸矢に決定権はあっても、ＯＢの支援はすべて善意であり、ボランティアだ。事前の根回しが必要な理由もそこにある。

まさに逆境の船出で、甲斐はまずこの試練に立ち向かわなければならない。

「諸矢さんはいま、どうしていらっしゃるんですか」

「普通の会社なら、もう定年を迎えているお歳ですからね」

そう応えた米山も、引退後の諸矢とは連絡を取っていないようであった。「ご自宅で悠々自適といったところじゃないですか」

「あれだけ箱根駅伝に貢献された監督ですから、もし会うことがあったら、大日テレビの徳重がなんとかお話を伺いたいと申していたと、お伝えいただけませんか。お願いします」

徳重が頭を下げると、

「もちろん、機会があれば伝えます」

米山は困惑の体《てい》で嘆息した。「諸矢監督も、最後にこんなことがなければ盛大に送別会をやれたんでしょうけど」

「それもない、と」これにはさすがに徳重も驚いた。

「内々には打診したんですが、予選会で敗退したのにそんなものは不要だと一蹴されまして」

お手上げだと米山は嘆いてみせたが、その辺りはいかにも諸矢らしいと、徳重は思った。

こうとなったら聞かない頑固さといい、身を引く潔さといい、昭和の老将そのものだ。

その一徹なスタンスで、三十八年もの間、明誠学院大学をぐいぐい引っ張ってきた。

今回、結果が出せなかったことに、諸矢なりの限界を感じたのかも知れない。

「甲斐監督とはお話しされましたか」

遠慮がちに尋ねると、「いいえ」、とこれまた意外な返事があった。

「経緯はどうあれ、OB会を開いて顔見せしないかと声掛けしたんですが、いまは学生連合チームの監督で忙しいからと。来年の本選が終わった後にお願いしたいというんですよ」

それもまた米山にはおもしろくなさそうだ。「何を考えているかわかりませんが、せいぜい頑張ってもらいたいもんです」

大手総合商社丸菱《まるびし》で甲斐と同僚だったという人物を紹介できますが、興味ありますか――。

そんな話が徳重のもとに寄せられたのは、米山から話を聞いた翌日のことであった。

明誠学院大学出身の大日テレビ社員が、個人的なツテで甲斐の人柄について話を聞かせてくれるよう頼んで了承を得たのだ。丸菱で、甲斐の二年後輩にあたる女性である。

広報部を通した正式なものではないので、取材を受けたことを公にしないことが先方の条件だが、徳重に異論はなかった。

先日の米山の話はいわば片面取材だ。

甲斐の身近から、より正確な情報が得られれば、取材のスタンスとしてもバランスの取れたものになる。

人目は避けたいというので、丸菱本社がある丸の内界隈は避け、品川駅前のホテルのラウンジが取材場所になった。

「徳重さんですか」

待ち合わせ場所には五分ほど早く着いたが、すでに相手は来ていて先に声をかけられた。三十代半ばの、きびきびとした雰囲気の女性である。

「和久田《わくた》です」

差し出されて交換した名刺の名は、和久田玲《れい》。丸菱の鉄鋼部門の肩書きが入っていた。

「本日はお忙しいところお時間を取っていただき、ありがとうございます」

丁重に礼をいった徳重は、早速、

「この部門は、甲斐さんが在籍していたところでしょうか」

基本的なことから問うていく。

「正確にいうと、まだ甲斐は在籍していることになっています。会社が推奨している社会貢献制度に応募して、明誠学院大学の監督職を一年間務めるということですから」

なるほど、とうなずいてはみたものの、これは素直に嚥下《えんか》できる話ではない。

駅伝チームを一年間でビルドアップするのは至難の業、いや不可能だからだ。

しかも、明誠学院大学のような名門チームで、一年だけの臨時監督などという立場が通用するとも思えない。それであれば、諸矢も任せなかったはずである。

「ということは、甲斐さんは一年間で退任される、と」

頭に浮かんだ疑問をそのまま口にすると、案の定、玲の視線は曖昧に揺れ、逡巡《しゅんじゅん》するような間が挟まった。

「甲斐がどう考えているのかはわかりませんが、少なくとも会社はそのつもりで監督就任を承認しているということです」

甲斐がまともな男なら、一年だけの「つなぎ」でいいとは思っていないはずだ。本気で責任を果たそうとするのなら長期計画でのチーム作りを考えるだろう。

いったい、甲斐とはいかなる人物なのか。

「私は入社以来ずっと、甲斐と働いてきました」

玲が語った甲斐のプロフィールは、まさに敏腕のビジネスマンそのままであり、よき先輩像そのものである。

同期トップの業績でひた走る男が仕掛けた様々なディールの数々は、畑違いの徳重が聞いても胸躍るものに思えた。

「世界を股にかけて、そんな大きな仕事をしてこられた人とは思いませんでした」

感想を口にしてみると、ふいに疑問が浮かんだ。

そんな人物がなぜ、駅伝チームの監督を目指したのだろうか？

最前線のビジネスマンである甲斐にとって、たとえ一年であろうと現場を離れることは相当の覚悟が必要だったはずだ。

しかも、甲斐は長く陸上競技から離れていた。

決断の背景に、果たして何があるのか。

それを問うと、玲は随分長い沈黙を挟み、

「ここだけの話にしてください」

ひと言断って、徳重を正面から見た。「甲斐は、何か信じられるものが必要だったんじゃないかと思うんです」

切り出されたのは、甲斐を巡る意外な内部事情である。

「いまから三年ほど前になりますが、甲斐がリーダーとなってブラジルの鉱山を買収したんです。このM&Aの顚末《てんまつ》は新聞でも大々的に報道されましたのでご存じの方も多いと思いますが、去年になって環境問題が判明しまして。その損害賠償で、巨額の赤字を抱えてしまったんです。丸菱としてはまさに寝耳に水の事態だったわけですが、そもそも買収の進め方に問題があったのではないかと」

「つまり、甲斐さんの失策だったということですか」

玲は吐息のようなため息を洩らした。

「たしかに、甲斐は買収チームのリーダーでした。ですが、そもそもトップダウンでM&Aの話を持ってきたのは社長ですし、甲斐は当初から、買収には消極的だったんです。命じられて渋々リーダーを引き受けたわけですが、買収先の組織ぐるみともいえる隠蔽《いんぺい》があって……。それでも結局、甲斐が責任を問われることになってしまったんです」

徳重は、こうしたビジネスに精通しているわけではない。それでも、この話には理不尽なものを感じないではいられなかった。

「甲斐がかなり失望していたのは事実です。庇《かば》ってくれると思っていた上司に見放されたのもショックで」

「保身、というやつですか」

そろりときいた徳重に、

「いえ。嫉妬、かも知れません」

意外なこたえがある。「甲斐の能力に嫉妬したと、私は思ってます」

徳重は思わず嘆息し、どう返答していいものやらわからなくなった。そんな戸惑いが顔に出ていたか、

「結局、甲斐に対して社長名で叱責状が出ました。不正ではありませんから重い罰にはならないにせよ、そのとき甲斐が私にいったんです。この世の中に本当に信じられるものってないのかなって。俺はそれを探したい、って。どういうことかおわかりになりますか」

「それが、今回の監督就任につながったということでしょうか」

そっと玲がうなずいた。

「箱根駅伝にかける学生たちの挑戦は、混ざり気のない本物です。それこそ、甲斐にとって信じられるものだったんじゃないのかなって、そう思うんです。もちろん、甲斐に直接きいたわけではないので、私の想像が間違っているかも知れませんが」

徳重は、しばらくして揺れる吐息を細々と漏らした。

「そういうこと……ですか」

「甲斐が監督業をいつまで続けるつもりか、私にはわかりません。ですが、甲斐は、裏切りのない、純粋に情熱を燃やすことのできる世界を探しているんだと思います。そんな場所をもし見つけたら、きっと甲斐はその場所に留まるような気がします」

甲斐真人という男の予想もしなかった人物像が、徳重の脳裏で結ばれようとしていた。

7

マンションや商店が建ち並ぶ駅前の道路を南側へ五分ほど歩いたところに、箱根駅伝の鶴見《つるみ》中継所はあった。

最寄りの京浜急行線鶴見市場《いちば》駅からだと徒歩で五分もかからない場所だ。昼時だったので、昼食は駅前で軽く済ませた。

「このあたりが十区のスタート地点になると思います」

計図は、市場交番前という交差点の角にあるガソリンスタンドや、近くにある歩道橋の位置を確認し、道路の脇に立って両手でスタートラインを作ってみせた。

箱根駅伝本選では、この何の変哲もない沿道が手旗を振る応援の人たちで溢れ、歓声と運営管理車からの監督の指示が飛び交う熱戦の舞台へと姿を変える。

学生連合チームで、隼斗に割り振られた区間候補は、四区と十区。一昨日は四区、今日はもうひとつの候補区、十区を歩くためにここにきた。いうまでもなく、箱根駅伝本選のフィニッシュを飾る区間だ。

斜めから降り注ぐ冬の淡い日差しを仰ぎ見てから、第一京浜沿いにそのコースに足を踏み出した。

腕時計の時刻は十二時十分を指している。

一位のチームが十区にタスキをつなぐのが、だいたいそのくらいの時間になるはずであった。

風は微風。太陽は南の低い位置にあって、箱根駅伝本選がこの日のように好天なら、同じような角度からランナーたちの背を照らすだろう。

沿道にビルがぎっしりと建ち並ぶ準工業地域だ。コースとなる第一京浜は、横浜から川崎、そして東京へ、まさに産業の集積地を結ぶ大動脈で交通量はハンパなく、大型車がひっきりなしに行き交っている。

遠く箱根の山々を仰ぐ四区がまさに夢の箱根路なら、この十区はその夢から醒《さ》め、現実へとひた走る二十三キロといえるだろう。熱戦にピリオドを打つフィニッシングロードだ。

歩き始めて三キロほどで六郷橋に差し掛かった。渡りきると、そこは東京都だ。

蒲田《かまた》、梅屋敷《うめやしき》、大森。沿道の光景は雑多で、生活感が滲《にじ》んでいる。道路は京浜急行の高架と並行するように続き、十キロ地点の少し前で、その下をくぐり抜けた。

開発途中の空き地やこぢんまりとしたマンション、民家、コンビニ、クルマのディーラー。北品川に差し掛かるまでのロードサイドは様々に表情を変える。歩道が近いところも多くあって、そういった場所では声援がダイレクトに届くに違いない。

「ずっとフラットですね」

計図のいう通りで、県境をまたぐ六郷橋を越えてから、アップダウンのない道路をひたすら歩いてきた印象だ。

こみ上げてきたのは、なんで自分が十区なんだという思いだ。

これなら四区の方が、向いているのではないか。

「どう思う、計図」

そのことを問うと、計図は少し考え、

「ステディな走りが期待されてるんじゃないですか」

そんな答えを寄越《よこ》した。「いままでの九人でつないできたタスキを、確実にフィニッシュまで運べる安定感が求められてるような気がします」

「プレッシャーだな、それは」

胸を押されるような重圧を感じる。

「でも、隼斗さんには相応《ふさわ》しいかも知れません。誰だってプレッシャーがかかる場面ですけど、泣いても笑ってもこの十区で最後ですから。重圧に負けない精神力を甲斐監督は評価してるんじゃないかと思います」

「そんな大したことないよ、俺は」

その平らな一本道に変化が起きたのは、目黒川の小さなアップダウンである。その後、北品川駅近くの新八ツ山橋に向けて再び上りに転じ、品川駅に向かっては下りになる。

品川駅前の大型ホテル、さらに東京タワーが見えてくると、長く続いた大田区や品川区の日常風景から一気に都心らしい雰囲気になってきた。

左手の品川プリンスホテルのあたりでスタートから十四キロ。そこからさらに一キロ先の泉《せん》岳寺《がくじ》交差点付近が最後の給水ポイントだ。レースの最終盤に向けた駆け引きがいよいよ佳境にさしかかるところである。

田町《たまち》駅前を通過し、芝公園《しばこうえん》、御成門《おなりもん》と、お馴染みの場所を通過、皇居前の馬場先門《ばばさきもん》で右折し、京橋で左折。その先、日本橋から大手町のフィニッシュまでのどこでラストスパートをかけるのか。

「ここがフィニッシュですよ、隼斗さん」

計図が、読売新聞社前の路面に埋め込まれた「箱根駅伝ゴールライン」のプレートを指さした。十区、二十三キロの終点であり、箱根駅伝本選の終着点だ。

「四区だったらいいな」

そんな感想を、隼斗は漏らした。

アップダウンのある四区は、判断力と技術力がものをいう。それなら隼斗も、強豪校のランナーたちと張り合える自信があった。一方、この十区はかなりフラットで、それが逆にリズムを取るのを難しくさせている。

「もし十区だったら、どうします」

地下鉄の駅に向かいながら計図が冗談めかしてきいた。思わず足を止めた隼斗の横顔を、高層ビルの窓に反射した冬の日差しが照りつけている。

「走るさ、もちろん」

少しの間は挟まったものの、隼斗は明確にこたえた。「走らないなんて選択肢はないよ。どこだろうと、俺は必ず走る」

二度目のミニ合宿を迎えたのは、その二日後のことであった。

第六章　それぞれの組織論

1

「隼斗。四区、下見に行ってきた？」

渡瀬《わたせ》拓《たく》が声をかけてきた。東京中央大学の四年生。拓が与えられた区間候補は四区と八区。四区では隼斗のライバルだ。

二回目となる学生連合チームのミニ合宿の初日。午前中の練習を終えた寮内の食堂であった。食事を載せたトレイを隼斗の前に置いた拓と向かい合うと、日焼けした笑顔と深い眼差《まなざ》しが印象的だ。

「火曜日に行ってきた。拓は？」

「ぼくは昨日。アップダウンはあるけど、リズムは取りやすいかもね」

たしかにそれはいえる、と隼斗も思った。アップダウンは体力を消耗する一方で、走りのリズムが取りやすかったり、またスパートのタイミングをつくりやすいというメリットもあるからだ。

「だけど、すごい風だったよ。隼斗のときはどうだった」

「ちょうど昼頃に行ったんだけど、風はそれほどじゃなかったな。難しいけどいいコースだと思った」

「あの松林のところ走るの、夢だったんだよな」

拓はふいに遠くを見つめてから、「そういや、星也も四区だったよね。行ったの」、とちょうど近くにいた内藤星也に話しかけた。隼斗は内心身構えたものの、拓は屈託なく自然に問うている。星也や浩太、周人らの、この学生連合チームへの異論を、拓はまだ知らない。

「いえ。時間がなかったもんで」

さらりと、そっけない返事があった。「まあそのうち……」

本当に下見するつもりがあるのだろうか。星也は箸を止めてなんでもない食堂の空間を見据え、面倒くさそうにため息を吐《つ》いた。話しかけられてうんざりしているようにも見える。

その態度に、拓が、表情を曇らせた。

チーム内の不協和音、意識のズレ、熱量の違いは、次第に選手たちの知るところとなっていくだろう。

少し遅れて食堂に入ってきた浩太が、トレイに食事を載せ、辺りを見回すと少し離れた壁際のテーブルに歩いていった。周囲を拒絶するかのように、耳にイヤホンを挿《さ》している。

壁際の席にいた周人の前にトレイを置いた浩太は、ようやくイヤホンを外し、こそこそと何事か言葉を交わし始めた。

何を話しているかはわからない。だが、その様子は他の選手との間に見えない壁をつくるかのようだ。

「まあ、別にどこで食べてもいいけどさ。もっと盛り上げようと思わないのかなあ」

隼斗と同じく、そのふたりの様子を見ていた諫山天馬《いさやまてんま》が、いつもの明るい表情を消してひとりごちた。チームメイトから離れたところで、ぽつんと食事をしている浩太と周人の姿は、他の選手からも浮いて見える。

「ちょっと声掛けてくる」

隼斗が立ち上がりかけたとき、

「おい。ちょっと、そこのふたり。こっちで食べようよ」

それより早く声をかけた者があった。

マネージャーの兵吾《へいご》である。

「こっち空いてるから、みんなで食べよう」

浩太らがお互いに顔を見合わせるのがわかった。

「別にいいじゃん、どこで食ったところでさ。休憩時間だし」

向かいの周人にいった浩太は、明らかに不満そうだ。

「浩太も周人も、こっちに来たら」

兵吾に代わり、隼斗も話しかけた。「ここ空いてるから、一緒に食べよう」

しぶしぶトレイを持って立ち上がり、

「なんだよ。メシぐらいどこで食ったっていいじゃん」

そんなことをぶつぶついっている浩太に、計図《けいと》が新しいお茶を淹《い》れてもってきた。周人の分もある。

「いまコースを見にいってきた話をしてたんだ。浩太は下見にいったの」

隼斗は積極的に話しかけた。

「いや。どうせわかってるし」

浩太からは、そんな答えがある。浩太の候補区は一区と九区だ。

一区は、隼斗の候補区である十区とほぼ同じだが、実は十区の方が、馬場先門から日本橋を経由する分、少し長い。

「走ったことあるの?」

「ないよ。別に下見なんか、本番前にやっときゃいいんじゃね?」

とりつくしまもない意見である。

「周人は行ったの?」

拓が話を振ると、「行ってない」、とこっちもそっけない返事があった。

「なんで」

隼斗が問うと、

「俺、走れりゃそれでいいから」

気まずい空気が漂いはじめた。

「いろいろ発見があるし勉強になるから、行った方がいいよ」

隼斗は、あえて明るい口調でいってみる。「四区とかさ、大磯ロングビーチとか明治の偉人の別荘地とかあって、そのすぐそばを走るんだ。どこで上ってるかとか、下りがどのくらいだとか。コースを知らなかったら勝負にならないかも知れない」

「勝負ったって」

周人が唇に浮かべたのは、皮肉めいた笑いだった。「俺ら記録残らないじゃん。勝負なんか最初からないんじゃねえの」

ふたりの隣にかけた兵吾と計図が、すっと表情を消した。

「いや、勝負はあるよ」

自分でも考えがまとまらないまま、隼斗は反論を口にした。穏便に聞き流すこともできたかも知れないが、どうしても反論しないではいられなかったのだ。

「同じコースを競走するんだよ。記録に残らなくても、見てる人たちの目の前で順位はつくだろ。立派な勝負だと俺は思うけどな」

硬い顔をした何人かが同意してうなずいてくれたが、周人の心に響いたかどうかはわからない。

「もっと楽しもうよ」

盛り上げようと、兵吾が声を張り上げた。「みんなで、ひとつの目標に向かっていくって、最高じゃないか。箱根駅伝の歴史を塗り替えられるかも知れないんだ」

「だからさ、俺らは歴史に残らないって、周人はいってんだよ」

浩太がめんどくさそうにいい、兵吾が押し黙る。それ以上の反論はしなかったが、その日には浩太や周人の態度に対する動揺が見て取れた。

学生連合チームやそのやり方に対して、各人が何らかの意見を持っているのは当然だと、隼斗は思う。

だが、チームとしてまとまろうとしているときに、水を差すようなことをいったり、態度で示したりするのは賛成できなかった。

気まずい沈黙が挟まったが、

「いやあ、この寮はメシまで美味《うま》いなあ」

後からやってきた倉科弾《くらしなだん》の陽気なひと言に助けられた。硬い空気がふっと緩み、ぎくしゃくしたやりとりや見え始めた人間関係をそれとなく包み込み、何事もなかったかのような選手同士の会話が始まる。

どうしていいか、隼斗にはわからなかった。

ひっかかるものを抱えたまま、ミニ合宿の一日は過ぎていく。

このままではマズい。

どこかのタイミングで、冷静に話し合う場を作った方がいいのではないか、そんなことを考えていた矢先、くすぶっていた不満が思いがけず爆発する事件がついに起きた。日曜日、合宿二日目の午後のことである。

練習のメニューの最後に、甲斐はハーフマラソンを置いていた。

単純なトラック周回ではなく、トラックを十周した後に東邦経済大学のキャンパスに出て、さらに同大が敷地内に持つ広い自然公園内の林間を走るコースだ。

厳密にはハーフとはいえないかも知れないが、本選で各区間二十キロ相当を走ることを考えると実戦での走りに近い。実際、自然公園は多摩川河川敷にまで続くかなり広大なもので、アップダウンもあって箱根駅伝本選を彷彿《ほうふつ》とさせるに十分だ。

五キロ過ぎぐらいまでは集団走になっていた。その塊《かたまり》が次第に長く伸びはじめた十キロ付近、隼斗はふと左右を見て両側にいるチームメイトから、いち早く周人が脱落していることに気づいた。

トップを走っているのは、乃木《のぎ》圭介《けいすけ》と村井《むらい》大地《だいち》で、それに少し遅れて相変わらずスタミナ抜群の倉科弾が三番手。そのやや後ろに隼斗はつけていた。

公園を出て、ふたたびキャンパスに戻ってきた。校舎の配置に沿って曲線を描いて走りながら、隼斗は背後のグループにそれとなく視線を走らせる。

最下位近くに固まるランナーたちの中に、周人がいるのが見えた。一緒に走っているのは、浩太と星也のふたりである。

実力からいえば、浩太と星也は、上位を走っていてもおかしくない。いや、当然そうあるべきだ。なのに、最後尾に固まって余裕の表情を浮かべている。さすがに、これは腹に据えかねた。

後半、弾を僅差《きんさ》で抜き去り、三位でフィニッシュした隼斗は、両膝に手を突きながら、次々とフィニッシュ地点に駆け込んでくる選手たちをじっと見ていた。

十三人がフィニッシュした後、まだトラックを走っているのは、あの三人だ。

ストップウォッチを握り締めたままの甲斐が、三人の走りにじっと視線を注いでいる。どう思っているのだろう。感情は読めない。だが、甲斐がどう思っていようと、隼斗はいま、腹の底に湧き上がった感情に突き動かされようとしていた。

三人がほぼひと塊《かたまり》になってフィニッシュするや、隼斗は足早に向かっていった。

「おい、お前ら真剣にやれよ！」

走り終えて失速し、荒い息をしている三人が、隼斗を振り向いた。返事はない。

「いい加減な態度で練習されたら、チームのみんなが迷惑だ」

浩太の突き刺すような視線が、隼斗に投げられた。周人は何も聞こえなかったかのように芝の上に座って首を回している。視線を逸《そ》らした星也は硬い横顔を向けていた。

チームの全員が、隼斗と浩太らのやりとりに息を詰めているのがわかる。

「キャプテン。ありがとう」

あらためて三人を見下ろした甲斐が、その後を引き継いだ。

「今回の走りは、君らの実力とはほど遠かった。浩太、理由は」

返事はない。

「周人は」

返事なし。

「星也はどうだ」

無言の三人をしばし見下ろした甲斐は、「いい加減な練習をするぐらいなら、最初からやめておけ。時間の無駄だ」、そう言い放った。

「世の中に出れば、自分の意に沿わないことはいくらでもある。そんなとき、君らは気に入らないからといって手抜きをするのか。もし不満なら、納得できるように相手と話し合え。そんな努力もしないで、ただ陰で不満を口にして、手を抜く。それでいいのか。そんな奴は、世の中から信用もされなければ、相手にもされない」

返事はない。

「自分たちがひとりのアスリートとして、どうあるべきか、何をしなければならないのか、君ら自身で考えろ。そこにしか答えはない」

そう言い残すと、甲斐は全員を集め、簡単な講評とともに練習の終わりを告げた。


「ちょっといいかな」

グラウンドから引き上げようとする甲斐を引き留めたのは、コーチの北野だった。

一言ありそうな気配で近づいてきた北野は、選手たちが皆引き上げていくのを待ち、「いまの浩太たちへの指導は、違うんじゃないか」、とそういった。

松木浩太は、北野の教え子だ。自分の生徒に余計な指導をするなとでもいいたいようだった。

「違うとは？」

「彼らは、君が考えているよりずっとクレバーなんだよ。君は長く現場を離れていてよくわかっていないと思うけども、いまの学生ってのは、現実的なものにしか興味を示さない。昔みたいに、突拍子もないことをおもしろがるような連中じゃないってことだ」

「突拍子もないとは？」

問うと北野は小さな舌打ちをして視線を逸らした。ふたたびそれが甲斐に向けられたとき浮かんでいたのは、くっきりとした怒りの輪郭だ。

「このチームの目標に決まってるだろう」

三位以上――。

甲斐が立てた目標は、たしかに控え目なものとは言い難い。しかも、学生連合チームはオープン参加で、正式な順位はつかず参考記録に留められる。

「現実的な目標じゃないですか。突拍子もないものとは思えませんが」

甲斐の反論に、ふたりのやりとりを近くで聞いていた大沼が、可笑《おか》しそうに笑いを嚙み殺すのがわかった。

「連合チームだよ、これは。そんなの無理に決まってるじゃないか」

北野はすっと青ざめ、語気を荒らげた。内に秘めていた本音が、ついに噴き出した格好である。

「どうしてそう決めつけるんです。彼らのポテンシャルなら、十分可能性がある。だから、目標にしたんです。北野さんだって反対しなかったじゃないですか」

甲斐が発案したとき、大沼は大いに乗り気であったが、北野は黙っていた。

「監督が決めることだと思って、黙って聞いてただけだ」

正しい理由とも思えないが、北野には大沼への遠慮があったということなのだろう。「だけどね、寄せ集めのチームが簡単に勝てるほど、本選は甘くないいんだよ。もう、そういうシロウトのようなことをいうのはやめてくれないか。選手たちだって、わかってるんだ」

神経質で内にこもる性格だが、タガが外れたとたん尖鋭的になるタイプらしい。

「選手たちは納得してやってると思いますが」

甲斐が冷静に返すと、「話にならないな」、と吐き捨て、足早にその場を離れていった。

「いまのあいつにはわからんよ」

その後ろ姿が寮の中に消えるのを見送りながら、大沼がいった。「真面目な男なんだが、俺にいわせれば真面目すぎて野心に欠ける。経験や常識を重要視して、前提を疑おうともしていない。もっとも、君や俺と違って手堅い指導者であるという一面は評価すべきだろうがね」

大沼は、無遠慮なプロファイル分析を披露し、改まって甲斐に問うた。

「まあ、北野のことは放っておけばいい。それより、選手たちの問題はなんとかせんといかんな。どうする」

「いま北野さんはひとつ正しいことをいいました」

大沼とともに寮に戻りながら、甲斐はいった。「選手たちがクレバーだということです。それに賭けてみようと思います」

2

「浩太がチーム・ミーティングしたいっていってきたんだけど、どうする」

ロッカーで着替えている隼斗のところにやってきた兵吾は、どこか警戒した口調できいた。

「チームの方向性について、意見交換したいらしい」

「みんなは？」

「全員いることはいる。帰りかけた選手にも、ちょっと待っててくれって、いま計図が伝えて回っているところだ」

「やろう」

隼斗は即断した。

——もし不満なら、納得できるように相手と話し合え。

先ほど、浩太たちに向けた甲斐の言葉は、隼斗の胸にも響いていたからである。きっと他の選手たちも同様に違いない。

「今朝ミーティングした部屋に集まろう。使ってもいいって、一応、事務局の許可は取ってあるから」

兵吾の手回しは素早かった。

「わかった。ありがとう」

おそらく、浩太はその場で自分の意見をぶつけるつもりだろう。二回目のミニ合宿にして、学生連合チームは試練を迎えようとしている。キャプテンとして、チームをどうまとめるか。隼斗の真価が問われる場面でもあった。

急《せ》くような気分で部屋に行くとすでにほとんどのチームメイトが集まっていた。

おそらく帰る途中だったのだろう、計図に連《つ》れられて倉科弾と猪又丈《いのまたじょう》が入ってくると、それでメンバー全員が揃った。

「みんな帰りがけのところすまない。実は、浩太からミーティングの提案があった。まずは浩太、どういうことか君から話してくれ」

表情を消して立ち上がった浩太は、自分を見つめるチームメイトたちをぐるりと見回した。

「ミーティングを提案したのは、みんながこのチームの目標とかどう思ってるのか、本音を聞きたかったからだよ」

くだけた口調で切り出す。「この学生連合チームは、いわば各大学からの寄せ集めだ。予選会で本選を逃した大学からの上位十六人といっても、本選で優勝争いを目指すチームほどじゃない。一万メートルの成績だけ見て三位以上を狙えるなんて、まったくリアリティないと思う。みんな、本当にそんなの信じてるわけ？　どうなんだよ、圭介」

指名された乃木圭介は、「えっ、ぼくですか？」、と困った顔でいったん天井を見上げた。

「たしかに三位以上って聞いたときは驚きましたけど、まあ目標なんだから、それでいいんじゃないかなって。すみません」

「目標ってのは飾りなのかよ」

浩太が鋭く突っ込み、圭介が口を噤《つぐ》んだ。圭介にも意見はあるだろうが、なにせ一年生だ。四年生の浩太に正面から反論するのは遠慮したらしい。

「大地は」

「ぼくは可能性はあると思うし、このチーム目標には満足してます」

三年生の大地は、はっきりと自分の意見を口にした。「逆に、浩太さんはどういう目標ならいいんですか」

全員の視線が浩太に向けられる。

「順位じゃないだろ」

若干ムキになって、浩太が言い返した。「学生連合チームはオープン参加じゃないか。つまり、順位がつかないってことなんだよ。なのに、順位を目標にしてるって、矛盾してないか。そもそも、俺はそういうところも気に食わないと思ってるんだ」

「参考順位だろうと、順位は順位じゃないの？」

発言したのは、拓だ。のんびりした口調ではあっても、険しい眼差しを浩太に向けている。

「正式な記録に残らない順位なんて意味がないと俺は思う。どうだ、周人」

旗色が悪いとみたか、浩太は自分と同意見の周人に話を振った。

「俺は浩太に賛成。アスリートは、記録がすべてじゃないか。三位以上とか真面目に取り組むのもバカバカしい。だよな、星也」

急に振られた星也も、「そう思います」、とうなずいた。

「じゃあ、浩太は何のためにこのチームに参加してるの」隼斗はきいた。「というか、さっき大地もきいたけど、どんな目標なら認められるわけ？」

「まあそうだな」

軽い口調で浩太はいった。「次につながる有意義な走りができれば、それでいいんじゃないか。だってさ、俺たちにはそれぞれチームがあるわけで、最終目標は自分のチームが本選に出ることだろ。だったら、今回の箱根を通して、なにかひとつでも持ち帰れればそれで十分だ」

やがて、目を怒らせた浩太に、部屋に集まった選手たちは一様に黙り込んだ。

「意味はあるんやないですか」

後ろの方の席から、声を上げた者がいた。

弾だ。その隣に丈もいて、真剣そのものの眼差しを浩太に向けている。

「俺、いくら本選に出られても最下位の走りはしたくないです。そんなふうに走って、何か持ち帰るものがあるとも思えませんし。経験することに意義があるんなら、できるだけ良い経験をしたいです。本気で優勝目指してるチームとどこまで戦えるのか、そんな真剣勝負こそいい経験なんやないですか」

何人かがうなずいた。そのとき、

「勝てるわけねえだろ」

周人がぼそりとつぶやく。誰に言うでもないひと言だったが、弾が押し黙った。その弾に代

わり、

「なんで決めつけるんだ」

毅然とした口調でいったのは、佐和田晴《さわだはる》である。こちらは調布大学の四年生。「やってみなきゃわからないだろう」

晴が燃えるような目で周人を睨み付けていて、隼斗は驚いた。晴はいつももの静かで、あまり感情を表に出すタイプではなかったからだ。

「バカじゃねえの」

周人が吐き捨てた。

「そういう言い方はやめようよ」

すかさず兵吾が割って入り、厳しい目を周人に向ける。「ここは話し合いの場だろう。お互いを尊重して話し合おうよ。バカだとか、そういうのはナシだ」

「はいはい」

周人から皮肉混じりの返事があった。

「晴、続けて」

何かいいたそうにしている晴に、隼斗は水を向けた。

「どうせ寄せ集めだとか、参加することに意義があるとか、そんなのは逃げだと思う。たしかに俺たちはそれぞれ違う大学から来た。このチームの立場は『オープン参加』で、正式な記録は残らないかも知れない。だからなんだ。俺はこのチームの方向性は間違っていないと思うし、そういうやる気のあるスタンスは大好きだ」

「好きか嫌いかの問題じゃないんだよね」

唇の端に笑いを浮かべ、浩太が言葉尻を捉えた。「正直、三位以上を目指すなんていわれて本気になれるわけがない。非現実的だ」

「でも、『学連選抜』チームが四位になったことはあります」

計図の指摘に、多くの選手がうなずいた。

二〇〇八年の箱根駅伝本選。「学生連合」ではなく、当時「学連選抜」と呼ばれていたチームは総合四位に入った。

二〇〇三年に誕生した「学連選抜」、その後「学生連合」と呼ばれるようになった今日に至るまで、これが最高順位であり、燦然《さんぜん》と輝く金字塔だ。

「そのときのチームと比べても、このチームは遜色《そんしょく》がないどころか、もっと上だと思うんです。三位以上に入れる可能性は十分にあります」

「あのときは正式な記録として認められてましたよね」

計図の意見に反論したのは、星也だった。「モチベーションがまるで違いますよ」

「監督も違う」

そこが肝心とばかり、浩太が言い添えた。「二〇〇八年チームを率いたのは、青山学院大学の原晋《はらすすむ》監督だ」

甲斐では経験不足だと言いたいのだろう。

「甲斐監督の方針が納得できるものなら、マスコミの取材だってもっと来るはずだ。この二日間、ほとんど誰も来なかっただろ。このチームのことなんか、まともに扱ってないってことだ。そんなチームが三位以上を目指しますなんて。誰も真《ま》に受けないよ」

「すまん。俺は、真に受けてる」

挙手と同時に発言したのは、関東中央大学の四年生、咲山巧《さきやまたくみ》だ。「少なくとも計図がいった通り、可能性はあるじゃないか。端《はな》から無理だと決めつける君らの方が、根拠がないように見えるけどな」

「整理させてくれ」

隼斗が間に入った。「要するに浩太も周人も、星也も、この目標が現実離れしているという意見だよな。本当にそうだろうか。現実離れしてると思うひと、どれだけいる」

挙手したのは、浩太たち三人だけであった。

「それともうひとつの、正式記録にも残らないのに順位を目標にするのは意味がないという指摘。そうだろうか」

「別に構わないと思います」

大地が断じた。「正式記録にならなくても、順位は順位だし。それでいいじゃないですか。ぼくたちの目標なんだから」

「ぼくも、順位を目標にするのは間違っていないと思います」

圭介が小さく挙手して意見を口にする。「目標はわかりやすくて、客観的な方がいいと思うんです。参加することに意義があるのは認めますけど、それだけじゃつまらないし、やっぱり走る以上、何かに挑戦したいです」

拍手が湧いた。

「そういう目標を設定して、引っ張ろうとしている甲斐監督の考え方に、自分は賛成ですね」

そういったのは丈だ。「ミニ合宿はこれで二回目ですけど、甲斐監督のアドバイス、自分、すごく参考になってます。それと、青山学院の原監督と甲斐監督には共通点がある気がするんです」

興味を抱いた何人かが丈を振り向いている。

「ふたりとも、社会人経験があって、ビジネスマンとしてバリバリやってたってことです。甲斐監督にはたしかに監督経験はないかも知れないけど、陸上競技一辺倒の監督にはないマネジメント能力があると思うんです」

「たしかに、甲斐監督の目標設定は明確だと思う」

丈を補足するように天馬が評した。「それにアプローチだってわかりやすい。毎週集まってミニ合宿形式で練習だなんて、型破りだけど、理に適《かな》ってると思う。実際、こうやって話し合えてるのもそのおかげだろ。それに、この話し合いの場を俺たちに任せてくれてる」

何人かがはっと顔を上げ、

「さっき、これから何が始まるんだって、きかれたんだ」

と天馬は補足した。「納得するまで自分たちで話し合えって、甲斐監督はいってたよ。俺は口を挟まない。君たちが考えて結論を出すべきだって」

何人かが、それとなく部屋の入り口あたりに目をやった。窓のついたドアの向こうには壁が見えるだけで、甲斐の姿はそこにない。

「浩太、反論は？」

隼斗の問いかけに、もはや反論はなく、浩太は表情を消して黙っている。

浩太は思い違いをしていたのではないかと、隼斗はひそかに推測した。

ミーティングを提案した浩太の狙いは、選手たちの本音を引き出すことではなかったか。浩太はおそらく、選手たちの多くも自分と同じようにこのチームの在り方に疑問を持っていると思っていたのだろう。

だが、どうやらそうではないと、浩太は悟ったらしかった。

「価値観の相違ってやつだな」

浩太に代わり、突き放すようなひと言を口にしたのは周人だ。「俺らは現実主義なんで」

「俺らだって、現実主義です」

すかさず、弾からの反論を招いた。何人かの拍手もそれに加わる。

「現実主義なら、いろんな意見や可能性があるっていう現実だって認めるべきなんじゃないのか」

隼斗はやんわりといった。「周人はさ、自分が経験したことや、考えていることだけが正しいと思ってないか。でも、本当はそうじゃない。あり得ないと思うことだって、実際にあったりする。自分の常識を疑ってみることも大事なんじゃないか」

「皆さんがこのチームの目標を現実的だと思ってるってことはわかったよ」

ふて腐れたように周人はいった。「だけどさ、どうしても俺にはそうは思えない。ひとつのチームが何年もかけて積み上げてきたものが激突するのが箱根駅伝の本選だろ。ウチの目黒教育大は、なんとか本選に行こうとこの何年も全力で努力をしてきた。だけど、予選会の結果は十八位の惨敗だ。今年こそはって期待しても、結局何十年も本選から遠ざかっている。なのに、たかだか二カ月集まっただけのチームで、総合三位以上に入るだなんてどうやって納得しろっていうんだよ」

「だけど、可能性は認めるだろ」

隼斗の問いに、周人はこたえなかった。

「納得するかしないかは、周人が自分で決めることだ。俺たちが、説得するようなことじゃない。だけど、俺たちは本気でチャレンジしようと思ってるんだ。だから、俺たちの前で、今日みたいな手抜きをして欲しくない。みんなの士気に関わるから」

隼斗は静かに周人の横顔を見据えた。

返事はない。

隼斗は言葉を継いだ。「本選の沿道にはさ、溢れんばかりの応援のひとたちがいるんだぞ。その前で、俺たちはオープン参加だからこれでいいんだって、そんなぬるい走りを見せたいのか。流した走りと、ひとりでも抜こうと全力を尽くす走りでは、全然違うだろ。チームメイトや家族——。そういう大事なひとたちに、必死で頑張ってる姿を見せたくないのか。正式記録じゃないからとか、オープン参加だからとか、そんなのはルール上のことであって見てるひとには関係ないんだよ。箱根駅伝は真剣勝負の場だろ。だったら、そこに参加する以上、俺たちも真剣勝負で挑むべきだと思う。だから、俺はいまのチーム方針を尊重し、甲斐監督の考えに賛同する。みんなはどうだ」

拍手が起きた。晴や弾、圭介は立ち上がって拍手している。

「どうする、浩太、周人。星也も」

いまや憮然《ぶぜん》としている浩太たちに、隼斗は問うた。

三人からの返事はない。

気まずい雰囲気が漂いそうになったとき、

「そんな顔してないでさ、一緒にやらないか」

兵吾が声を掛けた。「最初からみんな同じ意見じゃなくていい。こういう話し合いがあってチームがまとまってくんじゃないのかな」

兵吾らしい前向きの意見だが、浩太はつまらなそうに前を向いたまま反応しなかった。周人も険《けん》のある横顔を見せたまま黙している。星也は俯《うつむ》き、机上の一点を見据えたまま動かない。

「いろいろ意見を交換できたのはよかったし、お互いの考え方は理解できたと思う」

隼斗は、このミーティングをそう総括した。「みんながひとつの思いでいることの難しさを、いま感じている。だけど、これを乗り越えていきたい。だから、浩太も周人も、星也も、もう一度よく考えて欲しい。そして、必要なら相談して欲しい。俺は喜んで話し相手になるし、ここにいる全員がきっとそうすると思う。そうだよな、みんな」

拍手が返事だった。

「じゃあ、ミーティングはこれで終わるけど、何か言い残したことはあるか」

浩太たち、そして他のチームメイトを見回したが挙手はなかった。

「来週、来ますかね、あの三人」

散会した後、選手たちが部屋から退出していくのを見送った計図が不安そうにひとりごちた。

兵吾も難しい顔をして腕組みをしたまま頬を硬くしている。まさかとは思うが、隼斗の胸にも一抹の不安があった。

だが、他にどうすればよかったのか——。

その答えを見出せぬまま、

「このミーティングのことは、俺から甲斐監督に話しておくよ」

隼斗はため息混じりに立ち上がった。

3

「それで、話し合いはどうだった」

帰寮した浩太を待っていたらしい北野は、監督室を兼ねた自室に招いてきいた。

「みんな賛成してくれると思ったんですけど、そうじゃありませんでした」

静かな怒りの気配が揺らぎ、

「ほう」

という皮肉っぽい返事がある。「お前、きちんと話したんだろうな」

「話しましたし、周人や星也も反対したんですが、他のメンバーたちは全員、チーム方針に賛成で……」

「お前までそれに納得したわけじゃないだろうな」

疑わしげに問われ、浩太はスリッパを履いた足下に視線を落とした。

「いいか、学生連合はオープン参加でしかない、ただのオマケだぞ。参考記録の順位なんか、順位じゃない。意味のないお遊びだ。そのことはいったのか」

北野の勘気《かんき》に萎縮しながら、浩太はうなずいた。

鋭く問うときの北野は、どういうわけか明るい茶色の目をしている。北野は真面目で、冗談をいうようなタイプの指導者ではなかった。神経質で、小さなことにも気を配る一方、自分の思い通りにならないとたちまち機嫌が悪くなる。この清和国際大学の駅伝部で、北野は暴君であり、学生たちに求められるのは絶対服従である。

「他の連中はなんていってたんだ」

「まあその——参考であっても、応援してる人にしてみれば関係ないとか。わかりやすくていいという意見もありました。現実的な目標だというメンバーもいて——」

北野が目を剝《む》いた。現実的、という言葉が聞き捨てならなかったらしい。

「現実的なもんか！」

鋭く言い放ち、「甲斐が同席していたのか」、ふと声を落として浩太の目を覗き込む。

その場に甲斐が同席していたから選手たちが遠慮して本音をいわなかったのではないか——

北野はそれを疑ったのだろう。

「いえ。選手だけで話し合いました」

細められた目に、猜疑心《さいぎしん》が浮かぶのを見て、浩太は遠慮がちに問うた。

「来週からの練習なんですけど、どうすればいいでしょうか」

「そんなことはお前が決めろ」

突き放した答えがあった。「ただし、お前が行かないなら、俺も行かない」

「監督も、ですか」

思いがけない北野の答えに、浩太は戸惑った。

「そりゃそうだろう。自分の教え子がいないチームになんか参加して何の意味がある。俺のように現実的な指導者がいない方が、甲斐もやりやすいだろうしな。甲斐や大沼先生にしてみれば願ったり叶ったりさ」

それだけいうと、両手でぽんと自分の膝を打って北野は立ち上がった。

「もういいぞ」

このチームでは、すべてのことを北野が決める。練習のメニューから選手の選抜、寮でのタイムスケジュール。そして、こうした打ち合わせの終わりまで。

「失礼します」

浩太は一礼し、わだかまるものを持て余したまま、北野の部屋を辞去した。

4

「隼斗さん、これご覧になりましたか」

十キロほどのランニングを終えて寮に戻った隼斗に、計図が差し出したのは『月刊陸上ファン』という雑誌であった。

ランニング関係を扱う雑誌は数あれど、中でも大きな影響力を持つといわれる老舗雑誌だ。

「今日発売された号なんですけど、学生連合チームのことが語られてるんです」

計図が開いて見せたのは、八ページにも及ぶロング・インタヴュー記事だ。

インタヴューに答えているのは、今年の箱根駅伝で優勝候補の筆頭と噂される東西大学駅伝部監督の平川庄介《ひらかわしょうすけ》であった。

「ここです」

――いまの箱根駅伝に課題があるとすれば、どんなことだと思いますか？

計図が指し示した箇所は、聞き手のそんな質問から始まっていた。

――私は箱根駅伝は全国区にすべきだと前々から主張しているんです。

平川はそう告げ、持論を展開している。

――これだけ全国で注目されている国内の陸上競技はありません。ところが、箱根駅伝に出場しているチームは、関東学生陸上競技連盟（以下、関東学連）に加盟している大学から選ばれているわけで、つまりは関東というローカルな地域に限定された競走なんです。全国に視野を広げれば、ここに出られないけれども強い大学はたくさんあるわけで、そういう存在を忘れていませんか、と。箱根駅伝で勝ったからといって日本一とはいえません。

「次です、次」

指でなぞりながら読んでいる隼斗に、計図は先を促した。

――本当に強いチームが出られない一方、さして強くもない関東学生連合チームなどというものを出場させているのも、どうかと思います。関東学連は、予選会で敗退したチームから選手を選抜し、できるだけ多くの選手に箱根駅伝を経験させてやりたいという考えなんでしょうけど、如何せん、弱すぎる。なんのために出場しているのか、わかりません。しかも、出場させておきながら記録は参考にしかしないという。これでは選手のモチベーションだって保てないし、弱いチームがますます弱くなるだけで、ひとつもいいことがない。こんなチームを加えるのなら――

「――関東以外の大学から強豪校をひとつ選んで走らせた方がずっと競技が引き締まるはずです、か。言いたい放題だな」

隼斗はため息まじりにいった。

関東学連に向かって公然と批判的なことがいえるのは、強豪校を率いる平川だからである。

また、平川の意見は、おそらく多くの陸上競技関係者が傾聴するはずで、陸上競技界の世論形成に一定以上の効果があるに違いない。

「問題はその先です」

計図が眉を顰《ひそ》めた理由は、すぐにわかった。

——今年の関東学生連合チームは、明誠学院大学の甲斐真人監督が率いることになっていますが、これはいままでになかった新たな問題を提起したように思います。

そう平川は続けていた。

——明誠学院大学は、予選会まで諸矢監督が率いていました。諸矢監督が突如勇退され、後任として指名されたのが甲斐監督です。いまの規定では問題ないと判断されたようですが、実際に予選会を指揮していない監督が関東学生連合チームを率いていいんでしょうか。しかも、甲斐監督は長く陸上競技を離れてビジネスに身を投じていた、いわば素人です。そんな監督に、大切な選手を預ける大学側の身にもなってみてください。素直に、はいそうですか、と承服できるものではありません。聞くところでは、今年の関東学生連合チームの目標は本選三位相当以上だそうで、もはや失笑しかありません。箱根駅伝に全力を賭してきた本気の戦いがどんなものか、まったくわかっていないどころか、馬鹿にしているのではないかとすら思えます。名選手、必ずしも名監督にあらず、ですね——。

「監督はこれ、知ってるのか」

雑誌から顔を上げて、隼斗はきいた。

「わかりません」

深刻そうに表情を曇《くも》らせた計図を見て、隼斗は小さく舌打ちした。

「どうします、隼斗さん」

「後で、監督と話してみる。学生連合チームの運営にも影響が出るかも知れないから」

計図と別れ、自室に戻りながら、隼斗はこの成り行きを呪った。

ただでさえ、学生連合チームは問題に直面し、先行きには不透明感が漂っている。これに第三者の甲斐批判が加われば、選手たちの動揺を招く結果になりかねない。

平川監督は歯に衣着せぬ発言で有名だが、本選前のこの時期に名指しで参加チームの監督を公然と批判してみせたことには首を傾げたくなった。プロの世界ならともかく、アマチュア競技の、しかも教育的立場にある者として、浅慮に過ぎはしまいか。

隼斗が甲斐のいる監督室をノックしたのは、それから間もなくのことである。


「監督、お話があります」

監督室に入ってもまだ、どう話を切り出したものか、隼斗は迷っていた。

話さなければならないという使命感だけでここに来たものの、話す内容は甲斐にとっておそらく一番触れられたくないことでもあり、下手をすれば機嫌を損ねるのではないかという気もしたからだ。

ジャージ姿でノートパソコンを広げていた甲斐は、「おお」、と小さく顔を上げると、デスクから問うような眼差しを隼斗に向けてきた。

「実はその――この雑誌のことなんですが」

持参してきた雑誌を胸の前で掲げてみせたところで、隼斗は言葉を飲み込んだ。

甲斐のデスクの上に、同じ号の『月刊陸上ファン』が置いてあるのを見つけたからだ。付箋《ふせん》も立ててあって、すでに目を通したらしいとわかる。

「平川監督のことか」

案の定、甲斐は察し良くきいてきた。

「そうです。ご存じでしたら別にその……。ただ、本選前に特定のチームや個人を攻撃するような発言というのは、いくら平川監督でもやり過ぎだと思うんです。何らかの形で反論した方がいいんじゃないでしょうか」

学生連合チームには兵吾や計図らが立ち上げたSNSのアカウントもあり、甲斐にその気があるのなら、しかるべき反論を掲載することもできる。

ところが――。

「言いたい奴には言わせておけ」

甲斐はそうひと言いっただけで、別段、取り合うつもりはなさそうだ。

「それはそうかも知れませんが、どこかで釘を刺しておかないと、同じような中傷をまたされるかも知れません」

「いちいち反論しても意味がない。どのみち、本選で答えが出る」

甲斐は、達観していた。「自己主張が強く、相手の気持ちや事情など一切頭にない。そして、自分のやり方がすべて正しいと思い込んでいる。何をいったところで、聞く耳はもたないさ。それより隼斗、これを見たか」

そういって甲斐は、デスクにあった雑誌を手に取ると、あるページを開いて隼斗に見せた。付箋《ふせん》が立ててあるページだ。

てっきり、平川監督の記事かと思いきや、そこに掲載されているのは小さな囲み記事であった。

「富岡和人《とみおかかずと》……」

箱根駅伝OBとして紹介されている。甲斐に目で問うた。

「かつて箱根駅伝で活躍し、その後実業団で活躍したランナーだ。その記事を読むまで私も忘れていたが、周人のオヤジさんだ。目黒教育大の中川《なかがわ》監督にもさっき確認した」

「周人の……」

「なあ、隼斗」

改まって、甲斐は身を乗り出した。「一度、周人と話してみてくれないか。これは私の勘だが、このオヤジさんとのことで何かわだかまっているかも知れん」

「どういうことですか、監督」

「いや、中川監督がちらりといってたんだが、オヤジさんとはいろいろあったらしい。学生連合チームでの周人のスタンスと無関係じゃないような気がするんだ」

記録も残らないのに、目標設定されても無理がある——と周人は初回合宿のアンケートで書いていた。先日選手だけで開いたミーティングでの態度も、隼斗には気になっている。

「わかりました。ですが監督、そもそも周人、合宿に来るでしょうか」

隼斗は胸の内に浮かんだ懸念を口にした。周人だけでない。浩太や星也も、学生連合チームから離脱するかも知れない。

「来るさ」

なんの根拠があるのか、甲斐のこたえは楽観的であった。「ランナーなら、必ず来る。このチームにはそれだけの意味がある」

第七章　チーム断層

1

結果的にいうと、甲斐の言葉は正しかった。

浩太も周人も、そして星也も、週末の合宿にいつも通り顔を出したからである。

だが、何かが違っていた。

誰もが前回のミーティングなどなかったかのように気を遣い、口にせず、それまで通りに接しようとしている。腫れ物に触るような気遣いが逆に浩太らを頑《かたく》なにさせ、目に見えない亀裂の存在を際立たせるのだ。

練習に臨む浩太らの態度も相変わらずで、隼斗は、それにどう接したものか判じかねた。

注意すべきか、見て見ぬふりか。

本来は前者だろう。

だが、自分がどういおうと、浩太らが態度を変えるつもりがないことを、隼斗は心のどこかで感じ取っていた。

いや、隼斗だけでなく他のチームメイトもそう思っている気がする。

浩太らの存在は、チームの士気を下げ、ともすれば集中力を削《そ》ぐ要因だ。隼斗はいま、チーム内に出来た断層をまざまざと目の当たりにした気がした。

これでは、まとまるものもまとまらない。

この状況を打開するきっかけが欲しい――。

隼斗が、それを見出したのは、その夜のことであった。

初日の夕食後の自由時間、寮の玄関脇にあるフリースペースでひとりマンガ本を読んでいる周人の姿を見つけたのだ。

椅子やテーブルが並べられたそこは、来訪者が打ち合わせをしたりするためのスペースだろうが、玄関の扉が施錠されたいまは静かで人気《ひとけ》がなく、周人がいるあたりだけスポットライトのような照明が当たっている。

「ここいい？」

近づいた隼斗が、小さな丸テーブルを挟んで周人と向かい合う椅子を指すと、無言の了承があった。

「ラウンジで読まないの？　みんないるけど」

座りながらきくと、周人は少し面倒くさそうに小さなため息を漏らす。

「テレビついてるだろ。集中できないんだよ」

「なるほど」

隼斗はいい、持ってきた『月刊陸上ファン』の最新号を周人の前のテーブルに置いた。その表紙を一瞥《いちべつ》した周人の目がすっと逸《そ》れていくのを見てから隼斗は雑誌を手に取り、付箋を立てたページを広げる。

「この、富岡和人《とみおかかずと》っていう人、周人のオヤジさんなんだって？」

周人の表情がこわばるのがわかった。

「それがどうかしたのかよ」

ぶっきら棒な返事がある。

「いや、別にどうもしないけどさ。すごいなと思って。こんなすごい選手が父親だなんて、うらやましいよ」

「うらやましくなんかないよ」

刺々《とげとげ》しい言葉が返ってきた。「面倒くさいだけだ」

「そうかな」

隼斗は、反論を試みた。「いろいろアドバイスしてもらったり出来るじゃん。箱根のこと話してもらったりさ」

「あのオヤジがアドバイスなんかするもんか。俺のことなんか、まったく認めてないんだから」

背後にあるワケ有りの父子関係を、周人はそれとなく漂わせた。

「認めてない……。どうして？」

周人は吐息を漏らし、読んでいたマンガ本をテーブルに伏せて置くと、

「オヤジにしてみれば、俺なんか平凡なランナーだからさ」

そういって自嘲してみせる。〝流しの素浪人〟風、無頼派のイメージのある周人の心の内を隼斗は初めて見た気がした。

「平凡じゃないと思うけど」

「平凡なんだよ」

少しムキになって周人はこたえた。「俺ぐらいのランナーはいくらでもいる。オヤジはもっと上だった。少なくともオヤジ本人はそう思ってる」

「たしかにオヤジさんは立派なランナーだと思うけど、それはそれでしょ」

「お前にはわからないよ」

突き放した言葉に、この男の悩みが透けてみえる。「子供の頃から、オヤジみたいなランナーになれとかいわれてさ。なんでもかんでもオヤジと比べられるんだ。うんざりさ。俺はいままでなんとかオヤジを超えようと思ってやってきた。目標は、オヤジが取れなかった区間賞を取ることだった。ところが、ウチのチームは予選会で敗退。俺もオヤジに敗退したってわけ」

「学生連合チームで出ればいいじゃないか。それで区間賞を狙えばいい」

「意味ないよ」

隼斗の提案を、周人は一蹴した。「オヤジが認めるのは正式な記録だけだから。オープン参加でしかも参考記録なんて、論外さ」

「なるほど。だから反対なんだ、このチームの目標設定のこと」

返事は無い。だが、周人の中にも、迷いがあるのではないかと隼斗は思った。このチームに溶け込みたい、走りたいという気持ちはきっとどこかにはある。しかし、走ったところで父親やその周囲の人たちに認められることはない。そこに周人の抱える葛藤があるのではないか。

「オヤジさんはオヤジさん。切り離して考えられないの？」

むすっとして、周人は押し黙った。隼斗は続ける。

「正式な記録だけが評価されるっていうのは、オヤジさんの考え方だろ。それって、結局のところオヤジさんの価値観に周人も染まってるってことだよね。周人もオヤジさんの考えが正しいと思ってるんだ」

頬のあたりを硬くして、周人は言葉を発しない。硬直した表情が動いたのは、

「もっと自由でいいんじゃないのか」

そう隼斗がいったときだった。「肩肘張らずにさ、自分がやりたいようにやればいいと思う。周人はオヤジさんのために走ってるわけじゃないだろう。どう思われようと、自分のために走ればいいんじゃないかな」

反論はなく、鋭い眼光を薄闇のどこかに結びつけたままだ。隼斗の意見をどう受け止めたのかもわからない。

「ごめんな、余計なことといって」

隼斗はひと言詫びると雑誌を手に、立ち上がった。固まったように身動きしなくなった周人に声をかけ、隼斗は静かにその場から離れていく。

「今、周人と話してきた」

ラウンジに戻った隼斗は、兵吾と計図のふたりに、周人とのやりとりを話して聞かせた。

「親子の葛藤か。さもありなんだけど、そんなことのためにチーム練習に身が入らないなんて、結局、自分が損するだけなんじゃないかな」

兵吾は生真面目に思いを口にし、「ところで、キャプテン」

改まって隼斗を向くと話題を変えた。「耳に入れたいことがあるんだけど。問題が起きたかも知れない」

語られたのは、チーム内で起きた、ちょっとした〝事件〟だった。


それは――午後の練習後のことであったという。

仲のいい弾と丈のふたりが遅めのシャワーを浴びた後、ロッカールームで雑談をしていたらしい。

「他に誰もいないと思ったんで」

というのが、後で事情をきいた丈の言い分である。

そのとき――。

「そやけど、浩太さんたちのいい加減な態度ってないよね」

気を許している相手ということもあって、弾がついつい胸の内を口にしたらしい。浩太や周人、星也の練習スタンスを苦々しく思っているチームメイトは少なくない。誰にも不満は溜まっていたはずだ。

「ほんとうだよ。やる気ないなら出てこなきゃいいのに」

案の定、丈も同調した。「だいたいさ、この前皆で話し合ったのに、まったく態度変わんないじゃん。なんのための話し合いだったかわからないよな。甲斐監督になんとかしてもらいたいわ」

「本当はそうしたいところやけど、北野コーチの前では言いにくいんちゃうか」

「それはあるかも知れない」

監督、コーチ陣が一枚岩ではないことは、それとなく選手の間にも伝わっている。

「でもさ、結局、浩太さんたちが選ばれること、ないで」

弾は決めつけた。「あんな態度の選手がもし選ばれたら、俺らが納得できひんもん。甲斐監督もそれぐらい考えてはると思うけど」

「俺もそう思うよ、だいたい……」

丈がいいかけたとき、誰もいないと思ったロッカーの向こう側で物音がした。ふたりがはっと口を噤《つぐ》んだのは、その背後から浩太が現れたからだ。

ルーム内に反響するほどの声で話していたから、内容が浩太の耳に入っていないはずはない。ロッカーを隔てて、浩太は弾と丈の悪口を耳にしていたことになる。

何もいわず、浩太は憮然《ぶぜん》とした表情のまま、ロッカールームから出ていったという。

兵吾の報告に、隼斗は嘆息した。

こうした綻《ほころ》びをどう修繕するか。その術《すべ》を見いだせぬまま、チームは合宿二日目に突入したのであった。

2

異変が起きようとしていた。

合宿最後の練習メニュー、ハーフマラソンだ。

十五キロを過ぎたあたりで、隼斗はいま自分の前を走っている男の背中を目で追っている。浩太だった。

先頭はいつもの圭介と大地のふたり。中盤過ぎからスパートをかけて競合相手を振り切り、ついいましがたまで隼斗は三番手を走っていたのだが、その隼斗を抜き去った者がいた。

それが、いま目の前を走っている浩太だったのである。

いままでの練習態度からすれば、考えられない展開といってよかった。

その背中を抜き返そうと思うのだが、難しかった。それどころか、浩太との差はジリジリと開こうとしている。

浩太がペースを上げたのだ。

アップダウンのある自然公園内のコースから、ふたたびキャンパス内に戻ってきた。さすがに疲れたか、一瞬、浩太のペースが落ち、開いた差がすっと縮まろうとしている。それで隼斗にもチャンスが出てきた。

仕掛けたのはトラックに差し掛かる直前だ。

最後の力を振り絞り、そこで隼斗は一気に前に出た。浩太を抜き返す。

そのままトラックに戻り、規定の周回を終えて、フィニッシュを迎えた。四位の浩太とは一秒も違わなかったかも知れない。

練習とはいえ、いいレースだった。

いま浩太は緩やかに失速し、悔しげな眼差しを隼斗に向けている。

「ナイスラン」

そういって隼斗が右手を差し出す。

浩太の手が伸び、さっと握り返した。お互い、それ以上は無言で健闘を称《たた》えると、浩太は悔しさを隠そうともせず芝生に座り込む。

その様子を見ていた甲斐がうなずき、隼斗にサムアップしてみせた。同じく親指を立てて応えた隼斗だが、ふと、甲斐の横で目に冷ややかな色を浮かべている北野の存在に気づいてはっとなった。

北野の視線が向けられているのは、隼斗ではなく、浩太だ。

次々と選手たちがフィニッシュに飛び込んできている。

七番手でフィニッシュしたのは、周人だった。続いて、星也。前回、つるんで最後尾を走っていた三人だが、浩太の思いがけない奮闘に刺激されたかのようだ。

この変化に、チームの誰もがひそかに瞠目《どうもく》しているのがわかる。拓も天馬もだ。

何かが、変わろうとしていた。

「いいレースじゃないか」

全員のフィニッシュを見届けた大沼のひと言に、甲斐も満足そうにうなずいた。

「素晴らしい練習になったと思います」

「そうだよな、北野くん」

大沼は、傍らに立つ北野にあえて問う。「浩太たちのことは心配したが、チームにも良い刺激になったんじゃないか」

北野から曖昧な声が漏れたかと思うと、小さな舌打ちが続いた。

前回、面と向かって甲斐とやり合ってからというもの、北野は、このチームに対する違和感を明確にしてきた。そうした手前、浩太らが全力を尽くしたこの結果が気に食わないのは明らかだ。

「君がいうように、選手たちはクレバーだ。自分たちで修正して正しい方向に進む。我々はその自主性を期待して見守ればいいんだよ」

鷹揚《おうよう》にうなずきながら大沼はいった。「チームの方向性が間違っていないということは、彼らの走りが証明している」

「そうですかね」

北野は疑問を呈した。「練習に全力を出すことと、チームの方向性を認めることとは違うんじゃないですか。本心では納得していなくても、とりあえず他の連中に合わせたってところでしょう」

負けず嫌い故《ゆえ》の屁理屈に、大沼は驚いたように、年下のコーチを改めて見やる。

「私は、現実主義者ですから。夢とか、そういうものは信じないようにしてるんです」

「君も頑固だな」

「それは気の毒に」

とぼけた大沼の反応に気分を害したか、北野はその場を離れていった。

「ある意味正直な男だ」

その背中を見送りながら、大沼はいった。「言うことと考えていることが違う人間は大勢いるが、少なくとも、彼は違うな」

甲斐は、そうですね、というに留めた。

北野は、教え子である浩太のところに行くと、何事か話しかけている。

浩太の表情が曇っていた。

「考え方や主張ってのは、ひとそれぞれだ」

その様子を見ながら、大沼はいった。「我々はそれを認めないといかん。だが、それを認めるのは実に難しい。他人を認めるより、否定する方がはるかに簡単だからな」

「でも、いつかは答えがでます」

甲斐はこたえた。「少なくとも、この陸上競技の世界では。北野さんだけでなく、我々もまた、その例外ではありません」

「なにせ、厳しい世界だからな」

大沼はひょいと肩を竦《すく》めてみせるとその場を離れ、選手たちひとりずつに声をかけては、気づいたことをアドバイスし始めた。

3

「失礼します」

浩太が監督室に入ったとき、北野は不機嫌な表情で肘掛け椅子に背を投げていた。

――ちぐはぐな態度、取るなよ。帰ったら、俺の監督室に来い。

それが、ハーフマラソンを終えた浩太に、北野がかけた言葉だった。

〝ちぐはぐな態度〟が何を意味するかはわかる。

学生連合チームの方向性に反対なのか、賛成なのか。反対したのなら、最後まで抵抗しろと、北野はいいたいに違いなかった。

「お前、どういうつもりなんだ」

ドアの前に立ったままの浩太に、北野は唐突な質問を向けた。「学生連合チームとどう関わるつもりだ」

どう答えていいのか、浩太は迷っている。

陸上競技に携わるものとして、「記録」は絶対的な存在だ。記録のために練習し、レースに出、記録によって自らの価値が決まる。

そう浩太は教えられてきたし、それこそが競技者にとっての真実だろうと思う。

だが、学生連合チームがやろうとしていることは、そうした「常識」の破壊であった。

記録には残らないものへの挑戦――。それは、なんのために走るのか、という根本的な問いかけにも等しいものだ。

それに浩太が賛同できなかったのは、いままで北野から教えられてきた競技者としての姿勢、マインドからあまりにかけ離れていたからである。

しかし、浩太はひとつ勘違いしていた。

学生連合チームに参加している選手たちは、本心では違和感を抱きながらも、上っ面だけ甲斐の方針に従っているのではないか――そう思っていたことだ。

ところが驚いたことに、彼らは本気で目標に取り組もうとしていた。

それを知ったのは、自らが提案して開いたミーティングの場である。

あのとき――。

表情には出さないよう気をつけてはいたが、チームメイトたちの反応に浩太は愕然《がくぜん》としたのだ。

同時に浩太が気づいたのは、自分が正しいと思っていた世界が、いかに狭隘《きょうあい》なものであったかということだ。

もっと自由に楽しめばいいんじゃないか。

狭くて堅苦しい、記録至上主義というくびきから解き放たれる、そんなきっかけを得た瞬間でもあった。

「練習に参加した以上、全力を出すべきかなと思いまして」

返事はなく、侮蔑にも似た北野の眼差しだけが向く。それが本心かと、浩太に問うているかのようだ。

昨夕、ロッカールームで聞いた弾と丈の会話のことは、黙っていた。

後輩ランナーふたりの自分への悪口を聞いたとき、浩太は、もう誤魔化しはきかないと悟ったのだ。

彼らは、本気で本選に挑もうとしている。

チーム方針に疑義を投げかけ、気に入らないからといって手抜き練習で自己主張したところで、そんなものは彼らにとって単なる迷惑でしかない。

あのとき浩太は、真剣にやるのかやらないのかの二者択一を迫られた。ランナーとして、ひとりの人間として。

そして浩太が選んだのは、前者だった。

頭で考えれば、それがいかに荒唐無稽なことかはわかる。だが、ひとりのランナーとして、たとえ記録に残らなくても、箱根駅伝の本選に真正面から挑む魅力には抗《あらが》えなかった。

だが、そのことを北野にいっても、理解してはもらえないだろう。

あえてぼかした浩太に、

「そうか」

と北野はこたえ、予想もしなかった言葉を継いだ。「俺は、コーチを降りようと思う」

えっ、といったきり、浩太はしばし北野の顔を見つめることしかできなかった。

「お辞めになるんですか」

「お前も辞めろ」

返されたひと言に、浩太は思わず絶句した。

「あんな練習には意味がない」

北野は断じた。「いまや、甲斐は陸上競技界の笑いものだ。これを見たか」

そういって机上に置かれた雑誌を、北野は見せた。『月刊陸上ファン』だ。

「東西大学の平川さんが、わざわざ甲斐のことを名指しで批判してるぐらいだ。いかに甲斐が迷走しているかわかるだろう。ここにも書いてあるが、そもそも甲斐には監督の資格なんてない。このチームに留まれば、こっちまでとばっちりを喰《く》いかねない」

差し出された雑誌に目を通した浩太は、愕然としたまま、それを北野のデスクに戻した。

平川監督の発言力は大きい。学生連合チームの在り方に疑問符がついた今、北野が辞めるといったところで、誰も咎《とが》めはしないだろう。

「辞任の意向は、明日にでも関東学連に通知するつもりだ。お前も辞退しろ、いいな」

有無を言わせぬ口調に浩太は硬直し、すっと息を呑んで押し黙った。

「ちょっと考えさせていただいてもよろしいでしょうか」

それだけいうのがやっとだった。「同じようにチーム方針に反対している選手もいて、彼らとも話したいと思います」

内面を抉《えぐ》るような眼差しに直面し、厳しく問い詰められるかと思ったが、発せられたのは、

「下がれ」、というひと言である。

部屋から出ようとした浩太を、北野の声が追いかけてきた。

「お前と同じ意見の連中も辞めたがってるんじゃないか。三人一緒に、辞退したらどうだ」

「――失礼します」

返事の代わりに一礼した浩太の腹に冷たいものが落ちた。

俺は、箱根駅伝には出られない――。

その一事が、ふいに重みを増し、胸の奥深くへと沈んでいった。

4

「お忙しいところ、すみません。いま関東学連から連絡がありまして。ちょっとよろしいですか」

大沼はどこかの駅にいるらしく、入線してくる電車の鋭いブレーキ音がスマホを通してかすかに聞こえてきた。

「ああ、いいよ。何かあったか」

甲斐が直接電話を寄越したことで、何か起きたと悟ったのだろう。察しよくきいた大沼に甲斐は本題を切り出す。

「北野さんが、コーチを辞任したいといってきたそうです」

しばし絶句した大沼の背後で、電車の発車ベルが鳴り響いている。甲斐の声は届いただろうか。

そう訝《いぶか》ったとき、

「それで？」

と大沼が硬い声できいた。

「慰留したそうですが、北野さんの意思は固く、翻意は難しいだろうと」

「やりやがったな、北野め」

大沼らしい、いかにもいまいましそうな口調である。「これは物議を醸《かも》すかも知れんぞ」

「覚悟はしています。それで後任なんですが」

「誰になる」

「いえ、断ろうかと思っていますが、いかがでしょうか」

少しの間が挟まったが、「いいんじゃないか」、と大沼は同意した。

「望むところだ。いや、むしろその方がいいかも知れん。船頭多くして船山に登る、だ」

「ありがとうございます。ではそのように関東学連側には伝えます」

大沼との電話を終えてひとつため息をついた甲斐は、傍らで控えている隼斗と計図のふたりを振り返った。

「大沼先生は賛成してくれた。次回の合宿で、チームのみんなには説明するが、問題は――」

「浩太、ですか」

甲斐のいわんとするところを汲《く》んで、隼斗が先回りした。「浩太も辞退するんでしょうか」

「わからない」

深刻な顔になって、甲斐は首を横に振った。「浩太については、関東学連側にはなんの連絡もなかったそうだ」

　もし浩太が学生連合チームを辞退するのなら、それはチームにとっての戦力ダウンになる。それだけではなく、浩太の去就は、周人や星也にも影響を及ぼす可能性すらあった。

「ぼくから浩太さんにメールしてみたんですが、まだ返事はありません」

　計図が眉を顰《ひそ》めた。「嫌な予感がします」

「ここで悩んでいても仕方が無い。起きてしまったことは起きてしまったことだ。とりあえず、力を合わせて切り抜けよう」

　甲斐からは前向きの発言があったが、隼斗は胸に広がった落ち着かない気分をどうすることもできなかった。

　チーム運営への不安は、転じて北野に対する苛立ちにもつながる。

　自らの辞任がどれほどチームにとって打撃になるか、選手たちの気勢を削ぐことになるか──そういったことを考えなかったのだろうか。

　関東学連担当者の話によると、辞任の理由は、チーム運営方針についての考え方の相違だというのも気になった。

　見るひとによっては、『月刊陸上ファン』での平川の主張を裏付けるものに映るだろう。甲斐にとっても、学生連合チームにとってもマイナスになる。

　うまく切り抜けられればいいが──。

　その隼斗の思いが、早々に裏切られたと知ったのは、それから数日後のことであった。

5

「徳重さん、これご覧になりましたか」

局内の打ち合わせを終えた徳重が戻るのを、どうやら菜月は待ち構えていたようであった。最初に見せられたのはノートパソコンの画面に映ったネット記事だ。

――北野コーチ怒りの辞任。箱根駅伝、学生連合チームの迷走
「なんだこれ」

タイトルだけ読んで、徳重は顔を上げた。

「清和国際大学の北野監督が、学生連合チームのコーチを退任したそうなんです。その北野監督のインタヴューをまとめた週刊誌のネット記事なんですが」

一読した徳重は大きく息を吸い込み、腕組みをして考え込んだ。

〝率いる資格も、監督経験もない素人監督が、荒唐無稽な目標を立てて学生たちを従わせようとしている〟

とくに気になったのは、その一文だ。

「抗議辞任ってやつか」

「先日の『月刊陸上ファン』のインタヴュー記事でも、東西大学の平川監督が同じようなコメントをしているんです」

「学生連合チームの目標は本選三位以上、だっけか?」

次に菜月が差し出したその雑誌を一瞥して、徳重はきいた。

「実際、我々も馬鹿にしたよな」

先日の会議でのことだ。学生連合チームの取材に出向いた安原のウケ狙いの報告に、笑いが起きた。結局、誰もが学生連合チームのことをまともなチームだと思っていない証左である。

もっとも、その小馬鹿にした態度が、当該チームのコーチにまで及んでいたとは驚きだが。

「学生連合チームがどんな目標を立てようと、それは部外者があれこれいうことではないとは思いますが、なんというか――」

菜月は言葉を選んだ。「コーチを辞任して、こうしたインタヴューで批判するというのもどうかと思います。ただ、いわれても仕方の無い部分もあるのかも知れません。実際、甲斐監督は予選会を率いていませんし」

「まあ、そうだな」

うなずいた徳重は、「それでどうするつもりだ」、と問うた。「この問題をウチの関連番組でも取り上げるつもりか」

「いいえ。ただ、こうした批判があるということは認識しておく必要はあるかと」

徳重の脳裏に、甲斐について語った和久田玲《わくたれい》の記憶が蘇った。

信じられるものを探して、甲斐は、監督業に身を投じたはずだ。

だが、待ち構えていたものが、こうした――ある意味、裏切りだったのは皮肉としかいいようがない。

北野のことは知っているが、神経質な粘着タイプの指導者だ。細かなことに固執し、時としてモンスターになる。どこかで気持ちのボタンを掛け違うと、怒りが増殖して周りが見えなくなるところのある男だという認識は持っている。

その北野の言い分を鵜呑《うの》みにし、ネットの閲覧数を稼ぎ雑誌を売りたいが故に、マスコミが面白おかしく書き立てたのがこの記事といえるだろう。なまじ正論に聞こえるだけにタチが悪い。マスコミが事件を作り、煽《あお》る。この記事はその典型だ。

「感心しないな」

徳重はいった。「学生連合の目標が北野監督にとって非現実的でも、選手がそれに納得して取り組んでいるのであれば、なんら問題はないはずだ。なのに、この記事はその肝心なところは取材せず、一方的な言い分ばかり載せている。マスコミが自分たちの利益のために、世間をミスリードする小賢《こざか》しさを感じるよ。学生連合チームの主体が学生で、彼らはアマチュアだということすら、きっとこの書き手の頭にはないだろうな」

ネット記事の下には、ネット民たちの感想が数百もついていた。中には徳重と同意見のものもあるがそれは少数で、多くは北野に賛同し、甲斐を非難するものばかりだ。

「辛島さんがいうように、箱根駅伝は、ただ美しいだけの青春物語じゃないってわけだ」

徳重は嘆息して、雑誌を菜月に返した。「ならば俺たちは、事実を事実のまま伝えようじゃないか。真のドラマはロードレースの中にある。プロレスじゃあるまいし、こんな場外乱闘に何の価値がある」

6

明誠学院大学の寮の歓談室に思い詰めた表情の計図がやってくるなり、

「隼斗さん。またですよ」

差し出したのは、『夕刊シャカイ』であった。駅やコンビニで売られている夕刊紙だ。

広げたスポーツ面に、甲斐の学生連合チーム監督就任や運営方針に対する批判記事が載っていた。これで何紙目だろうか。

『月刊陸上ファン』が発売されて以来、ネットも含め、甲斐批判の声があちらこちらで上がるようになっていた。

「この記者、取材のときには平川監督の批判のことはひと言もきかず、学生連合チームのことを中心に当たり障りのない質問ばかりしていたんです。てっきり、うちのチームにとって前向きな記事を書いてくれるのかと思ってました」

実際に出てきた記事は、そのときの甲斐の発言をうまくつなぎあわせ、平川の批判がいかにも妥当であるかのようなあざとい構成になっていた。

「だまし討ちですよ」

計図は口調に悔しさを滲ませた。「単なる話題作りのために甲斐監督を一方的に批判するなんて、フェアじゃないです」

言いたい奴には言わせておけ――。

甲斐はそういったものの、内心、穏やかであるはずはない。平川による批判の後、それまで見向きもしなかったマスコミからの取材の申し入れが増えていた。

「取材、もう受けない方がいいんじゃないか」

「それが……」と計図は、困惑の表情を浮かべた。

「ぼくもそういったんですけど、監督は、申し込まれた取材にはすべて対応するとおっしゃるんです。中には理解してくれる人もいるだろうし、それが監督としての務めだからって」

取材を受けるかどうかは甲斐が決めることで、隼斗が口出しすることではない。それはそうなのだが、

「人が好《よ》すぎないか」

隼斗が天井を仰いだとき、

「おい、隼斗」

声が掛かって振り向くと、友介が歓談室に入ってきたところだ。新主将の研吾も一緒である。

軽く手を上げて応じた隼斗だが、友介がその『夕刊シャカイ』を手にしているのを見て、内心舌打ちした。

「ちょっと話があるんだけど。計図も聞いてくれよ」

友介はいい、隼斗たちの返事を待たず歓談室の椅子を引いてかけた。硬い表情の研吾がその隣に座り、テーブルを挟んで隼斗たちと向かい合う。

案の定、友介は手にした新聞を手荒にテーブルに置き、

「あのさ、もう——甲斐さん、限界なんじゃないか」

そういった。

「限界、とは？」

「これだけ叩かれてるのに、言い逃れもできないじゃないか」

「言い逃れ？」

ひっかかるものを感じて、隼斗は聞き返した。「監督は間違ったことをしているわけじゃない。批判的な記事やSNSでの誹謗中傷には一切、反論しない方針なだけだ」

「反論できないからだろ」

友介は決めつけた。

「違う。反論すべきことじゃないからだ」

感情の一端を露《あら》わにして、隼斗は友介に強い視線を向けた。

そのやりとりの脇では研吾が押し黙り、表情を消している。

「そうかな。誰がどうみたっておかしいだろ。ウチのOB会でもいま大問題になってるんだぜ。知らないだろ、隼斗」

驚いた隼斗に、友介は勝ち誇った視線を向けた。

「年明けのOB総会で、監督人事の見直しを求める方向で調整するってさ。たぶん、甲斐さんは監督ではいられなくなると思うぜ。監督のポストっていうのは、経験のないひとが出世の道具として務めるようなものじゃないってことだよ。なあ、研吾」

同意を求められ、研吾は落ち着かなく体を揺すると、曖昧な返事をした。

研吾自身、甲斐の監督就任の是非について判断しかねているのがそれとなくわかる。

「なあ友介、ひとついっておくけど、甲斐監督は、連合チームの監督として申し分ない指導をしている。お前らはバカにしてるけど、俺たちは甲斐監督が掲げた目標に向かって真剣に取り組んでるし、それはコーチを引き受けた大沼さんも同じだ」

隼斗は反論したが、

「なにいってんだよ。清和国際の北野監督なんか〝怒りの辞任〟だそうじゃないか」

友介はまったく聞く耳を持たなかった。

「それは――」

隼斗がいいかけたとき、

「なんでもっと温かく見守っていただけないんですか、友介さん」

計図が異議を唱え、いつになく険しく鋭い眼差しで友介たちを睨み付けた。「たしかに、甲斐監督は、経験と実績がないかも知れません。だからといって、マスコミが一方的に書き立てたことを鵜呑みにして、頭ごなしに批判するのはやめていただけませんか。友介さん、連合チームがどれほど真剣に取り組んでるかご存じなんですか。そういう努力を見もしないで、マスコミに煽られるまま批判的なことをいわないでください」

「なんだよ、計図」

友介の目の中で怒りの焰《ほむら》が揺らいだが、計図は一歩も退《ひ》かない構えだ。

「ぼくは、事実を見て欲しいだけです。友介さん、自分の目で見て、判断してないじゃないですか。甲斐監督にライバル意識を燃やす平川監督は、あちこちで甲斐批判を展開しているし、北野監督は、甲斐監督を端《はな》からバカにしていて、挙げ句、一方的にチームを見捨てて去って行ったんです。事前にひと言の断りもなく。チームの迷惑も考えていない。そういう人たちのやり方こそ、指導者として相応《ふさわ》しくないと、ぼくは思います」

「計図、もういい——」

隼斗は、右手を挙げて計図を制した。

普段、冷静沈着な計図の怒りに少々面食らったか、友介から反論の言葉は出てこなかった。

「隼斗さん、すみませんでした。計図も、ごめん」

詫びの言葉を研吾が口にしたが、友介は、仏頂面のままだ。

「平川監督の批判は、ライバル憎しの場外乱闘みたいなものだと俺は思ってる」

隼斗はいい、目の前の新聞に目を落とした。「その新聞の記事も尻馬に乗って、ここぞとばかりに叩いてみせる。正義は我にありってな。だけど、そんな正義はどこにもない。そもそもルール違反はなにひとつないからだよ。そんな中で、俺たちは戦ってる」

隼斗はまっすぐに前を向いた。「別に応援してくれとはいわない。だけど、一方的な批判を頭から信じて騒ぐのはやめて欲しい」

「そうかよ。悪かったな、余計な口出しして」

皮肉めいたひと言を残して席を立った友介は、さっさと歓談室から消えた。

失礼します、と頭を下げ、研吾も追いかけるようにして出て行く。

「すみません、隼斗さん」

ため息交じりにふたりを見送った計図が詫びた。「友介さん、怒らせちゃいました」

「俺の方こそ悪かった。計図にいわせちゃったな」

隼斗はいい、手を頭の後ろで組んで天井を見上げる。一旦こじれたチーム内の人間関係をどう修復すればいいのか——隼斗には相変わらず、その解決策が見えないままだ。

——このまま俺たちは卒業するのかな。

そんな思いが脳裏を過《よぎ》った。箱根駅伝の本選が終わり、学期末テストが終わると例年四年生は寮を出て、それぞれの道を歩み始める。

残された時間はわずかだ。

「信頼関係なんて、壊れるの、あっという間だな」

誰にともなく、隼斗はぼそりとつぶやいた。

7

横須賀《よこすか》駅からバスで十五分ほど揺られた高台に、その建物はあった。

眼下には港に停泊する海上自衛隊の艦艇、湾を挟んだ反対側は米軍横須賀基地だ。

「ここのところ『いずも』が停泊している。いつまでいるかはわからんが」

そういった諸矢《もろや》は、傍らの小さなテーブルに置かれた双眼鏡を隼斗に手渡し、ひときわ大きな護衛艦を指さした。

双眼鏡をのぞくと、全長二百五十メートル近い長さだという甲板が見えた。

「実は今朝まで、アメリカ海軍の『ロナルド・レーガン』がいたんだがな。どこかに出ていった。次にいつ帰ってくるのかはわからん」

「監督、詳しいですね」

双眼鏡を下ろした隼斗は、物の少ないシンプルな室内を改めて見回した。監督だった頃、諸矢の監督室が足の踏み場もない有り様だったのと比べると、嘘のように片付いている。

ベッドにソファ、テレビ。テーブルの上には、隼斗が持ってきた手土産の焼き菓子の箱が載っていた。明誠学院大寮の近くにある洋菓子店のもので、現役時代の諸矢は、随分、その店を贔屓《ひいき》にしていた。いまでも、諸矢への見舞いに持っていくというと、少し多めに菓子を入れてくれる。

「そらそうさ。毎日、眺めてるんだからな。おかげで飽きないよ」

「体調はいかがですか」

声はそうでもないが、この日の諸矢は、幾分顔がむくんでいるように見えた。

「こんなもんさ」

諸矢は軍港に視線を注いだまま静かにこたえる。どこか自分に言い聞かせているかのようだ。

「そっちはどうだ」

逆に問われ、隼斗は一旦足下に視線を落とし、再び窓の外に向けた。

好日で海は穏やかだったが、いま隼斗の内面は、時化《しけ》て荒れ模様だ。

「いろいろありまして」

すでに耳に入っているかも知れないが、諸矢は何もいわずに両手で茶碗を持ったまま、黙って隼斗に続きを促している。

「学生連合チームについて批判する声が上がっているんです」

「ろくでもない連中がいろいろいってるようだな」

諸矢は知っていた。

「実は、OBの間にも、甲斐さんの監督就任に異議を唱える動きがあるようです。年明けの総会で、あらためてその問題を話し合うと」

そうか、とつぶやいた諸矢は目に淋しげな色を浮かべた。

「まあ、彼らにはわからんだろうな」

「監督——」

隼斗はあらためて、諸矢に問うた。「教えていただけませんか。どうして、甲斐さんを次期監督に選ばれたんですか。結局のところ、その理由がわからないから、みんな納得できないんです」

返事があるまで、随分長い沈黙が挟まった。そのまま答えてくれないのではないか。そう思ったとき、

「甲斐は、明誠学院大学の陸上競技部の歴史の中でも、おそらくトップクラスのランナーだ」

諸矢からそんなひと言が出てきた。「そして、すばらしいキャプテンシーの持ち主でもあった。だがそれだけなら同じような選手は他にもいる。甲斐が特別なのは、そういう連中にはない独自の世界観を持っていることだ」

「世界観？」

思いがけない諸矢の言葉に、隼斗は聞き返した。

「甲斐が見ている陸上競技の世界は、俺が見ているものとはまるで違う」

諸矢は印象的な指摘をしてみせる。「勝ち負けだけじゃなく、記録だけでもない。あいつは陸上競技の中に、もっと奥行きのある、俺には想像もつかないおもしろさを見ている」

「どうして、そう思うんです」

興味を抱いて、隼斗はきいた。

「こんなことがあった。甲斐が二年生のとき、出雲《いずも》駅伝でウチのチームは優勝候補といわれながら、三位になった。俺は結果に激怒し、部員たちに怒鳴り散らした。だが、そのレースでアンカーを務めた甲斐は平然としていてな。そして俺にいいやがった。予想された範囲内の結果だったと思います、と」

そのときのことを思い出したのか、諸矢は薄く笑いを浮かべ、参ったなという顔をしてみせる。

「そんなことをいった奴は甲斐が初めてだった。ところが、甲斐は続けてレースの状況について分析してみせたんだ。二年坊主がだぞ」

諸矢は呆れたような口調で唇に笑いを含んだ。

「いつもの俺だったら、怒り狂ったところだが、実のところ俺は、甲斐の話を黙って聞く羽目になった。何に驚いたって、その観察眼だ。よく見てるんだよ。戦況を見通す千里眼みたいなものが、こいつにはあるんじゃないかと思った。怒るどころか、俺は内心、舌を巻いていたんだ。まさに、才能以外の何物でもない。本来は、俺に備わっていなければならない才能だが、目先の結果に感情を爆発させてしまうような俺には、残念ながらそこまでのものはない。だがな、そんな俺だからこそわかるんだ。甲斐のすごさが。あいつには、俺には見えないものが見える。それが視点の高さのせいか、思考の奥行きゆえかはわからない。俺にとってのレースは、勝ち負けの二次元だが、甲斐にとっては別の軸を持つ三次元だ。ついでにいうと発想も豊かで、柔軟性がある。俺の知る限り、あんな学生は後にも先にも甲斐真人ひとりしかいない。監督を退こうと思ったとき、指導者の道を歩んでいる教え子の何人かを候補として考えてはみたものの、どこか物足りなかった。考えれば考えるほど、明誠学院大学陸上競技部の監督に相応しいのは、甲斐真人しかいないと思った。甲斐なら、チームを新たな次元に引っ張り上げることができる。いま必要なのは甲斐なんだ、と」

諸矢の絶賛は、同じキャプテン経験者として隼斗に軽い嫉妬を抱かせるほどであった。

同時に、このひと月ほど甲斐と過ごしてきた隼斗には、諸矢のいわんとするところがなんとなくわかる気もする。

「その話、ＯＢにもしてもらえませんか、監督」

諸矢は静かに首を振った。

「話すのは簡単だが、それでは納得しないだろうな」

「でしたら、米山《よねやま》さんだけでも。友介から聞いたんですけど、米山さんたちが反対されているようなんです。米山さんを説得すれば、ＯＢたちも納得するかと」

米山は、年次でいえば甲斐のふたつ上。四年生のときはキャプテンも務めた人物だ。日頃から積極的にチームに関わっており、ＯＢの間で発言力もある。しかし、

「米山は、甲斐の才能がわかってるはずだ」

諸矢からは、意外なこたえがあった。

「じゃあ、どうして……」

「嫉妬、かな」

諸矢は、首を斜めに傾けながらそんな言い方をした。「甲斐が二年生のときのキャプテンが米山だ。あいつは、自分にはないものを甲斐が持っていることを認めざるをえなかったはずだ。だけど、それが許せないんだよ。負けずぎらいな男だからな」

「個人的な感情ですよね、それって――」

「あのな、隼斗」

改まった口調で諸矢はいった。「内なる感情で、物事を決める奴は、世の中ゴマンといる。嫉妬や怒り、恨み、私利私欲に突き動かされていながら、もっともらしいことをいって相手を追い詰める。そういう連中が権力を握ると往々にしてロクなことにならない。まあ、米山の場

合、そこまで性根は腐ってはいまいが」

「どうすればいいんでしょうか」

隼斗は苦悩し、諸矢に問うた。「このままでは、連合チームも、明誠も、バラバラになってしまいます。なんとかしないと」

「俺にできることには、限界がある」

遠く港の方を見つめている諸矢の視線が、やおら隼斗に戻ってきた。

「チームにとって一番大切なものはなんだと思う、隼斗」

目標だろうか、チームワークか。そんな言葉を思い浮かべたとき、

「――信頼だ」

そんな諸矢のひと言に隼斗ははっとなった。

「チームメイトを信じろ」

「信じる……」

たしかに――いまの隼斗は、仲間をなんとか説得し、動かそうとしてきた。

そんな隼斗の心中を見透かしたような、アドバイスである。

チームメイトを信じる――。

当たり前すぎるほど当たり前のことなのに――俺は信じていたか？

諸矢の指摘は、もっとも身近なものであるべきものを、隼斗に思い出させたのである。

第八章　本選前夜

1

甲斐への批判が相次いだ十二月のその週末、集合時間の午前八時半を過ぎても、選手の中に浩太の姿は無かった。

箱根駅伝本選は刻々と近づいている。

「浩太から何か連絡は？」

隼斗は、さっきからスマホでどこかに電話をかけたりして歩き回っていた兵吾を捕まえてきいた。

「いまのところ何も。何度か浩太のスマホにかけてるんだけど、出ないんだ」

嫌な予感がした。

「まさか、来ないってことはないと思うけど」

兵吾はいったが、瞳は自信なげに揺れ動いていた。

隼斗の脳裏を過《よぎ》ったのは、先週の合宿で積極的な走りを見せていた浩太の姿だった。あのとき——浩太にどんな心境の変化があったかはわからない。だが一方、その態度が北野の意に染まぬものであったろうことも、それとなく想像がつく。

「なんでこないんだよ。北野さんになにかいわれたのかな」

兵吾もそれを疑ったが、単なる憶測に過ぎない。

「関東学連に連絡は?」

隼斗はきいた。

もし——仮に北野同様、学生連合チームから離脱するというのなら、主催者である関東学連に申し出るのがスジだ。

「いや」

兵吾は首を横に振った。「北野コーチからは正式に辞任の申し入れがあったけど、浩太については何もない」

「来たくない気持ちはわからんでもないけどね」

隼斗と兵吾の話をそばで聞いていた周人が、冷ややかな眼差しをグラウンドの外側に向けた。

そこには、いつにない光景が広がっていた。学生連合チームの練習をひと目見ようと集まった十人ほどの観客だ。といっても、その実体はマスコミの関係者たちで、東西大学の平川監督が仕掛けた甲斐批判の世論に便乗しようという意図が透けている。

寮内から甲斐と大沼が連れ立ってグラウンドに姿を現し、いつものように合宿がスタートしようとしていた。

だが、グラウンドのまん中あたりに集まった選手たちの表情はどれも硬く、ぎこちなく見える。

隼斗がそうであったように、この一週間、ここにいる誰もが、それぞれの環境でいま自分たちが抱えている問題に向き合い、悩んできたはずだ。

甲斐への批判、学生連合チームへの問題提起をきっかけにして、バッシングを受けることがどれだけの精神的ダメージを伴うのか、それは受けた者にしかわからない。

この理不尽な状況にどう立ち向かえばいいのか、ほとんどの選手が未整理なまま、この場に立っている。

「みんな知ってると思うが、北野コーチが離脱することになった」

挨拶の後、甲斐が切り出した。十二月の朝の冷気が、さらに厳しさを増していく。

「チームの運営方針を巡る考え方の相違が理由とのことだ。集中しなければならないこの時期にこんな事態を招いたことを、まず皆に謝りたい。すまん」

別に甲斐が悪いとは隼斗は思わない。

おそらく、ここにいる他の選手も誰もそうは思っていないだろう。

それでも、このチームを巡る環境がこの一週間のうちに激変したのは事実だ。自分たちにも、そして甲斐にもどうすることもできない理由で。

「あの――」

遠慮がちに手を上げたのは、大地だった。「浩太さんも離脱するんですか」

大地から少し離れたところでは、弾と丈も切羽詰まった表情で顔を伏せがちにしている。前週の合宿で、自分たちが浩太のことを悪くいったのが原因ではないかと思っているのかもしれない。

「浩太からはまだ連絡がないんだ」

代わりにこたえたのは、大沼だ。「こりゃあ、待つしかない」

選手たちは戸惑い、お互いの顔を見合わせた。

たしかに、チーム方針を巡る浩太の考え方は、みんなと違ったかも知れない。それでも、前回の合宿最後に見せた浩太の走りには誰もが瞠目《どうもく》したはずだ。

浩太がいなくなるとすれば、その穴は簡単に埋められるほど小さなものではない。

「難しい状況だが、集中して行こう」

パンとひとつ手を打ち鳴らした甲斐のひと言で、いつものように集団走が始まった。

ルーティンは同じでも、チームの雰囲気はいままでとはまるで違っている。

気力に欠け、あるいは集中力を失い、時間だけが流れていくかのようだ。まるで指の間から砂がこぼれ落ちていくように。

声を掛け、率先して走り、なんとかチームを盛り上げようとするのだが、気持ちだけが上滑りしていくのを、隼斗は感じた。

目標に向かって、全員が気持ちをひとつにしていた高揚感も、興奮も、いまは遥か遠い出来事のように感じられる。

チームは明らかに瀬戸際に追い込まれていた。

2

午後の練習を終えてグラウンドから寮への階段を上がりかけたときのことだ。

「――青葉くん」

ふいに背後から声がかかった。

振り向くと、四十歳前後の、ステンカラーコートにショルダーバッグを斜めがけにした男が、笑みを浮かべながら近づいてくるところだ。

「『週刊スポルト』ですけど、ちょっとお話聞かせてもらえませんか」

差し出された名刺の名前は、稲垣知典《いながきとものり》。肩書きは「記者」とだけある。

気づくと、練習終了を見計らうように、マスコミの記者らしき者たちが寮内に入ってくるところだった。おそらく、甲斐のコメントを取ろうとしているのだろうことは察しがつく。

「学生連合チームの在り方が問題になってるけど、君ら選手たちはそれについてどう考えてるのかな」

隼斗の返事も聞かず、稲垣は切り出した。

「この取材、マネージャーに話を通してありますか」

ぶしつけな態度に隼斗が警戒すると、

「学生連合チームの取材で、普通、そんな回りくどいことはしませんよ」

稲垣は困ったように薄笑いを浮かべてみせた。「それとも箝口令《かんこうれい》でも敷かれてるの？」

「そんなのはないですよ」

「だったら、いいじゃない。ちょっとぐらい」

馴れ馴れしい口調で、稲垣はいった。軽い笑みは浮かべているが、目には微《かす》かな苛立ちが浮かんでいる。そして、なおも逡巡する隼斗に、

「君ら、アマチュア・スポーツの選手っていうのはさ、社会に対して誠実にこたえる義務があるんだよ」

強い口調で、言い放った。「あんまりお堅いこといってると、良いことないよ」

脅しにも似たひと言だ。

その言葉のとげとげしさに隼斗が身構えたとき、

「おい、いい加減にしろ」

稲垣の背後から声がした。

いつのまに来たのだろう、ひとりの男が稲垣を睨《にら》み付けていた。

初めて会う男だと思う。ところがなぜだろう、どこかで見たことがある気もした。

「アマチュア・スポーツだろうとなんだろうと、取材にはルールってのがあるんだよ」

男のきつい眼差しが稲垣を貫くと、

「辛島《からしま》さん……」

気圧《けお》されたように稲垣がつぶやくのが聞こえた。

――辛島？

「許可も得ないで、脅し半分の取材か。関東学連に報告しとかないとな」

「勘弁してくださいよ。じゃあ、失礼します」

稲垣は隼斗にではなく辛島に軽く頭を下げ、逃げるようにその場から離れていく。その背中が、グラウンドに落ちた宵闇《よいやみ》に紛れていくのを見送った隼斗は、改めて辛島と向き合い、

「ありがとうございます」

礼を言った。

「ああいう奴が、マスコミの評判を落とすんだ」

辛島は吐き捨てるように背後の闇を睨み付けたが、つぎに隼斗を振り返ったときには、何もなかったかのような柔和な表情になっていた。

「はじめまして。大日テレビの辛島といいます」

それで隼斗もピンときた。有名なアナウンサーだ。どこかで見たことがあると思ったのは、きっとテレビのスポーツ中継でだろう。

「明誠学院大学の青葉隼斗です」

自然と自己紹介した隼斗は、「取材でしたら、ご案内します」、そう申し出る。

一般のマスコミと違い、大日テレビはなんといっても箱根駅伝を中継する局であり、箱根駅伝関係者にとって特別な存在だ。

「あの――辛島さんは、一号車を担当されるんですか」

少し興味が湧いて、隼斗はきいてみた。

大日テレビが放送する「箱根駅伝」において、一号車は、常にレースのトップ争いを報じる中継車である。実力派のベテランアナウンサーと有名解説者が、選手たちの戦いぶりを表情や走り方、監督の激励、沿道の応援、様々な角度から全国に伝えるのだ。辛島なら、まさに適任だろう。

だが、辛島は首を横に振った。

「いやいや。私はスタジオからだよ」

つまり、センターアナとして番組全体を仕切るということだ。番組の顔ともいえるアナウンサーである。

「よろしくお願いします」

「こちらこそ」

すぐに計図に紹介すると、

「いつもお世話になっています。マネージャーの矢野計図といいます」

直立不動になって腰を折った。「いま、生憎《あいにく》、甲斐監督が他の取材に入ってまして」

「何人か記者が来てたみたいだね」

ちらりと寮の奥へ視線を走らせて辛島はいった。「それじゃあ、今日はキャプテンの青葉くんの話を聞きたいんだけど、いいかな」

「もちろんです」

ふたつ返事で隼斗は了承して、玄関脇にあるフリースペースのテーブルに案内した。

計図がカップのコーヒーを淹《い》れて辛島の前に置き、自分は少し離れた場所の椅子を引いて控える。立ち会いをするつもりなのだろう。

最初に隼斗のプロフィールや家族の話になった。

家族構成や、陸上競技を目指すことになったきっかけといった内容は、おそらく、どこの出場校の選手たちにも取材していることに違いない。

「チームの状態はどう？　まとまってきたかい」

微妙な質問が発せられたのは、そうしたやりとりである程度打ち解けてきた頃であった。

「いろいろ難しい問題もありまして……」

「例の件、か」

とだけ、辛島はいった。「騒ぎ立てるマスコミもいるからね。私はああいうのは感心しない。もっとアマチュアのスポーツマンシップに敬意を払うべきだと思う」

その反応に、隼斗は少し救われた思いがした。少なくとも辛島は、学生連合チームに対して批判的なスタンスではなさそうだ。

「お騒がせしてすみません」

隼斗は詫び、膝の上で拳を握りしめて頭を下げた。そして顔を上げ、辛島の柔らかい視線に気づいて、どういうわけかふいに——胸を衝《つ》かれた。

その表情の中に、隼斗たち選手に対する理解と愛情を見出したからだ。

不思議な男だった。一見、近寄りがたい孤高の雰囲気を醸《かも》しているのだが、実際に相対《あいたい》してみると、なんともいえぬ優しさがある。この男になら、心の内を曝《さら》け出しても正しく受け止めてくれるに違いない――そう思えるだけの誠実さを、その表情と眼差しが伝えてくるのだ。

「正直、悔しいです」

気づいたとき、隼斗は本音を口にしていた。計図が驚き、隼斗を見つめるのがわかる。辛島は小さくうなずき、静かに隼斗の発言を待っている。

「でも、批判されようと笑われようと、ぼくらは本選に向けて真剣に取り組むしかないです。それは、チームのみんなもわかっているし、目標に向かって全員の力を合わせてなんとか――」

そこで浩太のことが胸を過り、隼斗は言葉に詰まった。

「午後の練習を見させてもらったよ」

辛島がいい、そっと付け加えた。「清和国際大学の松木くんの姿が見えなかったね」

「詳しい事情はわかりませんが、北野コーチが辞任したんで……。でも、ぼくは浩太には来てほしいと思ってるし、みんなも待っています。チームですから」

「なるほど」

そういったきり、辛島はしばし何事か考えた。そして、「君は、松木くんのことはどれぐらい知ってる？」、と意外な質問を発して、隼斗をはっとさせた。

「あまり……知りません」

そう答えるしかなかった。学生連合チームの合宿で顔を合わせ、他のチームメイト同様、週末の二日間を幾度か過ごしてきた。だが、それ以上、浩太と腹を割って話すことも、プライベートに踏み込むことも、隼斗はしてこなかった。

「だったら、話を聞いてやったらどうだい」

辛島はいった。「前回の合宿、彼が最後にみせたスパートは素晴らしかったよね」

「あの時も——ご覧になってたんですか」

驚いて、隼斗は問うた。辛島がそこにいたことに、隼斗はまったく気づいていなかったからである。

「あんな走りを見せる選手が、合宿に現れないというのは、いくらなんでも不自然だ。これは私の勘だが、いま松木くんには誰かの助けが必要なんじゃないか。だとすると、手を差し伸べるべきは、青葉くん——君だ」

3

辛島の取材を終えた後、甲斐に許可をもらった隼斗は、計図とともに東邦経済大学の寮を出た。

ＪＲ南武線で稲田堤《いなだづつみ》まで出、そこから京王相模原線に乗り換え、調布駅で下車する。三十分ほどの乗車時間で、駅に降り立ったときには午後七時を過ぎていた。

冬の北風が駅前のロータリーを掃き、その向こうに続く商店街の光がバスや一般車の行き交う道路を照らしている。

「あ、来ました。あれですね」

行き先に「清和国際大学」と出ている市バスに乗り込み、約二十分。グラウンド前というバス停で降りるとそこは、緩やかな丘陵の中腹あたりだった。周囲には一戸建ての住宅やアパート、畑が混在し、他には学生目当ての小さな食堂が店を開けているだけの淋しい場所だ。

少し離れた場所に高い樹木に囲まれた四角い校舎がいくつか見える。

その隣に四方を高いフェンスに囲まれたグラウンドが何面かあるようだが、すでにスタンドは消灯され、人気《ひとけ》は無さそうだ。

住所はわかっているので、そこから先はスマホの地図が頼りになった。画面に表示された所要時間は約十五分。多摩丘陵の一段と冷え込む冬の夜道を歩く隼斗と計図の脇を、エンジンの轟音《ごうおん》を響かせて何台かバスが通り過ぎた。

やがて、そのバス通りから逸《そ》れたとたん、喧噪《けんそう》がすっと遠のき、静けさに包まれた。

「あれじゃないですか」

立ち止まって計図が指さした。

その先で街灯に照らされ、ひっそりと建っているのは古ぼけた二階建てのアパート風の建物だ。

「清心《せいしん》寮」という看板が、ひとつの棟の階段にかかっている。ペンキで手書きしたらしい看板だ。

「アパートみたいな寮ですね」

そんなことをいいながら、計図が郵便受けで部屋番号を探す。浩太の部屋は、手前の棟の二階のようだ。外階段で上がり、右から二番目の部屋のチャイムを鳴らしてしばらく待った。いないのだろうか。

もう一度チャイムを鳴らそうとしたとき、ドアの向こうに人の動く気配があって、浩太が顔を覗かせた。

音楽を聴いていたのだろうか。耳から外したイヤホンが首に巻き付いており、左手にスマホを握り締めている。右手でドアノブを持ったまま、暗く平板な表情が、隼斗と計図に向けられた。

「なに」

そっけない問いが浩太から発せられた。

「なにじゃないよ。迎えにきたんだ」

言葉はない。浩太の沈んだ目が、隼斗に向けられただけだ。

「話、できないか」

その目の中を、それとわかる逡巡が過っていく。そのままドアを閉められ、拒絶されてしまうのではないかと思ったとき、浩太が背を向け、部屋の中へと入っていった。閉まりかけたドアを左手で支え、隼斗は計図と共に玄関の三和土《たたき》で靴を脱いだ。

小さな部屋だった。

入ってすぐに小さなキッチンを備えたリビングがあり、奥に二段ベッド。いま部屋には浩太しかいないが、本来はふたり部屋のようだ。

リビングには、小さなテーブルと向かい合わせに丸いスツールが二つ。本棚に陸上競技関係の雑誌がぎっしり詰まっており、テレビはない。勉強だけ、或《ある》いは帰って寝るだけの部屋なのだろう。

「テキトーにどうぞ」

浩太はスツールを勧め、自分のためには奥の部屋からキャンプ用の折り畳み椅子を出してくると広げてかけた。

「ここで、メシも作ってるのか」

ぐるりと部屋を見回して、隼斗がきいた。

箱根駅伝を目指すチームは様々で、逆にいうと、その数だけ環境があるといっていい。いま学生連合チームがミニ合宿を張っている東邦経済大学寮が最先端とすれば、この清和国際大学の寮は昔ながらの共同生活といったところだろうか。むろん、どちらが正解ということはない。

「食事は監督の奥さんが作ってくれて、下に食べに行くんだ。一階の一部屋が、食堂兼ミーティングルームになってる。古くて笑えるか」

「いや」

隼斗は首を横にふり、「今日、なんで来なかったんだ」、と本題へ振った。

浩太は答えない。表情を消し、俯《うつむ》き加減になってテーブルの一点を見据えたままだ。

「浩太、みんな待ってるんだ。出てきてくれ」

隼斗はいった。「それとも何か出てこられない理由でもあるのか。もう『箱根』の本選、諦めたのか」

「――違う」

ふいにいって、浩太が顔を上げた。強い調子だったが、また口を噤《つぐ》む。

「どういうことか説明してくれないか。いったい何があったんだよ。北野監督になにかいわれたのか」

叱られている少年のように、浩太がうなだれた。

いつも合宿で見せている気の強い男とは別人のようだ。

頑なな態度にも見えなくはないが、どこか淋しげでもある。何かに悩み、苦しんでいるのが、隼斗にはわかった。

「なんていわれたんだ、浩太」

「お前にいっても、仕方がないよ」

投げやりに浩太はいった。

「そんなことわからないじゃないか。俺は、お前の力になりたいと思ってきた。計図もだ。チームのみんなもそう思ってるんだぞ」

反応はなく、両腕を伸ばして膝の上についた浩太は、両肩の間に頭を落としている。

「お前らしくないじゃないか。とにかく、話してくれよ」

沈黙したまま、どれほどの時間が経っただろう。

狭い一室に重苦しい空気が漂いはじめ、

「この寮は、北野監督が自費で用意したものだ」

やがて出てきたのは、そんなひと言であった。うなだれていた顔を上げた浩太は、部屋の何でもない一点を虚ろに見据え続ける。

「清和国際大は歴史も浅いし、箱根駅伝なんて夢のまた夢の弱小チームだった。だけど、当時の理事長が箱根駅伝で活躍すれば宣伝になると言い出して、それまでの監督をクビにして鳴り物入りで呼んだのが、北野監督だった。目標はもちろん箱根駅伝本選の出場だ。監督に就任した北野さんは全国を歩き回り、めぼしい生徒を自分のチームに誘った。俺もそのうちのひとりだ。ところが、駅伝での売り出しを決めたものの、大学には寮を建てるほどの覚悟も理解もなかった。だから、北野監督は、自分が集めた学生が安心して住めるようにと、自ら借金してこのアパートを買い取り、寮にしたんだ。大学に掛け合って奨学金まで作って、『ウチに来てくれれば、授業料もいらないし、生活の面倒も見るから』って。俺の家、大学に行けるだけのお金、なかったんだよ。かといって箱根駅伝の有力校に推薦で入れるほどの力もない。だから北野監督の誘いは本当に有り難かった。実際、ここに集まった学生は、そんな連中ばかりだ。寮が古いぐらいなんだ、っていまでも思ってるよ。俺は北野監督に感謝してる」

浩太は北野への感謝の気持ちを隠すことなく口にしてから、ふいに憂いにも似た色を目に浮かべた。

「俺にとって、北野監督は絶対的な存在だ。監督がいなかったら、いまの俺はいない」

その言葉は、隼斗や計図にというより、自分に向けたもののようにも聞こえる。

「なんていわれたんだ、その北野監督に」

隼斗はきいた。「お前も学生連合チームを辞退しろと？」

返事はなかったが、どうやら図星らしいことは、ふいに悲しげな表情を見せた浩太の態度から窺い知れる。

「やっぱりそうか……」

嘆息まじりに隼斗がいったとき、

「浩太さんは、辞退したくないんですよね」

そう問うたのは計図だった。「関東学連には辞退の申し入れはされてないと聞きました。まだ迷ってるからでしょう。だったら、一緒にやりましょうよ」

浩太は顔を上げ、強く唇を結んで天井の蛍光灯を眺めた。

どれだけそうしていただろう、

「監督を裏切るなんて、できないよ」

絞り出したような声がいった。「俺たちの合い言葉は、〝監督を『箱根』に連れていこう〟だった。チームのためにすべてをなげうち、支えてくれた監督のために恩返しをしたい。みんなそう思って頑張ってきた」

そうして挑戦した予選会の順位は十三位――清和国際大学は、本選出場を逃したのである。

「監督のために、か」

ぼそりと隼斗はつぶやく。「本当にそうなのかな」

ふと口にした疑問に浩太の視線が動いた。隼斗は続ける。

「俺たちってさ、走りたいから走ってるんだと思う。俺だって恩返ししたい人はいるよ。だけど、もしそういう人がいなかったら走らないかっていえば、違う。なんで走るんだろう？　それは俺たちがランナーだからじゃないか。それ以上でも以下でもない。人間関係やしがらみのために走ることを諦めたら、それがどんな理由だろうと、俺なら一生後悔する。チャンスがあるなら走れよ、浩太。ひとりのランナーとして、全力を尽くすべきだと思う。それこそが本当の恩返しになるはずだ。俺はそう思ってる」

浩太は横顔を向けたまま固まってしまったかのように、動かなくなった。

「決めるのは、お前だ。だけど、待ってるから」

そう言い残してアパートを出た。

「戻ってくれますかね、浩太さん」

バス停までの道を戻り始めると、計図が心配そうに問うた。

「さあな」

小さくこたえた隼斗に、ふいに諸矢《もろや》の言葉が蘇ったのはこのときだ。

――チームメイトを信じろ。

4

埼玉県内にある森林公園とその周辺の道路が、およそ二十キロのタイムトライアル・コースになっていた。

東西大学駅伝部が例年同じ場所、同じタイミングで行うこのトライアルは、箱根駅伝本選にエントリーする十六名を決める最後のセレクションだ。部内レースとはいえ、選手たちにとってはまさに真剣勝負の場である。

監督が乗るバンの後部座席に乗せてもらい、ストップウォッチ片手に取材しているのは、一号車を担当する横尾とサブ・アナウンサーの亜希《あき》のふたりだ。

いま——十五キロを過ぎてトップを走っているのは、エースの四年、青木翼《あおきつばさ》である。

「いいぞ、青木。いいぞいいぞ」

マイクを通した平川の声が、田園の風景に響いている。後部座席からみるその横顔は、エースの順調な走りにいかにも満足そうだ。それもそのはず、トライアル終盤でも青木のタイムは一キロ三分をゆうに切ってなお余力がある。

——二区はやっぱり青木か。

メモにそう書こうとした横尾だが、このとき戦況に起きようとしている変化に気づいてペンを止めた。

「仕掛けてますよ」

興奮を抑えた口調で、サブ・アナウンサーの亜希がいった。二番手を走っていた南広之《みなみひろゆき》だ。まだ二年生。しかし、前回の箱根駅伝では一年生ながら三区を激走。堂々区間賞に迫る走りを全国に見せつけた。

その二年生が、不動のエースに最後の勝負を挑もうとしているのである。

おもしろい。

「ゴーゴーゴー！　抜いたらエース交代だぞ」

平川が調子よく煽《あお》った。選手を刺激してノセるのがうまい男である。南を激励しているように見え、その声は青木にも当然聞こえている。プライドが高い青木の負けず嫌いに火をつけ、さらに力を引き出そうというのだろう。

南が一段と前に出、青木と並んだ。

前に出ようとピッチを上げるが、青木も負けじと前に出ようとする。

「南くん、ここに来てよく脚が出てますね」

感嘆した横尾だが、平川はこたえなかった。じっと南に視線を注ぎ、何かを見極めようとするかのように離さない。やがて——。

「ああ、やっぱりな」

という嘆息まじりの声が出た。

しきりに前に出ようとした南がついに折れ、青木の後ろについたと思ったら、逆に遅れ出している。

「いつも、こうなるんだよなあ。悪い癖だ」

それからマイクを持ち、「腕振れ、腕」、と南に声を掛けてから、「――南、時として野獣と化す」、といった。マイクは切れている。横尾たちにいったのである。

「どういうことです？」

「闘争心が強すぎてさ、たまに本能むき出しでやっちゃうんだよね。相手がそれに飲まれてくれればいいけどさ、強い相手だと逆に自分の方が失速して、はいこれまでえよ、と」

最後のところは、フシ付きでいった平川の見ている前で、三番手につけていた選手が南の前に出た。三年生の八田貴也《はったたかや》だ。

体力を消耗したのか、南の体が左右に揺れ始め、ずるずると順位を下げて後続に飲み込まれていく。黒井雷太《くろいらいた》、芥屋信登《けやのぶと》、安愚楽一樹《あぐらかずき》。――東西大の名うてのランナーたちだ。

平川の見立て通りだった。

さすが、実力のある監督だけあって、選手の実力だけでなく、性格や癖を知り尽くしている感がある。

好タイムで選手たちが続々とフィニッシュしてくる。遅れたとはいえ、南のタイムも悪くない。

「すごいですね、これ。去年のメンバーも、それ以外の選手も甲乙付けがたいじゃないですか」

タイムを示す時計を見ながら、亜希は興奮気味だ。

選手層が厚い。

タイムトライアルでは一歩譲っても本選出場経験のあるランナーを採るか、タイム上位のランナーを採るか——。

「誰をエントリーさせるのか、悩みますね」

練習の後、平川に水を向けると少し考え、「まあ、そうかな」、と否定はしなかった。余裕を感じさせる表情である。

今回の箱根駅伝では連覇を狙う青山学院大学の安定感は抜きん出ているものの、この東西大学をはじめ、チャレンジャーにタレントが揃った。

「名倉《なぐら》監督は、東西大学には負けたくないと雪辱に燃えてるようですが」

関東《かんとう》大学の名倉仁史《ひとし》監督は、同大を率いて二十年。五度の総合優勝を誇る名将だ。前回は、往路優勝したものの後半失速、八区で東西大学に抜かれてそのまま抜き返すことができなかったばかりか、後続にも抜かれて総合六位に沈んだ。

「関東大学さんのことは眼中にないね」

負けん気の強い平川らしいコメントが出た。「それより、青学だ。連覇阻止。青学の原さんに会ったら伝えてよ。いいレースしましょうよって」

平川は自信満々だった。それを裏付けるだけの戦力があるからだろう。

「他にはどうですか」亜希がきいた。

「他には？　そうだなあ……」

思案した平川は、ああそうだ、と笑い交《ま》じりに付け加えた。「ああ、そうそう。連合チームがあったか」

　亜希が意味ありげに目配せしてよこした。その目には、やれやれ、と言いたげなものも浮かんでいる。

『月刊陸上ファン』に掲載された平川の関東学生連合チーム批判は、横尾たちも読んでいる。

「学生連合チームは、ライバルとはいかないでしょう」

　横尾がそれとなく話を他に移そうとしたが、そうはいかなかった。

「いやいや、ライバルですよ。だって、あのチームの目標は三位以上なんだからさ。うちらとかぶるでしょ」

　瞳の中に底意地の悪い炎を灯した平川は、あからさまな敵愾心《てきがいしん》を見せた。

「そういうからには、徹底的にやりますよ。誰ひとりとして、ウチの前は走らせないから。甲斐君にも伝えといて」

　どうにもきな臭いものを感じて、横尾は、「そうですか」、というに留めた。亜希も黙っている。

　少なくとも、今回の箱根駅伝は、ランナーたちだけの純粋な戦いではなくなっているのではないか。それは決して気持ちのいいものではなかった。

　案の定、

「平川監督の、甲斐監督へのライバル意識は相当、根深いものがありますね」

　取材を終え、帰社するクルマの中で亜希もいった。「そういう執着心って平川監督の持ち味ではあると思うんですけど、本選前の煽《あお》り合戦もほどほどにしないと」

「勝利への執念は人一倍強いからな」

横尾も嘆息まじりになる。勝利のために選手たちを鼓舞し、結果を引き出す一方、内容をすっ飛ばして、勝敗だけにしか目を向けない短絡的なところが平川にはある。

「勝つことにあれだけこだわれるっていうのも、ある意味才能ですね」

亜希は呆れたようにいった。「東西大学が学生連合チームに負けるってことはないから、あんなふうにいえるんでしょうけど」

「なにしろ優勝候補の一角だからな。おもしろい選手もいる」

その日のタイムトライアルの子細を綴ったノートを見ながら、横尾が思い起こしたのは、終盤に見せた南のチャレンジだ。

失速してしまったが、荒削りな才能の片鱗を見せつけた印象的な走りだった。

「南くんは、たしかに」

亜希も同じことを考えていたに違いない。「去年よりひと回り図太くなった感じがしますね。東西大学を背負うランナーに成長するかも。本選に出たら、波乱要因のひとつになるかも知れません。要注目です」

いずれにせよ、この日のトライアルを経て、東西大学は十六人の登録メンバーを決める。

チームエントリー締め切り日は、間もなくだ。それまでに本選出場校のすべてが十六人の登録選手を選び、来年一月二日と三日の本選に挑むのである。

これからの三週間は、大日テレビの取材が本格化するときでもあった。

「そういえば、今日は辛島さん、顔出すのかと思ったら、最後まで来なかったな。何か聞いてるか」

ふと思い出したのか、横尾がきいた。

「学生連合チームを見てくるっていってました」

「おいおい、まさか雑誌の記事に踊らされたわけじゃないよな」

「どうなんでしょう」

亜希は考え、「あそこは、他のチームと違って、最初からエントリーの十六人が決まってるからじゃないですか」

と合理的な意見を口にする。

「なるほど。他のチームはエントリーメンバーが決まってから、本格的に動くってわけか」

取材のやり方は各人各様、様々だ。「エントリーが決まったら、逆に、落選した選手とかに取材するのかな」

「それ、私も辛島さんにきいたんですけど、傷口に塩を塗るような取材はしたくないそうです」

横尾は意外そうな表情を見せた。

「そういったのか、辛島さんが」

「選手の気持ちになってみろって」

「ちょっと意外だな。もっとズケズケと取材をするのかと思った」

「箱根駅伝」を辛島と担当するのは初めてだけに、辛島がどんな取材をするのか、横尾も興味があるのだ。

「ああ見えて、選手には優しいんですよ」

「俺たちには厳しいのにな」

横尾は冗談めかしてから真顔になり、すでに暗くなったフロントガラス越しの高速道路を見つめた。

「だけど、そういう優しさを、あの歳になっても持ち続けてるって、すごいな」

5

いつもの時間に眠ったのに、体調は今ひとつだった。

夢の中で、チーム運営を嘆き、あるいは責められている場面が幾度も出てきてその都度、隼斗は現実と夢の狭間を彷徨《さまよ》いながら、眠りの浅い一夜を過ごすことになった。

人の悩みにもいろいろあるが、自分の力ではどうすることもできない、ただ結果を待つしかないものほど最悪なものはないのではないかと、隼斗は思う。

いつもより少し早い午前五時前。自室を出た隼斗は、寮に隣接するトラックに出た。

あたりはまだ暗い。常夜灯と寮から洩《も》れてくる灯りが、寒気に沈んだレーンをほんのりと浮き上がらせている。

トレーニング・ウェアの上着のジッパーを一番上まで上げ、隼斗は走り出した。

いつものスピードで二周ほど走ったところで、少しピッチを落とす。寝不足のせいだろう、体にいつものキレはなく、足が重かった。

さきほど隼斗が走り出したとき、トラックにはすでに何人かの先客がいた。

ひとりは星也。いったい、何時から走っているかはわからないが、隼斗の知る限り、星也は朝の自主練では常に一番乗りをしている。その熱心さは、チームへの冷ややかな態度とはまるで別人であった。

そして、弾と丈の、〝山上り〟組。

「よっ」

「うす」

隼斗の脇を抜いていくとき、ふたりが声をかけていった。ふたりひと組で黙々と走り込んでいる。

「おはよう」

短く答えた隼斗は、薄闇の中、軽快な靴音を立てて遠ざかるふたりの背中をただ見送るしかない。

ランナーの朝は早い。ほどなく、チームのメンバーたちが続々と寮から出てきた。ひたすらトラックを走り込む者もいれば、そこを出て自分で決めたルートを走りに行く者もいる。

「浩太から連絡は？」

ペースを落としている隼斗に並んできいてきたのは、驚いたことに周人だった。

周人は父親の、浩太は監督の、それぞれ薫陶を受け、その考え方に縛られてきた。それ故《ゆえ》、周人は、隼斗や他のチームメイト以上に、浩太に共感できるのかも知れない。

「まだない」

隼斗の返事を聞くや、返事もなくするすると前へ出て行く。

こうした朝の練習はいつもの光景だが、この日はまるで違っていた。誰もが思索的になり、沈鬱《ちんうつ》で重苦しく、ひたすら走ることに集中しようとしているように見える。

日の出を過ぎた頃、外を走ってきたランナーたちがトラックに戻ってきた。

誰からともなく集まっての、集団走になる。

吐く息が白い。髪が揺れ、靴音のたてる乾いた音が幾重にも重なった。言葉は交わさない。その靴音のリズムで全員がつながり、ひとつになっていく。

斜めから射し込む朝日がトラックの煉瓦《れんが》色を鮮やかに照らし、青空を四角く切り取った東邦経済大学寮の幾何学的なシルエットをまぶしく反射させていた。

周回するトラックの少し離れたところでは、甲斐がチームの自主練を見守っている。その背後には大沼がいて、選手ひとりひとりの調子を推し量るように腕組みしてながめていた。

そのとき——。

寮からグラウンドに続く階段を、かろやかに駆け降りてくる人影があった。

その姿をいまチームの全員の視線が捉え、リードしていた隼斗は思わずスピードを緩め、足を——止めた。

浩太だ。

背負ってきたリュックを芝の上に置き、グラウンドコートを脱ぎ捨てると、まっすぐに甲斐と大沼のもとへ行き、腰を折って頭を下げた。

甲斐が黙って右手を差し出し、浩太がそれを握り返す。大沼コーチとも、同じ様に繰り返した。言葉はない。だが、それだけで十分だった。

「——浩太！」

誰かが名前を呼んだ。

「浩太！」

「浩太！」

声がかさなり、やがて「浩太、浩太」と声を合わせてのコールに変わる。

振り向いた浩太は、少しはにかんだ笑顔を浮かべ、チームメイトたちのもとに駆けてきた。

取り囲んだチーム全員にもみくちゃにされ、ハイタッチする。

「遅いぞ、浩太」

やがて向き合った浩太に、隼斗はいった。

「——すまん」

浩太の肩をぽんとひとつ叩き、ふたたび隼斗は走り出した。浩太がそれに続く。この瞬間、ふいに足が軽くなり何かが変わったように隼斗には思えた。

チームに化学反応が起こり、いままでの重い空気が嘘のようにかき消され、晴れ渡っていく。

「みんな聞いてくれ」

やがて声がかかり、グラウンド内に入った甲斐のもとに全員が集まった。

「いま、みんなに話しておきたいことがある。少し長くなるが聞いてくれ。いまだからこそ、君たちに話しておきたいんだ」

改まったひと言が甲斐から発せられ、全員が表情を引き締めた。

「私は大学を出てからずっとビジネス界で過ごしてきた。そこはまさに生き馬の目を抜く、法律にさえ違反していなければなんでもありの世界だった。理不尽がまかり通り、それまで信じていたものが根底から覆される。何度もそんな経験を繰り返すうち、私はこう思うようになった。この世の中で、本当に信じられるもののために働きたいと」

自分を見つめる選手たちひとりひとりの顔を、甲斐は見ている。

「陸上競技の世界には、嘘がない。タイムの短縮を追求し、ひたすら努力を重ねる情熱、執念、勇気——。ここにこそ疑う余地のない真実があるはずだ」

選手ひとりひとりの視線を受け止め、力強く甲斐は言い放った。「心ない報道やネットでの発言は続くかも知れない。だが、何が本当かは我々だけが知っている。これから我々がすべきことは、自分を信じて、ひたむきに走ることだけだ。その戦いには裏切りはない」

唖然としている者、忘我《ぼうが》の表情でただ甲斐を見つめる者、唇を噛み何度もうなずく者——表情は様々だが、その一瞬の後、誰の目にも真剣な光が宿ったのがわかる。

「そして——浩太」

浩太をまっすぐ見据え、甲斐はいった。「おかえり」

甲斐の目が潤んでいるのを見て、隼斗の胸に熱いものがこみ上げた。

「みんなの力を結集して、一緒に戦おう！」

甲斐が叫んだ。

四面楚歌の状況で、ここにいる全員に向かって、力強く呼びかけたのだ。

「戦うぞ、みんな！」

隼斗はそう叫んでいた。

「おう！」

「おっしゃ！」

勢いよく応じたのは弾と丈のふたりだ。

「やろう！」

「頑張ろう！」

次々と声が上がりはじめ、自然と円陣が組まれた。その中にいて、隼斗は溢《あふ》れてくる涙をどうすることもできなかった。計図が隼斗に何度もうなずいている。目を真っ赤にして。

チーム全員の気持ちが凝縮され、気勢とともに一気に解き放たれた。ひたひたとこみ上げる高揚感が朝のグラウンドを包み込んでいく。

箱根駅伝本選まで、あと約三週間。学生連合チームの戦いは、このとき本当のスタートラインに立った。

第九章　つばぜり合い

1

「雨降って地固まる、か」

諸矢の声は弱々しく表情はどこか虚ろだった。

ベッドの上部を起こし、窓側にパイプ椅子を出してかけている隼斗のほうを向く目は、隼斗を見ているようでいて、その背後の港を見ている。

そこから海上自衛隊の艦とその向こう側の米軍基地が見えた。先日ここに来たときに停泊していた護衛艦「いずも」はいなくなり、どこかの洋上で行われる作戦に出てしまったようだ。

十二月十日過ぎのこの日は、今年一番の寒気に覆われ、港に面したヴェルニー公園の上空にはたくさんのカモメが舞っていた。

個室のテーブルには、手土産の焼き菓子がそのまま置いてある。いつもなら、ひとつやふたつは口にいれる諸矢だが、この日は食欲がないらしく、「そこに置いといてくれ」といったまま手をつけなかった。

「しかし、北野くんとその松木浩太の関係はどうなったんだ。大丈夫なのか」

諸矢が心配そうに問うた。元気な頃の諸矢なら、そんなことは気にしなかったかも知れない。病気のせいで、いまの諸矢は人の機微に敏感になっているようにも見える。

「浩太は、退部届を書いたそうです。もし不満なら、これを受理してくださいと」

もしその退部届が受理されれば、必然的に学連登録を失い、浩太は箱根駅伝を走る資格がなくなることになる。

「それを受けたのか、北野くんは」

「いえ。保留だそうです」

隼斗は小さく首を横に振っていった。「土曜日、我々が訪ねた後、北野監督と話し合ったそうですが、一方的に意見されるばかりで結論は出ず、結局、寮を出たと」

「メシは大丈夫なのか」

真っ先に食事のことを気にするところは、いかにも諸矢らしい。

「とりあえず近くに住む友達の下宿に転がり込んだらしいんですが、北野監督の奥さんが心配して夕ご飯だけ届けてくれているそうです。あと、栄養管理もしてくれてるとか」

「まあそれなら……。松木の精神状態は大丈夫だろうな」

隼斗も気になっていたが、

「吹っ切れたっていってました」

よほど悩んだ末のことだったのだろう、浩太は、少なくとも表向きはすっきりとしていた。

「これが最後のレースだからって」

「最後、か。どこに就職するんだ、彼は。実業団にはいかないのか」

「地元の富山に戻って教員をするって聞いてます」

「そうか……」

窓の外から視線を戻した諸矢は、そっと目を閉じた。呼吸のたびに胸が上下し、手の甲に刺した点滴が痛々しく見える。

どれだけそうしていただろう。

「もうひとり、いなかったか」

ふいに目を開けると、諸矢はいきなり問うた。「甲斐のやり方に異を唱《とな》えていた選手が」

「内藤星也ですか。関東文化大の」

「ああ、それそれ。彼はどうした」


思いがけず、星也と話し合うことになったのは、先日の合宿が跳ねた後であった。

「星也も、誘っていいか」

食事でもしないかと浩太を誘うと、そんな返事があって一緒に出掛けることになったのだ。

こちらは、隼斗と計図のふたりだった。

四人で入ったのは、東邦経済大学寮近くのファミレスだ。

そのテーブル席で、隼斗は思いがけず星也と向き合うことになったのである。

話題は自然と浩太の再合流の話になって、北野と決裂し、退部届を出して合流したのだと知ったのもそのときだ。

「退部届――！」

そのとき、隼斗と計図以上に驚いたのは、他ならぬ星也であった。

「そこまでする価値あるんですか」

こぼれてきたのはそんなひと言だ。「――箱根駅伝にそんな意味、あるのかな」

誰にというわけではない自問にも聞こえる。

だがそこには、聞き流せないほどの箱根駅伝に対する温度差があった。

同じことを思ったのだろう、

「どういうことなんだい、星也」

計図が問うた。

「どうって……」

星也は、短く笑いを吐き出す。「箱根、箱根って、騒ぎ過ぎなんじゃないかなって。だから、マラソンランナーが育たないとかいわれてるじゃないですか。みんな『箱根』で燃え尽きてしまう。通過点のひとつでしかないはずなのに」

通過点――。

そのひと言に、隼斗ははっとなった。星也が目指している世界を垣間見た気がしたからだ。

同時に、それまで星也がとってきた行動がなんとなく理解できた気がしたのも事実だった。

いままで隼斗は、星也がこの学生連合チームの運営に対していつも否定的な態度をとってきたと思っていた。

だが、それは違うのではないか？

その証左に、早朝の自主練で、星也は誰よりも早くグラウンドに出て走り込んでいる。チーム方針には否定的でも、走ることと向き合う星也の態度は誰よりも前向きといえるだろう。

そうした言動のギャップになにがあるのか——そこに着目すべきだったのに、隼斗は見逃していたのかも知れない。

「星也は、マラソン志望なのか」

隼斗が問うと、星也の視線が一旦上がったが、

「ええまあ」

少しバツが悪そうに視線を逸らした。「まだフルマラソンには挑戦したことはないんですけど、将来的にはそっちに進みたいです」

「そういう——ことか」

いまやすべてがストンと腹に落ち、隼斗は短い吐息を洩らした。

「『箱根』がマラソンをダメにする——ですか」

計図がいった。

箱根駅伝で走り、結果を出すことで燃え尽きてしまうバーンアウト症候群。それが結果的に、日本のマラソンを弱くしたという考えである。

しかし、これには根拠がない。

「たしかにそういう意見もあるにはあるけど、星也はそれを信じてるわけだ」

隼斗が問うと、星也は首を横に振った。

「ダメにするとは思ってません。実際、マラソンランナーの多くは箱根駅伝を経験しているし、最近では大迫傑《おおさこすぐる》選手や設楽悠太《したらゆうた》選手のようなスター選手も出てきてます。ぼくが嫌なのは、単なる関東の学生チームの競走に過ぎないのに、その実力以上に、箱根駅伝が注目されていることです。それに出るのが、なにか特別なことのような雰囲気になってると思いませんか。そこまでのものじゃないと思うんです。――あ、すみません、浩太さん」

黙って耳を傾けていた浩太に、星也は慌てて謝った。

星也がそれほどの価値はないと言い切った箱根駅伝のために、浩太は師弟関係を捨て、挑もうとしている。だが、

「別にいいさ」

浩太は平然としていった。「俺、卒業したら地元の富山に戻る。高校の先生になるんだ」

「実業団に、いかないのか」

少し意外で、隼斗はきいた。浩太ほどの実績があれば、実業団でも活躍できるのではないか。

しかし、浩太は淋しそうに首を横に振った。

「自分の限界はわかるから。俺のランナーとしての陸上競技のキャリアは、今度の『箱根』で終わりだ。だから今日、練習に復帰した。もし実業団に行くなら、来なかったかも知れない。

俺は星也が羨ましいよ。箱根駅伝を通過点と言い切れるほどのものは俺にはない。だけど、お

前にとって通過点でも、俺みたいなランナーもいることを忘れないでくれ。世の中には、いろんな事情を抱えてるランナーがいるんだよ。ただ、走ることに専念できる奴は幸せなんだよ」

ひそかに、隼斗は浩太の表情を窺った。

浩太は、自分の限界を理由にした。

だけど、本当はそうじゃないかも知れないと思ったからだ。きっと浩太には浩太の事情というものがあり、それが地元へのUターン就職を選ばせたのではないか。

その事情について浩太に問う気にはなれなかった。触れてはならないものだと思ったからだ。

きっと浩太は、いつからか星也の胸の内をわかっていたのだろう。

北野監督の呪縛から逃れ、それまで背負ってきたしがらみを脱ぎ捨てた今だからこそ、浩太は、自分が抱えているものを星也に伝えたかったのではないか。

隼斗や計図は、そのために選ばれた証人だったのかも知れない。

星也は、俯《うつむ》き加減で黙っていた。

だが、その胸中では確実に何らかの変化が起きたはずだ。

いま——。

話を黙って聞いていた諸矢の目がうっすらと潤んでいるのを見て、隼斗は言葉を呑んだ。

「苦悩を乗り越えた者は、他人に優しくなれる」

諸矢はいった。「松木くんはきっと、いい教師になれるだろう」

「監督のその言葉、浩太に直接伝えてやりたいです」

隼斗の返事に諸矢はほんの少し微笑み、「出場校のチームエントリーが決まったな」、と話を箱根駅伝に戻した。

先日、箱根駅伝本選のチームエントリーが締め切られ、各チームの十六人が出そろったところだ。

「往路百七・五キロ、復路百九・六キロ――。相手は長大なコースだけじゃない。その日の天気、気温、そして誰がどの区を走るのか。ただ速いチームが勝つんじゃない、強いチームが勝つ。それが箱根駅伝だ」

「強いチームが勝つ……」

諸矢の指摘は、強い印象とともに隼斗の胸に落ちていった。

2

「エントリー、出そろいましたね。徳重さんの予想はどうですか」

打ち合わせの後、菜月にきかれて徳重は腕組みをしたまま、手元の資料を見つめた。

各大学が届け出た十六人のメンバーの一覧表である。

菜月にきかれるまでもなく、徳重もそれは考えていた。いや、考えないではいられなかった、というのが正しいところかも知れない。

「優勝候補の筆頭は、連覇のかかる青学だな」

昨年の総合順位の順番に並べられた資料、その青山学院大学のところをトントンと指先で叩いて徳重は続けた。「今年もタレントが揃っている。経験も豊富で、盤石の構えだ。もしかすると、今回は十時間四十分を切るかも知れない。この青学に、どの大学がくらいついていくかだが――最右翼は東西大学だろう」

東西大学は前回総合二位で総合優勝を逃し、平川監督が雪辱に燃えていると、さっきの打ち合わせで一号車担当アナの横尾が報告していた。

「関東、駒澤、東洋、早稲田。このあたりの上位争いになるんじゃないか。中で、青学を破る可能性があるのは、東西を除けば関東大というところか」

そのあたりは、誰が見ても同じ意見になるに違いない。

「亜希ちゃんの話では、東西大学の南広之の走りが面白かったそうです。ちょっとムラッ気があるようですけど」

「なるほど」

前回の箱根駅伝では一年生で三区を走り、先輩ランナー相手に堂々たる走りっぷりを見せたのは記憶に新しい。

その南も、東西大学がエントリーした十六人に含まれている。

「東西の注目は、まず絶対エースの青木だ」

エントリーのメンバーを見ながら、徳重は続ける。「その南もおもしろいが、単純にスピードなら一万メートル二十七分台の三年生、八田貴也もいい。ただ、八田には箱根経験がない。

急に伸びてきた選手にどこを任せるか——」

「同じ三年生の黒井雷太も注目ですね。手堅い気がします」

取材時でもコースでも、まったくの無表情で走る男の姿を徳重は思い出していた。箱根駅伝の〝笑わない男〟の異名も持つ。

「あと、なんといっても安愚楽《あぐら》一樹だ」

徳重が名を挙げたのは、東西大学きっての〝武闘派〟だ。レース中に抜き去る選手を「睨《にら》む」ので有名な男である。正月なので、安愚楽に睨まれると縁起がいいとまでいわれ、悪童っぷりが絵になる変わり種だ。

「安愚楽くんも、ついに四年生ですから。平川監督は十区で出すと明言してます。きっと絵になりますよ」

「二区は青木翼、五区は順当なら芥屋《けや》信登《のぶと》か」

東西大学二年生の芥屋は、前回いきなり五区で登場し、区間賞を獲得。〝ニュー山の神〟と呼ばれ、飄々《ひょうひょう》とした人柄を含めて人気もある。順当なら、今年も走るだろう。

「東西大の場合、一年生や二年生もタレント揃いで、層の厚さなら青学と双璧です」

菜月の言うとおりだ。

ただ、それがネックになることもある。

その典型が前回の関東大だ。抜擢《ばってき》した一年生や二年生ランナーが失速して、総合優勝から遠ざかった。

タスキの重圧は、それを受け取る者にしかわからない。

経験のない一年生や初めて走るランナーにとって、伝統の重み、プレッシャーは計り知れないものがあるに違いない。加えて、途切れることのない沿道の熱い応援は、そんなランナーを時として舞い上がらせ、翻弄する。

「東西大が実力を出したら、青学とがっぷり四つに組めると思います。これに関東大が加わると、かなり面白いレースになりますよね」

関東大も才能のあるランナーが揃っているが、東西大とは雰囲気を異にし、ある意味優等生的な粒ぞろいだ。悪くいえば、地味。三年生エースの坂本冬騎《さかもとふゆき》を中心に、手堅い走りが際立つ。

「名倉監督は相当、悔しがってたからな」

先月、関東大に挨拶にいったときのことを、徳重は思い出していた。

前回の本選で、関東大は往路優勝。僅差で青学を抑えたものの、復路で抜き返され、八区では東西大に抜かれてさらに失速。優勝候補の一角と囁《ささや》かれながら、まさかの総合六位に甘んじたのである。

――あれは俺の作戦ミスだ。

徳重と話したとき、名倉はそういって唇を噛んでいた。知将の呼び声も高い名倉だけに、自らの選手起用のミスは悔やんでも悔やみきれないだろう。

「名倉監督は、復路に対する考え方を変えてくるんじゃないか」

そう徳重は予想した。「おそらく、往路と同じく復路にも実力のある選手を配分してくるはずだ。終盤での逆転もあるかも知れない」

かつて箱根駅伝では、往路重視の選手起用が目立っていた。往路でとにかく順位を上げないことには、勝負にならないという考えが根強かったからだ。

それがいまでは、復路も重視するチームが増えてきている。きっちり走り切る実力者が終盤を固めることの重要性が見直されてきているためだ。前回での手痛い教訓を、名倉がしっかりと胸に刻んだことは想像に難くない。

「関東大の坂本は、今年の目標を聞かれて打倒青木と答えてます。去年、二区で青木に負けたのが相当、悔しかったみたいで」

菜月はいった。「東西大の南は青学の選手には絶対に負けないと公言してますし、監督、選手同士の前哨戦も例年になく白熱してるんじゃないですか」

菜月は、興奮を抑えた口調だ。「今回はきっと面白いレースになると思いますよ」

徳重も同感であった。

おそらくいつになく熱い戦いになるだろう。それをどれだけ仔細に、リアルに、そして洩れなく視聴者に届けることができるかは、徳重らの手腕にかかっている。

3

「やっぱり、戦う相手の顔が見えると気持ちが引き締まりますね」

各チームがエントリーした十六人のリストを見ながら、計図がいった。

明誠学院大学寮の監督室である。夕食を終えた午後七時過ぎのことであった。

甲斐、そして隼斗も含めた簡単な打ち合わせの席である。

向かいの肘掛け椅子にかけた甲斐は、それぞれのチームが登録した十六人の顔ぶれをひととおり見ていたが、

「なかなか面白いな」

あるチームのエントリーメンバーを見て顔を上げた。

「どのチームですか」

問うた隼斗に、

「東西大だ」

とんとんと指先で資料を叩く。「かなり攻めてる。四年生の橋爪《はしづめ》、三島《みしま》、河内《かわうち》という一年生から三度箱根を走った経験豊富な三人を外して、代わりに、二年生の未経験者を入れてきた」

「逆に関東大は経験重視の布陣ですね」と計図。

「関東大は、去年と同じ轍《てつ》は踏みたくないだろうからな」

甲斐がいった。「未経験の一年生や二年生を復路の七区と八区に入れて、結果的にそれが敗因になった。おそらく箱根を経験させてやろうとしたんだろうが、その親心が裏目に出た。今回の布陣はその反省が生かされて三、四年生が中心だ」

「一万メートルの平均で見たら、青学はさすがに立派な記録が並んでますね」

広げたノートパソコンを見ながら計図が評した。「トラック競技の記録だけなら続いて東西、

関東、駒澤、東洋、早稲田――。一般的な下馬評もそんなところだろうと思いますが」

計図はすでに二十校、三百二十人のリストを作成していた。それによって出場選手に関する可能なかぎり詳細なデータを集計し分析しようとしている。いまの計図は、マネージャー兼アナリストといったところか。

「記録通りにレースが進めば、そんな楽なことはない」

椅子の背に凭《もた》れながら、甲斐はつぶやくようにいった。「トラック競技の記録は、一次元。その日の天候やコンディションが加わって二次元。選手の体調とメンタルが加わって三次元――つまり現実になる」

甲斐らしいコメントである。

「一番結果を左右するのは、なんだと思いますか、監督」

問うて、隼斗はそっと甲斐の表情を窺った。

「メンタルが七割」

そう甲斐は言い切った。

「それだけ箱根駅伝は特別――いや、独特というべきか。普段できることができなくなって、起きるはずのないミスも起きる。当然、思わぬ番狂わせも、生まれる」

「冷静に考えて、うちのチームの実力はどのくらいだと思いますか」

「トラック競技での記録だけで判断すれば、七位か八位前後だろう」

甲斐はいった。実際、計図がまとめたデータでも、それは示されている。それでも、例年の学生連合チームよりもタレント揃いであることは間違いない。

「だが、それに事前のコース研究や戦略、そしてチームとしての結束力を底上げすれば、もっと上を狙える。だから、あの目標がある」

本選三位相当以上、という目標だ。

隼斗は、甲斐が特別なのは、「独自の世界観を持っていることだ」という諸矢の言葉を思い出した。

いま気づいたことがある。その世界観とは、決して特別なものではなく、状況を見つめる冷静な判断力と分析力、そして創造力——そういった類いのものではないだろうか。それはある意味、戦略という言葉で言い換えられるのかも知れない。

思いつきでもなければ、単なるパフォーマンスでもない。

目標を口にしたときの甲斐には、隼斗には見えていない何かが見えていた。甲斐にしか見えない、何かが。いま、他校のエントリー選手を見つめる甲斐もそうだ。その頭の中で、どんなシミュレーションが行われているのか、隼斗には想像もつかなかった。


隼斗と計図のふたりが、物音に足を止めたのは、甲斐とのミーティングを終えて監督室を出たときである。

ちょうど歓談室に差し掛かったあたりだ。

覗き込むと、天井の照明を半分ほど落として薄暗くなった部屋のテーブルに誰かがいるのが見えた。

覗き込んだ隼斗の前で、その男の拳があがり、力任せにテーブルを叩きつける。いましがた聞いたのは、おそらくその音に違いない。

男は右の拳を握り締め、左手の指で髪を摑んでいた。

「――友介」

話しかけると、隼斗たちがそこにいることに初めて気づいたのか、はっとした顔が上がった。

隼斗が驚いたのは、その友介が目を真っ赤にし、唇を嚙みしめていたからである。

「おい、大丈夫か」

返事はなく、友介は席を立つと、無言で歓談室から出て行った。

「どうしたんですかね」

驚いた顔でその後ろ姿を見送った計図がきいた。

「さあな」

隼斗はいいながら、そのときテーブルの上に置かれていた一冊のファイルに目を留めた。

「ああ、それ箱根駅伝のエントリーリストです。少しでも皆の刺激になればと思って、作ってみたんですけど」

「なるほど」

先日締め切られた本選出場チームに学生連合チームを加えた資料だった。各チーム、一ページ。エントリーされた選手の氏名の横には、一万メートルなどの記録が補足されている。計図の配慮だろう、学生連合チームの隼斗の名前には、黄色のマーカーが引かれていた。

「このせいか……」

隼斗は小さくつぶやいて吐息を漏らした。

そして、半ば理解できない驚きも入り混じる。隼斗が本選に出場することが、それほど許せないことなのだろうか。

やりきれない思いだった。

しかし、そのとき――。

「違うんじゃないですか」

床に落ちていたものを拾い上げた計図がいい、シワだらけのページを広げて隼斗に見せた。

東西大学のエントリー名簿である。

それがファイルからむしり取られ、丸め、捨てられていたのだ。友介がやったのだろう。

しかしなぜ――。

「何か心当たり、あるか」

計図が首を振り、

「東西大学のことが嫌いだとか?」

そう遠慮がちに続けるが、根拠のない、ただの憶測なのは計図自身もわかっている口調だ。

しかし、あの悔しそうな表情は、ただ事ではなかった。とはいえ、友介に尋ねたところでいまの隼斗との関係では話してくれないだろう。

「まあ、もし何かあるのなら、そのうちわかるだろう」

そういうに留め、隼斗はその場を後にしたのであった。

4

グラウンドに立つ名倉の表情がさっきから険しいのは、主力のひとり宮藤道大《くどうみちひろ》が練習走の後半、見る影もなく失速したからであった。

「宮藤くん、どうしたのかな」

北風の吹きすさぶ中、誰にともなく亜希がいった。

「波があるんだよなあ、彼は」

そういったのは一号車担当アナの横尾だ。「本選でそうならないといいけど」

「たぶん、宮藤くんが五区ですよね」

昨年も五区。区間賞は逃したものの、もらったリードを守り切って往路優勝に貢献した。

ふたりの傍らには辛島もいるが、さっきから無言だ。言葉を発することなくグラウンドに立ち尽くし、選手たちの走りに視線を注いでいる。

群馬県にある市民グラウンドであった。箱根駅伝本選が近づくと、毎年、関東大学はここで合宿を張るのが恒例になっている。大日テレビのアナウンサーらも、その合宿の練習を見て、選手たちのコメントを取るため毎年、ここに来るのが恒例行事化していた。赤城《あかぎ》おろしの吹きすさぶ厳しい寒さの中で、長時間練習を見守るのはそれ自体が修行のようだ。

しかし辛島は、まったく寒そうな素振りを見せなかった。

まるでその場で本選の戦いが繰り広げられてでもいるかのような熱い眼差しで、選手たちの走りを見守っている。

三人が見つめている前で、本選にエントリーした十六人の選手たちが次々にフィニッシュし、やがて練習は一旦の小休止を迎えた。

ここからが取材タイムだ。

亜希と横尾が選手たちに近づき、取材を始めた。監督の取材は、辛島の仕事だ。

「どうですか、調子は」

声を掛けた名倉は、今年五十五歳。辛島の問いに一旦視線を落とし、すぐには応えなかった。慎重で思索的な男である。渾名《あだな》は、プロフェッサー。指揮官に似て、選手たちの性格もどちらかというと控えめだ。派手なパフォーマンスを好む東西大の平川とは対照的だが、それだけに密かに燃やすライバル心は相当なものであった。

「本選にピークをもってくればいいから」

名倉のこたえは、半ば自分に言い聞かせているかのように聞こえる。つまり、現時点での状態はあまり良くないということだ。

「坂本くんは、良い走りでした」

辛島が水を向けると、「まあ、そうだね」、という名倉にしては気のない返事があった。関東大学不動のエース、坂本冬騎は名倉のお気に入りのはずなのだが。

「一キロ三分を余裕で切って、後半もペースを維持していたのは良かったですね。二区確定ですか」

「青木を抑えられるのは、冬騎ぐらいだからな」

青木翼は東西大のエースで、名倉は相当、東西大を意識している。

「今年はどんなチームですか」

そうだな、と少し考え、

「スキの無いチームかな」

昨年後半の失速を、名倉が心の底から悔やんでいることが窺い知れた。

「復路の戦略は」

「いまは内緒だけど、いい選手を持ってくるよ」

理知的な眼差しは、決然たる静けさとともにグラウンドを見つめている。

「エントリーが三、四年生中心なのに驚きました。例年なら、もっと下級生を入れるじゃないですか」

「まあ、たまにはいいでしょう」

名倉ははぐらかしたが、勝利への執念は隠しようもない。

「ところで、竹光《たけみつ》くんはいいランナーになりましたね。最初は流しているようでしたが、後半からのスパートではタイムが良かった。持久力が格段に上がったんじゃないですか」

竹光大斗《たいと》は、三年生。今年は、一万メートルで二十七分台を記録している。

だが、その竹光は、いままで本選に一度も出場したことはなかった。実力はありながら、エース坂本が常に日の当たる道を行き、竹光はその陰にいた。今年、ついにその竹光にも脚光を浴びるチャンスが生まれるのではないか――。

そう考えた辛島だったが、このとき名倉が浮かべた苦悩の片鱗に気づいてふと口を噤《つぐ》んだ。

名倉は迷っている。

辛島はいま、この知将――プロフェッサーとの異名を取る男の胸中を覗き見た気がした。

そこにあるのはいわば、失敗のジレンマとでも表現すべきものだ。

前回大会で、関東大学は終盤に失速し、敗北を喫した。

それを名倉は、自らの戦略ミスであったと総括している。

その痛恨の失敗のために、今回名倉が目指す「スキの無いチーム」の根幹をなすのは、おそらく経験値だ。箱根駅伝の経験者を中心に据えた安パイの戦略の中で、トラック競技では実績はあるものの「箱根」での経験のないランナーは、一段下に置かれようとしているのではないか。

「経験が実力を制す、ですか」

その名倉の胸中を推察して、辛島がきいた。

「トラックで速いだけでは通用しないところがあるから」

名倉のこたえは、箱根駅伝の恐ろしさを知る男の本音だろう。その恐ろしさを昨年、存分に味わうこととなった知将は、いまだその後遺症に悩まされているのかも知れない。

一旦狂いだした歯車は、回れば回るほど際限なく狂い続ける。

いまこの精密機械のような監督の脳裏で、回転の法則を違《たが》えた歯車がいくつも回る様が見えるようであった。

5

いまにも崩れそうな空から、雨が落ちてきた。

それは一旦落ち始めると、たちまち勢いを増し、視界を白々と塗りつぶすほどに降りしきった。雪交じりの冷たい雨だ。

この日——。

学生連合チームは、いつもの東邦経済大学寮から離れ、千葉県内へと二泊三日の合宿に出ていた。

大沼の馴染みだという旅館に宿を取り、その周辺の農道や町道といったコースを走り込む。

およそ十キロを折り返し、往復で約二十キロ。このあたりの土地勘があるという大沼が選定しただけあって、コースは様々な表情に富んでいた。

農道には緩やかな起伏、十キロ折り返し手前の林間では山を上り、そして下る。

いま隼斗は、兵吾の待つ折り返しポイントを過ぎ、ふたたび山を下り始めたところであった。

重い雨はたちまち道路を濡らし、林間を抜けると遠くの山々を白い靄《もや》の向こうに消し去った。

事前の天気予報より半日ほど早い雨だ。

大地が、その実力を発揮して十メートルほど先を走っている。

正確なピッチを刻み、十キロ以上を走破したいまも上体がブレないその走りは、堅牢な要塞のようだ。それにやや遅れて浩太が続き、この日絶好調の遙《はるか》、そして一年生のエース圭介の背中が見えている。五番手の隼斗までが先頭集団といったところだろうか。

学生連合チームの練習スケジュールも大詰め、出場校チームのエントリーメンバーも発表されて一気に臨戦モードに突入した感があった。練習とはいえ、本番さながらの真剣勝負だ。

どこでスパートをかけるのか――。

ランニング・ウォッチでタイムを計測した隼斗は、予想を少し上回るペースを確認し、前を走る四人を冷静に観察しはじめた。

雨が強まり、走り込む学生連合チームのメンバーたちに、容赦なく降り注いでいる。

そのとき、背後に気配を感じた。

かと思うと、新たなランナーが隼斗に並んだ。

晴《はる》だった。調布大の四年生だ。この合宿を通してみた実力では、本選に出場する十人に入れるかどうかのボーダーにいる選手だろう。

ところがその晴は、隼斗に追いついたとたん、力強いスパートをかけてジリッと前に出ていった。

雨などものともせず、腕が振れている。

圭介の前をいく遙がちらりと上空を見上げた。さっきから何度目だろう。天候を気にしているらしい。体が揺れ始めているのは、さすがに前半からのハイペースがたたっているからだ。

そのすぐ後ろには、圭介が虎視眈々《こしたんたん》と遙との逆転を狙っているが、驚いたことに、そこに晴が割り込もうとしていた。

いつもとはひと味違う、切れ味鋭い走りだ。

晴が圭介の前に出た。その勢いはとまらず、遙をも抜こうとしている。

隼斗も続こうとするが、足下の悪さと顔にぶつかる冷たい雨に阻まれ、スパートは鋭さに欠けた。そのままフィニッシュへとなだれ込む。

その一部始終を、伴走するクルマから甲斐が見ていた。


旅館の部屋で、甲斐は大沼とふたり、この日の練習を振り返っていた。その夜のことである。

「晴は、悪天候になるとやたら強いな。いままでも何度かそういう場面があった」

後半でのスパートのことを甲斐から聞いて、大沼がいった。この日、大沼自身は、第二集団以後の走りを見ている。

「こういう天気では全体的にタイムは落ちるもんだが、その中でも得手不得手はやっぱりあるもんだ。晴は得意そうだが、遙は逆に雨は苦手だな」

桃山《ももやま》遙は東洋商科大の二年生だ。平時の走力はチームでも指折りだが、悪天候ではいつも精彩を欠く。

「あと、ちょっと気になるのは蓮《れん》か」

大沼は頭に浮かんだ名前を、遠慮無く口にしていく。「どう思う」、と甲斐に問うた。

答えを言わず、甲斐の評価眼を試しているような口ぶりだ。

「彼はいつも合宿初日の方がいいですね。二日目のトライアルでは、あまりいいタイムを出していません」

単刀直入な物言いの、やんちゃそうな峰岸《みねぎし》蓮の面構えを、甲斐は思い浮かべていた。

「もう少し集中力があるといいんですが。なんというか——熱しやすく冷めやすいところがある」

「同感」

満足そうに大沼もうなずく。同じ評価を下していたのだろう。「出すなら、往路だ。復路では集中力が続かない。私も長いこと学生たちを見てきたが、そういう性格の選手ってのはたまにいるもんだ」

ふたりの着眼点は、ただ走るペースやタイムといった技術面だけではなかった。

肝心なのは、ランナーとして、人として、その特長を多面的に見分けることだ。

そうした評価が行き着くところは、誰にどの区間を任せるか——である。

「個性は、どう使うかです。本人が最大限の力を発揮できるタイミングで起用してやれば期待以上のものが出てくるかも知れない」

甲斐はそんなことをいいながら、この日の所見を書きつけた手元のボードに視線を落とした。

「大地は相変わらず安定してましたね。どうです、監督」

自らの教え子について甲斐に問われ、大沼は腕組みをしたまま天井を見上げて考えた。何か気になることでもありそうな様子である。

「なにかありますか」

「東西大の青木がきっと二区に来るだろ」

大沼が、ようやく口を開いた。「仮に二区だとかぶることになるが、どういうわけか、青木と相性が悪くてな。本人に苦手意識があるらしい。もっともそれはトラック競技でのことで、ロードレースでは違うかも知れんがね」

「なるほど」

甲斐は思案顔でうなずく。「だけど、その苦手意識はどこかで払拭する必要があります」

「同感だな」

箱根駅伝でのつばぜり合いは、もう始まっている。

誰にどの区を任せるのか。選手のコンディションを見つつ、競合チームと腹の探り合いをしながら区間走者が決められる。そのために、本来なら補欠に回る選手をあえて正選手として登録しておき、当日の朝、ライバルチームの顔ぶれをみて入れ替えることもある。ちなみに、メンバー変更の受付は、往路復路とも、レース開始一時間十分前。ギリギリのせめぎ合いだ。

監督の戦略がものをいうのである。

「レース序盤で離されるのだけは避けたい。レースが壊れちまうからな」

大沼が口にしたのは、どのチームにも共通するセオリーだった。序盤で大差がついてしまったら、取り戻すのが難しいからである。故に各チームが一区、二区に有力なランナーを配置するのは、当然のことであった。

6

「隼斗さん、ちょっと気になることを聞いたんですが」

計図がそんなことをいってきたのは、合宿三日目を終え、明誠学院に帰寮したときである。

歓談室に隼斗を誘った計図は、

「実は友介さんのことなんですけど」

声を低くして話を切り出した。

「友介の……？」

ふと頭に浮かんだのは、寮の歓談室で荒れていた友介の姿だ。

「友介さんに何があったか、わかったかも知れません」

「どういうこと？」

隼斗は思わず声を低くしてきいた。

「三崎《みさき》さんにきいたら、〝たぶん〟だけどって話してくれたんですよ」

三崎涼《りょう》は四年生担当のマネージャーだ。友介と同じ千葉県内の高校出身ということもあって、ふたりが親しいことは知っている。

「なんだったんだ」

「友介さん、一年生のとき箱根駅伝の本選に出たじゃないですか。そのとき、他校のランナーからどうしても許せないことをされたらしいんです。終わってからむちゃくちゃ怒ってたそうです」

三年前の本選で友介が任されたのは、四区だった。先日、隼斗もコースの下見にいった、平塚中継所から小田原中継所までの区間である。

計図が聞いてきた三崎の話によると——。

「ウォームアップをしているとき、すれ違いざまに東西大学の選手と肘《ひじ》がぶつかったらしいんです。どっちが悪かったというわけじゃないと思うんですが、そのとき相手の選手が友介さんを怒鳴りつけ、険悪な雰囲気になったらしいんですね。ところがそれで終わりじゃなくて、待機スペースに友介さんが広げていたタオルを、その選手がわざと踏みつけて通っていったらしいんです」

「踏んだところ、見たのか」

「友介さんが見てたそうです。それでその選手のところまで走って行って、なんで踏むんだって口論になったと。相手は邪魔なところに広げてる方が悪いって、ひと言も謝らなかったそうです」

タスキを受ける直前である。

そのとき友介は一年生で右も左もわからず、初出場の重圧に必死に耐えていたはずだ。

その出来事が、集中しようとしていた友介から平常心を奪い、結果的にレースプランを狂わせてしまった可能性はある。八位でタスキを受けた友介は失速、五人に抜かれて十三位にまで順位を落とした。

だが、それがこの前の一件とどうつながるのか。

「その相手というのは、東西大学の安愚楽《あぐら》さんだったそうです」

「東西大の、安愚楽……」

安愚楽一樹のことは、隼斗も知っている。

武闘派とか、悪童とか、そんなニックネームで呼ばれる、何かと素行に問題がある選手だ。

しかし、その一方で人気もある。

「あのとき東西大は、ウチより後《あと》だったよな」

「ええ。四区でタスキを受けた時点では十位だったそうです」

東西大学にしてみれば、予想外の苦戦だったろう。「一区のランナーがブレーキになってしまって、あわや棄権かというところからようやくそこまで順位を上げてきたところでした」

その安愚楽が一年生ながら三人を抜き、七位まで順位を上げ、五区の山上りで健闘して往路は四位でフィニッシュしたはずだ。

「東西大より三十秒近く早くスタートした友介さんなんですが、その後安愚楽さんに抜かれて……。ただそのとき、安愚楽さんに何か言われたらしくて。それが許せないと」

「何か言われた？」

抜き去る選手を睨み付けていくという、安愚楽のパフォーマンスのことは知っている。だが、何かを言われたというのは初めて聞いた。そのとき一年生だった隼斗は、先輩の付き添いで五区にいて、テレビを見ている余裕はなかった。

「なんて言われたんだ」

隼斗はきいたが、計図は首を横にふった。

「わかりません。三崎さんにもそれは言わなかったそうです。だけど、あいつのことは絶対に許せないって。だから、ずっとリベンジするチャンスを狙ってたんじゃないかっていう話でした」

だが、予選会敗退により、その機会は失われた。永遠に。

「そうだったのか……」

隼斗は唇を嚙み、天井を見上げた。

そんな隼斗の様子を見て見ぬふりをしながら、「失礼します」、それだけいうと計図はその場をそっと離れていった。

友介と話し合うべきだろうか——。

最初そのことを隼斗は考え、深く思案するまでもなく、やめておこう、と思った。

いまの友介と隼斗との関係を考えると、決していい結果を生まないだろうからだ。それどころか余計に関係をこじらせてしまうかも知れない。

だがこの一件のおかげで、安愚楽一樹の名前は、隼斗の脳裏に刻みつけられた。〝悪童〟などとの噂は耳にしつつも、隼斗にとってひとりの選手に過ぎなかった相手が急にクローズアップされたのだ。

その友介が、一足先に寮を出たい——そう申し出たと聞いたのはその翌日のことである。計図から知らされたとき、正直、隼斗は少なからぬショックを受けた。

このまま、退寮、そして卒業という形で、修復されることなく友介との友情が終わると思ったからだ。

本当にそれでいいのかという思いは、どんどん隼斗の中で大きくなっていったが、かといって修復の糸口が見つかるわけでもない。

そんなとき、録画してある「箱根駅伝」中継を見れば何かわかるのではないか——そう思いついたのは、単なる偶然であった。

明誠学院大学寮には、過去に中継された「箱根駅伝」の録画が、資料として保管されている。

計図にいうと、すぐに数枚のDVDを持ってきてくれた。

「もしかして、友介さんの件ですか」

歓談室のデッキにDVDを入れながら、計図がきいた。

「安愚楽に抜かれるとき、何か言われたって言ってたよな。その場面、見てみようかと思ってさ」

「映ってますかね」

「たぶん」

隼斗はいった。「『箱根駅伝』の中継は、順位が変わるところはだいたい映るんだ」

子供の頃から観てきたから、隼斗は知っていた。

リモコンで早送りして三区まで進める。先頭グループの駒澤や青山学院、帝京、早稲田の各チームのランナーが、湘南大橋を渡り切るところだ。十八キロ付近である。

「あ、間中《まなか》さんだ」

その当時、三区を任されていた明誠学院の四年生、間中琢郎《たくろう》が表情を歪《ゆが》め、横からの海風にあらがいながら懸命に歯を食いしばって走っている。サングラスが陽射《ひざ》しを受けて輝いていた。

この段階で八位。

一年生ながら友介が抜擢されたのは、諸矢の厚い期待があったからだ。一年生時点では、隼斗など足下にも及ばないほど、友介の方が速かった。将来のエースと期待されての起用である。

間中が、平塚中継所手前の花水川橋《はなみずがわばし》を渡り始めた。

中継所が迫ると、袈裟《けさ》懸《が》けにしていたタスキを外して右手に丸め、必死の形相を激しく左右に揺らしながらのラストランを見せている。

そのタスキが友介につながるや、余程苦しかったのだろう、間中はよろよろと道路脇へと歩いて行き、そこで崩れ落ちていった。タスキを受け取った側の友介の映像は映らない。

カメラは一旦、先頭集団へと戻っていき、再び平塚中継所に戻ると、國學院《こくがくいん》、そして東西大学のタスキリレーを取りこぼすことなく、映していた。

問題のシーンは、ゆるやかな下りと上りが連続する浅間《せんげん》神社入口あたりからであった。

友介が映し出された。

ちょうど中間地点に近い十キロ付近だが、すでに表情は苦しげで、体が左右に揺れ動いているのがわかる。

カメラが無情にもその表情を捉えていた。順位変動を予測しているからだ。

——明誠学院、前島《まえじま》友介。苦しそうな表情です。ペースが落ちてきたか。すぐ背後に、國學《こくがく》院《いん》大学桑原伸也《くわばらしんや》の足音が迫ってきました。さらにその背後には、東西大学安愚楽一樹の姿も見えます。

アナウンサーの実況とともに桑原に並ばれ、抜かれていく。そのとき友介の十メートルほど後ろにまで、安愚楽一樹が詰めていた。

——ああ、安愚楽一樹が来ました。並んだ。前島、頑張れるか。どうだ。安愚楽が前に——。

「あ、何かいいましたね」

計図がいった。

再生を止め、もう一度見てみる。

横に並んだ安愚楽が抜き去るところだ。それをカメラが捉えていた。

たしかに、友介に向かって何事か安愚楽が言い放っていた。音声は聞き取れないが、友介には聞こえたはずだ。

その口元の動きは見て取れる。

その瞬間、友介の苦しげな表情がさらに歪んだように見えた。

言い放ったのは、短いひと言に違いない。憎々しげな眼差しと皮肉めいた笑みのようなものを浮かべた安愚楽は、最後に友介をひと睨みすると、一気に抜き去っていったのだ。

「ちょっといいですか」

計図がリモコンを操作し、二度、三度と、問題の場面を繰り返した。安愚楽の唇を読もうというのだ。隼斗も目を凝らした。

「〝ま〟、ですかね」

やがて計図がいい、首を傾げた。「なんだろう。ま、ま——。まま」

「——ママだ」

隼斗は、すべてを理解した。

なぜ友介が、あれほどまで苦悶し、そしてこのときの屈辱を忘れられないのか。

それがわかった気がした。

「ママ？」

隼斗は深く嘆息し、額のあたりを右手で強く押さえた。

「友介、大事な試合のとき、お母さんの遺影、持ってきてるだろう」

あっ、と計図が短く声を上げ、はっとして隼斗を見つめる。

「それだ」

隼斗は断じた。「きっと安愚楽はからかったんだ」

友介の母は、友介が高校三年生のときに病気で他界したと聞いている。母は箱根駅伝のファンで、友介が箱根駅伝に選手として出場することを夢見ていた。

その母のために友介は必死で努力し、駅伝選手として推薦されてこの明誠学院大学への入学を許可されたのだ。だが、母は、その推薦が決まった直後、友介を遺して逝ってしまった。

「だから――。だから、友介さんは……」

計図が、画面を再び振り返った。その唇がかすかに震えている。「許せませんね」

「このことが友介にトラウマとして残った。友介がそこから逃れる術は、箱根駅伝に出て、安愚楽と対決し、打ち負かすことだけだったかも知れない。だけど、その思いはかなわなかった。友介は辛かったんだ。安愚楽がエントリーされている東西大の名簿を見て、胸が張り裂けそうになったんじゃないだろうか。この寮にいること自体、いまの友介には耐えられないほど辛いことなんだ」

予選敗退の後、友介が隼斗に向けた激しい感情はなぜなのか。監督人事のこと、学生連合チームへの合流が決まったこと――ことごとく隼斗に冷たく当たり、拒絶するその態度の奥底にあるものは、やり場のない怒りであり、声にできない慟哭《どうこく》だったのではないか。

そのことにいま、隼斗はようやく気づいたのだ。

「隼斗さん、どうすれば……」

計図の問いに、隼斗はこたえることができなかった。

「わからない。だけど――何をいっても、いまの友介は撥《は》ね付けるだろう」

「放っておくんですか、友介さんを」

訴えるように計図はきいた。隼斗はぐっと唇を噛んだまま、首を横に振った。

「いや」

隼斗はこたえた。「知ってしまった以上、友介をひとりになんかするもんか。そんなこと、できるわけないだろう」

7

前のめりになってその映像を凝視していた甲斐は、やがて椅子の背もたれに体を預けると、腕組みとともに天井を仰いだ。

言葉はない。

隼斗の問いに、

「監督。友介の退寮、認めるんですか」

「――それが本人の強い希望だ」

しばしの間を挟んで甲斐はこたえたが、そこには甲斐らしくない気まずさが滲んでいた。

「友介は、なんていってたんですか」

「部員としての活動にけじめをつけて再出発したいということだった。就職しても通える近くのアパートを借りたと」

友介の就職先は陸上競技部のない電機メーカーで、それはつまり、競技からの引退を意味している。

「隼斗さん」

計図が救いを求めるような目を向けてきた。「これでいいんでしょうか」

——何ができる。

胸の詰まる思いで、隼斗は、右手の拳を額に強くあてた。

答えは見つからない。わからないことばかりだ。

甲斐の前を辞去した隼斗は、何をどうするという答えのないまま友介の部屋を訪ねてみた。

部屋のドアは開け放され、中から光が洩れている。

入り口近くに段ボール箱が三つほど積まれており、友介は引っ越し作業の真っ最中のようだった。

「——友介」

声を掛けると、手にした何枚かのCDを足下の段ボールに入れながら、

「なに」

無愛想な答えがあった。隼斗を振り向くでもなく棚からとったCDを検《あらた》め、また箱に放り込む。

その様子には、それとなく隼斗を拒絶するような気配が漂っていて、隼斗はいよいよどう声を掛けていいのか、わからなくなる。

「なあ、友介。実は——三年前の本選の録画、見たんだ」

片付けをしている友介の手が、止まった。

「あのさ、俺――」

隼斗は続ける。「お前の気持ち――わかってるから」

出てきたのは、そんなひと言だった。

もっとうまい言い方はきっとあっただろう。だが、胸に渦巻く気持ちが整理できず、ただ友介への思いだけが単純な言葉になって出てくる。

「お前に何がわかるっていいたいかも知れないけど――いや、たしかに俺には全部はわからないかも知れないけど、お前の悔しい気持ち、わかる。そして、できれば俺が代わりに晴らしたい」

友介の横顔がこわばり、その内側から何らかの感情が膨らんできたのがわかる。

返事はない。

「すまん。余計なことをいって」

そういって隼斗は、友介の部屋のドアの前からそっと離れた。そこに居続ければ、元来気の強い友介に何かいわせてしまうと思ったからだ。

箱根駅伝本選まで、あと十日を切っている。

数日後には、学生連合チームによる最後の合宿が控えていた。それを締めとしてチームとしての練習を打ち上げ、区間エントリーが発表される。

――俺が代わりに晴らしたい。

自分がつぶやいたひと言が、隼斗の胸の中で苦味とともに繰り返された。

その前に、隼斗には突破しなければならないハードルがある。

区間走者となる十人に選ばれることだ。だが、今年の学生連合のメンバーのレベルはいつになく高い。そして、それぞれが個性的だ。

そんな中、俺は本選を走れるのか？

隼斗がまず心配しなければならないのは、そこであった。

8

雰囲気は、どこかぎこちなかった。

十二月二十四日から四泊五日のスケジュールで始まった学生連合チーム、最後の合宿だ。最終調整の場であるはずだが、四日目となるこの日は何かが違っていた。

質量の大きな何かがチームメイトたちにのしかかり、どこかにあったはずの自信も余裕も、箱根駅伝という魔法の力で消し去られてしまったかのようだ。

実は、これにはきっかけがある。

昨日の晩、大日テレビが放送した箱根駅伝の特別番組を、チーム全員がラウンジで観ていた。

そこで平川庄介監督率いる東西大学チームの出陣式の様子が紹介されたのだ。

百名を超える選手を抱える大所帯。そして、過去に何度も箱根駅伝を制した名門チームには、それに相応《ふさわ》しいタスキが存在する。

その番組の中で、部員たちやOB、関係者の前でうやうやしく掲げられた東西大学伝統のタスキは、まぶしいまでに輝き、見るからに重みがあった。

「なんか、すげえな」

いつもは陽気な丈が、気圧《けお》された表情を浮かべていた。

ひとつのチームとしての伝統と経験。その中を連綿と受け継がれ、幾度もの総合優勝を経てきた栄光のタスキ——。

それは、この学生連合チームには存在しないものである。

どう努力しても、絶対に手に入らないものだ。

掲げられたタスキの前で東西大学の選手たちが感極まり、涙し、必勝を誓う。その様は、それだけで学生連合チームを畏怖《いふ》させ、萎縮させるに十分であった。

格の違いをまざまざと見せつけられた気がする。

東西大の勝利への執念は、勝たなければならない宿命にも似て、強靱な精神世界を形成している。他の競合するチームも同じだろう。それにひきかえ——。

「俺ら、なんもないなあ」

弾が、いつもの関西弁でいった。少々冗談めかしたように聞こえるが、笑う者はいない。笑いの代わりに鉛を呑んだような沈黙が挟まり、底の見えない不安の風が、ベールのようにチームの上に落ちてきたのである。

そしていま——。

隼斗はちらりと、グラウンドで練習を見つめる甲斐の方を見やった。

甲斐は、チーム内に起きているこの化学反応をどう思っているだろうか。いや、そもそも気づいているだろうか。

――メンタルが七割。

先日、甲斐がいった言葉が真実なら、戦う前から気後れしているこのチームはすでに負けたも同然だ。

「今日、十八時からミーティングやります。予定にはありませんが、全員必ず出てください。外に走りに出る方も必ず戻るようにしてください」

そんなことを計図が全員に告げたのは、昼の食事中のことである。


セミナールームに行くと、計図がすでに来て待っていた。

「計図さん、ついに区間エントリー、発表するんすか」

不安そうに弾が尋ねたが、「どうなのかな」、と計図は首を傾げてみせる。

弾は隼斗にも問うような眼差しを向けてきたが、実は隼斗にもわからなかった。

通常であればミーティング内容について甲斐から事前に知らされるところだが、これについては事前の説明を受けていない。

「本選の作戦とか、そういうことについてのレクチャーじゃないかな」

隼斗はいった。合宿はまだ一日残っているからだ。実際、甲斐は他校の選手の競技データをはじめ様々な情報を収集している。計図がリサーチャーとなって集めた情報は、誰がどの区間走者になるか、どんな走り方をするのかといった、具体的な戦略を決める要素になるはずだ。

「別に怖《お》じ気《け》づくとかじゃないですけど、本選に出ることに違和感、ありませんか」

圭介が胸中の思いを口にした。

何人かがうなずく。

「昨日の番組とかさ、見なきゃよかったよな」と拓。

「いや、見て正解だったんじゃね」

異論を口にしたのは、浩太だ。「もし見てなかったら、あの連中のノリを現場で知ることになる。たまったもんじゃないよ。圧倒されて心の準備もできないまま走ったらどうなる」

「負けるよな、そりゃ」

周人が自虐的にいった。「総合三位以上どころじゃない。いい笑いもんだ」

誰もが青ざめ、押し黙った。

隼斗が腕組みして目を閉じたとき、セミナールームのドアが開く音がした。

入室した甲斐は全員の集合を確認し、

「じゃあ行こう」

そうひと言告げ、部屋を出て行く。

「行くって、どこへ？　ミーティングは？」

弾がきょとんとして周りを見たが、知る者は誰もいない。

「移動、お願いします」

計図が声を上げ、怪訝《けげん》な表情を浮かべたまま、チーム全員が甲斐の後を追って部屋の外に出た。

セミナールームのある東邦経済大学寮の一階から、連絡通路に出る。甲斐はその連絡通路を、足早にどんどん進んでいった。

冬休みに入った、午後六時過ぎだ。

体育館への連絡通路は屋根だけで、十二月の寒風が真横から吹き付けてくる。あたりは暗く、さっきまで隼斗たちが練習していたグラウンドはとうに消灯され、常夜灯だけがぽつぽつと点灯していた。

グラウンドを囲むネットの向こう、空の低いところに細い月が浮かんでいる。

いまの学生連合チームを体現しているような、頼りなげで、どこか淋しげな月だ。

通路の突き当たりに、すでに消灯された体育館が見えた。

あたりは静かで、電車のレールを打つ音が遠くから聞こえてくる。体育館の入り口の前まできたとき、一瞬立ち止まり、甲斐が振り返った。

そのままドアを引き開け、中に入っていく。隼斗たちもそれに続いた。

「真っ暗じゃん」

背後で誰かがいうのを、隼斗は聞いた。

だが、

「電気ぐらい――」

その後の言葉は、聞き取ることができなかった。

突如、皎々《こうこう》たる明かりが点灯したかと思うや、空気を割らんばかりの大歓声が、上がったからである。

――まさか！

言葉をなくし、隼斗はその場で立ち尽くした。

隼斗だけではない、チームの誰もが唖然とし、棒杭のように立ち尽くし、或いは呆《ほう》けたように口をぽかんと開けたまま動けなくなっている。

信じられなかった。

いったい、いつの間に――。

館内を埋めていたのは、大勢の学生たちだった。学生連合チームに選手を出している十六大学の陸上競技部の部員たちだ。

甲斐の仕組んだサプライズだと悟ったときには、全員が感動と驚きで言葉を失っていた。

「――隼斗、隼斗！」

声を張り上げているのは、明誠学院大学の仲間たちだ。

海が割れるように人垣が開き、花道が出来た。

「みんな、行こう！」

兵吾が声を掛けた。

「行くぞ、みんな」

隼斗も声を掛け、甲斐の後に続いて人垣の中を進んでいく。

こんなことがあるのか。

夢ではないのか。

兵吾に言われるまま、ひな壇に整列した隼斗たちは、いま自分たちを見つめる大応援団を前にしていた。

スタンドマイクの前に甲斐が立つと、歓声と拍手で盛り上がっていた体育館がすっと息を潜めるように静まり返った。

「ここにいる全員が、ひとつのチームだ」

甲斐の第一声に、さざ波のような拍手が応える。

「学生連合チームは決して寄せ集めの集団ではない」

甲斐は続けた。「ここにいるみんなの思いを背負い、大切な人のために走る。いままで一緒に練習し、努力し、信じてきたことのために戦う、ひとつのチームなんだ」

甲斐の言葉は、まるで隼斗の胸に突き刺さるかのようだった。甲斐は続ける。

「たしかに、このチームに伝統の重みはないかも知れない。経験もないだろう。しかし、箱根に対するこれだけ大勢の思いがある。関東学生連合は、箱根駅伝の本選を走るすべてのチームの中で、最大のチームだ。ここに集まってくれた皆の思いが、ひとつのタスキに宿る。ここにいる全員が同じチームの仲間だ。みんなの思いをひとつにして、箱根駅伝の本選に臨みたい」

入り口のドアが開き、大沼コーチが入ってきた。

両手に捧《ささ》げ持っているのは、白地に赤の学生連合チームのタスキである。

そのタスキが待ち受けていた兵吾に手渡され、兵吾からその場にいる参加者に回された。

いま館内を埋めた仲間たちが整列し、その手から手へタスキがつながっていく様《さま》を、隼斗は眺めていた。

それはまるで、神聖な儀式のようにも見える。

すすり泣くような声、ときに拍手、ときに「頑張れ！」という気合い、様々な思いを込められたタスキがやがて、ひな壇に並ぶ十六人の選手の前までつながり運ばれてくる。

「——隼斗。キャプテンからひと言」

甲斐に促され、隼斗はマイクの前に立った。

「このチームにはずっとアゲンストの風が吹いていました。ぼくたちは、それと必死で戦ってきたんです。だけど、今日初めてわかったことがあります。ぼくたちにはこんなにも大勢の仲間がいた。皆のためにも、絶対に恥ずかしい戦いはしたくありません。伝統も経験もないかも知れませんが、ぼくたちはもう怖じ気づくことも、気後れすることもありません。全力を尽くして——」

思いがこみ上げ、最後は声が震えた。

ふいに涙がこぼれ、握り締めているタスキにしみこんでいく。いま手にしているタスキに、ここにいる全員の思いや祈りが込められている。なんて重いんだろう。なんて尊いんだろう。

そのことがひしひしと伝わってくる。

「——隼斗、頑張れ！」

誰かが声を掛けてくれた。

「——全力を尽くして戦ってきます。ここにいるみんなのために」

隼斗は声を絞り出した。「だから——だから、ぼくたちのことを応援してください。よろしくお願いします！」

大きな拍手が、頭を下げた隼斗を包み込んだ。

何かが起きる。

そんな予感とともに、熱気は最高潮に達しようとしている。

伝統もなく、経験もない。

——だからなんだ。

このとき、隼斗ははじめて心からそう思えた。俺たちは戦える——そう信じられた。

隼斗から、隣にいた浩太にタスキが渡され、浩太から拓へ、拓から天馬へ。ひとりずつ、マイクの前に立ち、熱い思いを口にしていく。そのたび、チームメイトから激励が飛び、セレモニーは、最後のときを迎えようとしていた。

「それでは、区間エントリーを発表する」

ふたたびマイクの前に立った甲斐のひと言に、会場が静まり返った。

夢見心地で高揚していた気持ちが、一気に現実に引き戻されたかのようだ。

「一区、諫山《いさやま》天馬」

意中の一区に指名され、天馬が小さくガッツポーズし、歓声が上がった。品川工業大学のチームメイトたちだろう。

「二区、村井大地」

やはり、大地か。

いま闘志を燃やす目で、大地が握り締めた右手を軽く挙げてみせた。このチームのエースとしての自覚が漲《みなぎ》っている。

「三区、富岡周人」

〝素浪人〟風の周人が、一歩前に進み出て頭を下げた。

「四区──」

自分の名前が呼ばれるはずだ──そう信じて、隼斗はまっすぐ前を見据える。だが、

「──内藤星也」

思いは外れ、微かな落胆を隼斗は感じた。先月、計図とふたり、四区を歩いたときのことが脳裏を過っていく。その計図がちらりと隼斗に視線を向けた。気の毒そうな、そして何か言いたげな視線だ。どうあれ、四区にエントリーされたのは、星也であり隼斗ではない。

「頑張れ。星也」

悔しさを心の奥底に押し込み、隼斗は星也にいった。返ってきたのは、「どうも」、という相変わらずクールな反応だ。

甲斐の発表は続く。

「五区、倉科弾《くらしな》」

名前が呼ばれた瞬間、聴衆の一隅からものすごい歓声が上がった。山王大学はいまだ箱根駅伝の本選に出場したことがない。本選に出るのは、弾が初めてなのだ。だが、底なしのスタミナの持ち主である弾こそ、五区の山上りに選ばれるに相応《ふさわ》しいと、誰もが認めているはずだ。

「ここまで往路。続いて復路」

ひと呼吸置いて、甲斐は続ける。

これも予想通りで、誰もが納得したに違いない。「六区、猪又丈《いのまた》」

この辺りから、隼斗は胸の奥にわさわさとした落ち着かないものを感じていた。

重なったのは、予選会の記憶だ。

明誠学院大学の名前が呼ばれることをひたすら待ちながら、ついにかなわなかった悪夢――。

呼ばれるとすれば、もうひとつの区間候補である十区しかない。

「七区、桃山遙」

やったぞ、という声がどこかで上がった。東洋商科大のチームメイトたちだろう。だが、遙の走力を考えれば、選ばれるのは当然だ。

「八区、乃木圭介」

京成大のジャージを着た集団が、万歳を叫んだ。圭介は笑顔で前に進み出、「全力で走ります」、という言葉とともに腰を折る。

「九区――」

甲斐が新たな名を呼んだ。「松木浩太」

歓声が起きた。抱き合って喜んでいる者もいる。清和国際大学のチームメイトたちだ。隼斗が胸を打たれたのは、彼らがおそらくは北野には内緒でこの場に来ているだろうことがわかっているからだ。

裏エース区間の九区はたしかに、浩太の走力に相応しい。浩太は無言のまま、ぐっと唇を嚙んでお辞儀をし、拳を握り締めていた。

そして、残すところ、あとひとり。

隼斗は、壇上からまっすぐに体育館のだだっ広い空間を睨み付けた。

「十区――」

自分しかいない。そう信じようとしたとたん、脳裏をまた、あの予選会の光景が過った。

明誠学院大学の名前が呼ばれることをチーム全員で祈ったあの光景だ。

「アンカーを務めるのは、やっぱりこの男だ」

甲斐はひと言付け加えて、名前を発表した。「――キャプテン、青葉隼斗」

館内から大歓声があがり、隼斗は天井を仰ぎ、静かに瞑目した。

腹の底から武者震いするほどの興奮がこみ上げてくる。

隼斗の前に、箱根駅伝本選――夢の舞台への門が、いま開かれたのだ。


（下巻へ続く）

装幀・グラフィック　岩瀬聡
装画　田地川じゅん
コース地図　増田寛

《初出》
「週刊文春」二〇二一年十一月十一日号〜二〇二三年六月十五日号

池井戸潤（いけいど・じゅん）

1963年、岐阜県生まれ。慶應義塾大学卒。98年『果つる底なき』で第44回江戸川乱歩賞を受賞しデビュー。2010年『鉄の骨』で第31回吉川英治文学新人賞、11年『下町ロケット』で第145回直木賞、20年第2回野間出版文化賞、23年『ハヤブサ消防団』で第36回柴田錬三郎賞を受賞。主な著書に「半沢直樹」シリーズ（『オレたちバブル入行組』『オレたち花のバブル組』『ロスジェネの逆襲』『銀翼のイカロス』『アルルカンと道化師』）、「下町ロケット」シリーズ（『下町ロケット』『ガウディ計画』『ゴースト』『ヤタガラス』）、『シャイロックの子供たち』『空飛ぶタイヤ』『民王』『かばん屋の相続』『ルーズヴェルト・ゲーム』『七つの会議』『陸王』『アキラとあきら』『ノーサイド・ゲーム』『民王　シベリアの陰謀』などがある。

俺《おれ》たちの箱根《はこね》駅伝《えきでん》　上

二〇二四年四月二十五日　第一刷発行
二〇二四年十月三十日　第六刷発行

著　者　池《いけ》井《い》戸《ど》潤《じゅん》
発行者　花田朋子
発行所　株式会社　文藝春秋
〒一〇二―八〇〇八
東京都千代田区紀尾井町三―二三
電話　〇三―三二六五―一二一一（代表）

印刷所　TOPPANクロレ
製本所　加藤製本
組　版　エヴリ・シンク

ISBN978-4-16-391772-6